南宮魔帝 남궁마제

남궁마제 9

2022년 7월 7일 초판 1쇄 인쇄
2022년 7월 12일 초판 1쇄 발행

지은이 문운도
발행인 김정수 강준규

기획 이기헌 왕소현 박경무 강민구 조익현
책임편집 백승미
마케팅지원 이원선

발행처 (주)로크미디어
출판등록 2003년 3월 24일
주소 서울시 마포구 성암로 330 DMC첨단산업센터 318호
Tel (02)3273-5135 **편집** 070-7863-8595 Fax (02)3273-5134
홈페이지 rokmedia.com E-mail rokmedia@empas.com

ⓒ 문운도, 2021

값 8,000원

ISBN 979-11-354-7209-1 (9권)
ISBN 979-11-354-7200-8 04810 (세트)

차례

생긴 그대로 진眞 근심 화禍 : 과거를 쫓는 사람들(2)

다음 날.

오왕부에는 큰 소란이 일었다.

칠왕자가 남궁세가와의 포구 거래 계약을 성사시켰다는 소문이 쫙 퍼졌기 때문이다.

"그자들 때문에 왕부가 허구한 날 시끄럽군."

"어제 이왕자비마마와 칠왕자님을 연달아 만났다지?"

"사실상 이왕자비마마의 패배로군."

"칠왕자님은 그 무림의 정의무학관인가 뭔가에서 친분을 쌓았나 보지!"

"이왕자님은 거기 안 갔나?"

"……"

누군가의 물음에 성을 내던 신료가 꿀 먹은 벙어리처럼 입을 닫았다.

오왕부 사람들 중 이왕자가 남궁세가의 직계를 희롱하다가 팔이 부러졌던 일을 모르는 이가 없었다.

이제까지는 이왕자가 제갈지현을 비로 얻어 오고 칠왕자는 정의맹 무인들에게 포로나 다름없는 처지로 돌아왔기에, 결론적으로는 이왕자의 승리라는 의견이 많았다.

하지만 기껏 얻은 무림인 신부는 힘을 발휘하지 못하고, 칠왕자가 무림에서 쌓은 인맥을 과시하게 되었으니.

이왕자파, 아니 왕비파 신료들이 입을 꾹 닫게 된 것도 자연스러운 일이었다.

"그 남궁 공자가 우리 왕자님들에게 처음부터 무슨 억하심정이 있었던 게 아닐까?"

"무슨 뜻인가?"

"그게 아니라면 두 분 왕자님들과 꼬여도 이렇게 꼬인단 말인가!"

"말도 안 되는 소리! 삼왕자님은 태어나 지금껏 왕부를 벗어나신 적이 없는데 언제 남궁 공자를 만났겠나?"

"나도 괜히 해 본 말일세, 답답해서!"

사실 남궁 공자가 아니라도 두 왕자와 좋은 관계를 유지할 사람은 몇 없었다.

그들에게 아부하여 뭔가를 얻을 속셈이 아니라면, 누가 그

오만한 망나니들을 좋아하겠는가.

왕비파 신료들마저 왕비를 보고 있는 것이지 왕자들을 보고 모인 이들은 아니라.

서로 입 밖으로 말을 하진 않았지만, 신료들은 처음부터 왕자들에게는 기대를 접었었다.

다만 마지막으로 기대를 걸었던 이왕자비마저 실패하자 실망한 것뿐이었다.

하지만 오왕부에서 누구보다 실망이 큰 사람은, 바로 제갈지현일 것이다.

탕―!

"내게는 삼왕자와 거래를 할 듯 여지를 두고선, 곧바로 칠왕자의 편을 들어? 그자가 날 농락했구나!"

제갈지현은 보기 드물게도 분을 참지 못하고 표출하고 있었다.

"마마……."

제갈지현을 따라와 궁녀가 된 양선이 안타까운 듯 그녀를 보았다.

"차라리 처음부터 만나지 않았다면 비교당할 일도 없었을 거다. 남궁진화, 그자가 일부러 날 먼저 보고 곧바로 칠왕자를 본 것이 확실해!"

제갈지현의 눈빛이 불길을 뿜듯 타올랐다.

왕비파 신료들의 입에서 벌써 무림 세가에서 신부를 얻은 것이 무용하지 않냐는 소리가 나오고 있었다.

애초에 남궁세가와의 거래는 제갈지현에게 기대한 바가 아니었음에도 말이다.

"제 놈들 또한 아무것도 못 해 놓고 제갈세가가 뭐 어째? 우물 안 개구리 같은 자들이 입만 살아서는! 애초에 왕부와 제갈세가의 거래엔 남궁 따윈 있지도 않았다고!"

제갈지현이 좀처럼 분을 삭이지 못했다.

그녀를 제일 속상하게 하는 건, 제갈세가를 무시하는 신료들의 인식, 그 자체였다.

"마마, 마마의 능력은 앞으로 얼마든지 발휘할 수 있을 거예요. 너무 실망하지 마세요."

양선의 위로에도 제갈지현의 굳은 얼굴을 풀리지 않았다.

"나도 알고 있다. 포구를 얻으면 일은 편해지겠지만, 중요한 건 결과야. 좀 돌아가긴 해도 대세에는 지장 없는 결과를 만들어 낼 자신이 있어. 문제는 그렇게 애를 써 봤자, 여기 신료들의 머릿속을 싹 바꿔 놓지 않는 이상은 제대로 인정받기는 글렀다는 거야!"

제대로 인정받지 못하는 것.

그것이 싫어서 그토록 원했던 제갈세가마저 떠나왔는데, 여기서마저 그렇게 된다고?

끔찍했다.

'절대, 절대 그렇게 둘 순 없어.'

제갈지현이 피가 나도록 입술을 깨물었다.

살얼음판을 걷는 듯 조심스러운 자소궁과 자순궁의 분위기와 달리, 자승궁은 떠들썩한 연회라도 벌어진 듯 즐거웠다.

일왕자는 요 며칠 동안 존재감이 없었다.

기껏 주최하는 연회에선 삼왕자가 팔이 부러지는 소란이 일었고, 다음 날 대전회의에서는 칠왕자보다 먼저 나서지 못했다.

게다가 남궁세가와의 거래권마저 칠왕자의 것이 되었으니, 그가 즐거울 일은 없을 터였다.

칠왕자가 거래권을 들고 자승궁을 찾기 전까지는 말이다.

"하하하하하! 아우가 영민한 사람인 것은 익히 알고 있었지만, 이렇게 형제간의 우애를 생각하는 사람인 줄은 몰랐군."

일왕자가 호탕하게 웃으면서 칠왕자를 반겼다.

"남궁세가의 포구를 함께 쓰자니. 어찌 그런 생각을 다 했나?"

일왕자의 물음 끝에 살짝 날이 세워져 있었다.

그것을 알아차린 칠왕자는, 의미심장한 웃음을 지으며 가볍게 받아쳤다.

"토끼가 주춤할 때 거북이들이 힘을 합쳐 성을 쌓는다면, 곧 차이를 만들 수 있지 않겠습니까."

"하하하! 옳은 말이야. 기껏 빠른 발을 가지고 태어나서 달릴 줄 모른다면 쓸모가 없지. 그에 반해 우리는 꾸준히 달려왔고 말이야."

일왕자는 습관처럼 호탕하게 웃으면서 칠왕자의 말에 동의했다.

공허한 웃음소리보다, 말끝에 달린 씁쓸한 미소가 훨씬 의미 있어 보였다.

그렇게 잠깐 동안 정적이 흘렀다.

일왕자는 빈껍데기 같은 웃음을 걷어 버렸고, 칠왕자는 얼음처럼 냉랭한 얼굴을 그대로 드러냈다.

둘은 잠시 동안 서로 민낯을 드러내고 눈을 마주쳤다.

그리고 동시에 고개를 끄덕였다.

"좋아, 당분간 손을 잡지."

"망나니 둘을 치워 버릴 때까지입니다."

칠왕자와 일왕자가 서로를 마주 보고 만족스레 웃었다.

하지만 겉으로 드러난 표정과 달리, 칠왕자는 속으로 놀라움을 금치 못하고 있었다.

'남궁진화, 대체 어디까지 계산했던 거지? 고작 거래권 하나로 이왕자와 삼왕자의 실책을 부각시키고, 내게 거래권을 쥐여 줌으로써 제갈지현의 오왕부 첫 출사도 망쳐 버렸다. 거기에 거래권을 핑계로 한다면 일왕자가 내 손을 잡을 거라더니. 진짜로 이렇게 되지 않았나!'

그중에 칠왕자에게 해가 된 일은 하나도 없었다.

다만 한 가지 걸리는 것은, 남궁진화가 뭘 노리는 건지는 끝내 알아내지 못했다는 거랄까.

'대체 그자의 속셈은 뭐지? 남궁세가와 제갈세가의 관계가 좋지 못한 것은 알고 있지만, 제갈지현에 대해서는 사사롭게 원한을 가질 일은 없는데…… 이왕자와 삼왕자를 의식하는 눈치도 아니었고. 그렇다면 정말로 오왕부를 분열시킴으로써 당분간 남궁세가의 뒤를 안정시키려고 하는 건가?'

칠왕자는 끊임없이 진화의 의도를 의심했다.

제갈지현처럼, 그 또한 제 눈으로 확인한 것만 믿는 사람이었기 때문이다.

하지만 진화의 원한은 이미 없어진 시간에 생긴 것이었고, 칠왕자가 그것을 알 순 없었다.

'어쩔 수 없지. 일단은 흘러가는 대로 두고 볼밖에. 일단 나와 일왕자가 힘을 합친다면, 왕비는 어쩌지 못해도 왕자들이나 제갈지현 정도는 밟을 수 있을 터.'

칠왕자는 모든 것이 진화의 의도대로 되어 가는 것을 잊고, 일단 제게 유리한 상황이라는 것에만 집중하기로 했다.

같은 시각.

진화와 남궁구, 남궁교명 또한 오랜만에 훈훈한 분위기를 풍기고 있었다.

이제 오왕부에서의 일정이 모두 끝났으니, 본가로 돌아갈 일만 남았기 때문이다.

"교명, 너는 바로 집으로 갈 거냐?"

"그럴 생각이다. 마침 상단의 배가 단양포구에 들어 있는 때니까."

"이장로 아……."

남궁구가 말을 하다 멈췄다.

남궁경옥이 이장로 자리에서 쫓겨난 지 꽤 되었지만, 아직 입에 붙은 말이 잘 떨어지지 않았던 것이다.

남궁구가 남궁교명의 눈치를 보았다.

하지만 이제 정말로 마음을 비웠는지, 남궁교명은 전혀 개의치 않는 표정이었다.

"괜찮다. 게다가 아버지 본인도 상단의 일에 만족하고 계신다. 어쨌든 아버지가 가장 잘하는 일이고, 집안의 가업이었으니까."

남궁교명의 말처럼, 남궁경옥은 물론 그 윗대부터 장남인 남궁진명까지 모두 배를 타고 상단을 움직였다. 심지어 남궁진명은 청해상단의 단주를 넘볼 정도로 수완이 좋고 상재가 밝았다.

오히려 남궁교명이야말로 남궁경옥의 집에서 튀는 존재였다.

진화의 시선이 남궁교명에게 향했다.

남궁교명은 지난번 진화가 남궁도를 죽인 이후로 한결 편안한 얼굴이 되었다.

그걸 느낄 수밖에 없는 것이, 그 이후로 남궁교명은 진화에게 단 한 번도 반말을 하지 않고 윗전으로 깍듯하게 모셨기 때문이다.

"나도 몰랐는데, 의외로 배 위가 편안하더군. 나중에 상단 무사들을 단련시켜서, 남궁세가에 수전을 전문으로 하는 무단을 창설해도 좋을 듯하다."

"역시, 피는 못 속이나 보네! 적성이 딱 그쪽인 거 보면, 피로 전해지는 선천적인 기질도 무시하지 못한다니까."

남궁교명이 편안하게 말을 받자, 남궁구 또한 밝은 얼굴로 금방 맞장구를 쳤다.

하지만 이번에는 남궁교명이 진화를 힐끗거리며 눈치를 보았다.

"흠흠, 구, 너는 책을 싫어하지 않나? 그 피는 다 어디로 간 거냐?"

"아, 난 모계 혈통이 좀 더 강한가 봐."

남궁구는 오늘도 책 속에 파묻혀 있을 아버지 창서각주 남궁희를 생각하며 몸을 떨었다.

남궁교명은 그런 남궁구를 보며 주먹을 떨었다.

─이 눈치 없는 놈! 공자님 계신 데서 꼭 '피'가 어쩌고 해야겠냐!

남궁교명의 전음에, 남궁구가 그제야 진화의 눈치를 살폈다.

사실 진화는 마지막 남궁구의 대답에 피식─ 웃음을 흘릴 참이었는데, 괜히 눈치를 보는 남궁교명과 남궁구 때문에 표정을 관리해야 했다.

자신을 진심으로 위하고 한결 공손해진 남궁교명이 불편한 순간이 바로 이런 때였다.

"나야말로 괜찮다. 아버지와 어머니, 가족들이면 충분한데, 거기에 창천패까지 있으니까."

진화는 안 봐도 될 눈치를 만들어서 보는 두 멍청이들에게 창천패를 흔들어 보였다.

그에 눈치 빠른 남궁구가 금방 태세를 전환했다.

"그렇지. 도련님은 온화한 작은사모님의 얼굴에 제왕무적단주님의 성질머리를 공평하게 닮았으니까."

"뭐? 제왕무적단주님이 저 정도라고?"

차라리 이전처럼 비꼬는 거였다면 나았을 것을.

진화는 남궁교명이 진심으로 놀라는 중이라는 걸 알기에

더 기분 나빴다.

진화의 눈빛이 가늘게 변하자, 남궁구와 남궁교명이 도망치듯 방을 나갔다.

그날 밤.

기분 좋게 잠이 들었던 진화는, 제 머리 위에서 쏟아져 내려오는 강렬한 살기에 눈을 번쩍 떴다.

푸─욱!

이불을 날려 검을 막아 낸 진화는, 이불에 싸인 인영을 태워 버릴 기세로 천뢰장을 쏘았다.

파─앗!

화르르르─!

순식간에 재가 된 이불이 침상에 닿기도 전에, 진화의 목으로 비수가 날아들었다.

파지지직────!

진화의 입가에 싸늘한 미소가 맺히고, 눈동자에 푸른 번개가 내리쳤다.

천하를 굽어볼 수 있는 까마득한 높이의 삼 층 명당.

검은 팔각의 지붕 아래에서 태복령 곽구무가 한숨을 내쉬었다.

"영감, 서두르시지요."

"알겠네."

늙은 내관의 재촉에, 태복령은 굳은 얼굴로 발걸음을 옮겼다.

다른 때 같았으면 황제의 부름에 구름 위를 걷는 듯 사뿐사뿐 앞을 나갔겠건만, 오늘은 어찌 된 것이 도살장에 끌려가는 소인 양 거북스러웠다.

깊은 밤.

황제가 은밀하게 부르는 것은 두 가지 경우였다.

은밀하게 맡길 일이 있거나, 은밀하게 죽일 일이 있는 경우.

다른 때였다면 황제의 총애를 자랑하지 못해 안달이었겠으니, 근래에 오왕부에 있는 딸이 희한한 부탁을 해 온 것이 내내 걸렸다.

하지만 눈치 빠른 내관 앞에서 불안한 티를 낼 순 없었다.

태복령이 안으로 들어가자, 내관은 정전을 지나 황제의 집무실로 그를 안내했다.

기다란 복도 끝에 하늘을 보듯 고개를 들어 올려야 볼 수 있는 황금의 용좌.

'저 자리에 내 핏줄이 앉을 수도 있었는데…… 그래도 뭐. 용상만은 못해도 왕좌는 눈앞에 있잖아. 내 핏줄이 왕좌에 앉

을 테니, 이만하면 천한 마부 출신이 크게 출세했지. 흐흐흐!'

창문 틈으로 보이는 용좌를 향해 선망의 눈빛을 보내던 태복령이, 이내 의기양양한 얼굴로 고개를 돌렸다.

이전에는 보기만 해도 주눅이 들던 것을, 지금은 턱없이 높게 느껴지진 않았다.

하지만 그것도 잠시였다.

황금으로 장식된 붉은 문 앞에 서자, 태복령은 다시 오금이 저려 오는 듯했다.

스르르.

말도 없이 문이 열렸다.

내관의 눈짓에 태복령이 떠밀리듯 안으로 들어갔다.

"황제 폐하를 뵙습니다. 만세, 만세, 만만세!"

태복령이 긴장감을 숨기며 절을 올렸다.

그러나 황제는 태복령의 인사를 무시하듯, 조용히 하던 일을 계속했다.

절을 한 그대로 태복령의 몸이 바싹 움츠러들었다.

'대체 무슨 일이지?'

태복령이 고개를 숙인 채로 떼구루루 굴렸다.

그리고 한 식경 정도가 흘렀을까.

태복령의 등이 땀으로 다 젖었을 즈음.

황제가 나지막하게 입을 열었다.

"태복령, 그대가 내 곁에 있은 지 삼십 년이 좀 넘었던가?"

"예, 황상 폐하."

밤늦게 계속되던 업무에 마지막 방점을 찍은 황제가 마침내 붓을 놓았다.

그리고 고개를 들어 그때까지 엎드려 있는 태복령을 내려다보았다.

은은한 촛불 사이로도 느껴지는 강렬한 안광에, 태복령은 마치 어두운 숲에서 맹호의 눈을 발견한 듯 몸이 떨려 왔다.

태복령이 덜덜 떨리는 손끝을 숨겼다.

그 모습을 보며, 황제가 물었다.

"말하라. 그대가 왜 내 아들의 일을 들추고 다니는가?"

"……!"

태복령은 순간 숨을 쉬는 것조차 잊어버렸다.

하지만 황제를 기다리게 하면 '죽는다'.

죽음의 공포가 태복령을 짓누르기 시작했다.

불 진珍 꽃 화花 : 암살자들

사람은 오감 중 시각에 많이 의존하는 동물이다.

그래서 어둠, 보이지 않는 것, 알지 못하는 것에 대한 공포를 가진다.

무림인들이 암살자를 조심하는 건 그 때문이었다.

그들은 어둠에 숨어서, 상대가 보지 못하거나 알지 못하는 방법으로 죽음을 내리니까.

암살자가 겁이 나는 건, 결코 그들이 강해서가 아니었다.

어둠이 소용없다면.

그들의 은신을 훤히 볼 수 있다면.

그들의 움직임을 알 수 있다면.

고수들은 결코 암살자를 겁내지 않았다.

쉐에에엑――!

진화는 제 목을 노리는 비수를 보며 입꼬리를 말아 올렸다.

경지를 넘어선 고수들은 감각의 차원이 달랐다.

암살자는 충분히 빨랐다고 생각했을지 모르지만, 진화에게는 비수에 손가락을 얹기 부족하지 않은 시간이었다.

파지지직――!

푸른 번개가 번뜩이고.

"크앗!"

툭.

암살자가 저도 모르게 비명을 지르며 비수를 놓쳤다.

진화의 침상 위로 비수가 떨어졌다.

휘이익―!

진화는 물러서는 암살자를 쫓아 그의 품으로 파고들었다.

검은 복면 속 암살자의 눈이 찢어질 듯 커졌다.

생전 처음 보는 아름다운 맹수의 눈 속에서 푸른 번개가 내리치는 것이, 그가 정신을 잃기 전 마지막으로 본 광경이었다. 진화의 천뢰장이 그의 심장을 때렸기 때문이다.

퍼―――억!

쿠―웅!

암살자의 몸이 바닥에 떨어졌다.

그리고 곧바로 진화의 방문이 열렸다.

"무슨 일이야!"

"공자님!"

건넛방에 있던 남궁구와 남궁교명이 자던 행색 그대로 뛰어 들어왔다.

그들은 진화의 안전을 확인하자마자, 상황을 파악했다.

엉망이 된 침상과 살짝 탄 듯한 냄새 그리고 바닥에 쓰러져 있는 암살자의 존재는, 파악하기 어려운 상황은 아니었다.

"대체 누가!"

남궁교명이 눈을 사납게 부라리며 암살자를 노려보았다.

"일단 살려 놨으니 데려가서 조사를 해 봐야겠지만…… 글쎄."

쓰러져 있는 암살자를 보며 진화가 조금 애매한 표정을 지었다.

잠시 후, 진화가 그런 표정을 지은 이유들이 등장했다.

"무슨 일이십니까!"

"안에…… 헉!"

오왕부의 호위병들이 이제야 도착했던 것이다.

"암살자다――!"

"적습이다! 다른 놈들이 있는지 찾아라!"

누구 하나 진화와 일행에게 '괜찮냐'고 묻지 않았고, 쓰러진 암살자를 챙길 생각도 하지 않았다.

병사들이 목소리를 높여 오왕부의 소란을 키운 지 한참 지나고 나서야, 교위 하나가 허겁지겁 달려와 쓰러져 있는 암살자를 들고 나갔다.

"개판이군."

남궁구가 오왕부 군사들을 보며 혀를 찼다.

갑주를 주렁주렁 걸친 교위라는 자가 군사들을 이끌고 자소궁으로 달려가고 있었다.

하다못해 오왕의 궁은 자원궁이건만.

이 모습 하나만 보아도 오왕부가 어떻게 움직이고 있는지 알 것 같았다.

"남궁세가의 이름으로 정식으로 항의할 것이다! 거기! 침상부터 정리해라! 아니면 다른 별채를 내주든가! 왕부의 처리가 어찌 이리 더디고 어설프단 말이냐!"

남궁교명은 이제야 쭈뼛쭈뼛 들어오는 궁인들에게 화를 내었다.

보이지 않는 공포를 더 무섭게 만드는 건, 인간의 상상력이었다.

태복령의 머릿속엔 펄펄 끓는 가마솥에 넣어지는, 혹은 사지가 찢겨 나가는 끔찍한 죽음이 그려졌다.

"소, 소신은…… 그게……."

태복령이 덜덜덜 떨리는 입술을 겨우 떼려는데.

스릉─!

섬뜩한 소리가 들렸다.

태복령의 심장이 철렁 내려앉았다.

머릿속을 스치는 끔찍한 상상과 함께, 태복령의 심장은 황제가 다가오는 발소리에 맞춰 몸 밖으로 튀어 나갈 듯 뛰었다.

아니나 다를까, 차가운 검 끝이 목에 닿았다.

"히이익! 토, 통촉하여 주시옵소서, 폐하!"

수십 년간 황제의 곁에서 권세를 누린 경험이 태복령을 움직였다. 태복령은 본능적으로 목을 움츠리는 대신, 더욱 바짝 몸을 낮추었다.

머리 위에서 제 목을 죄고 있는, 추상같이 지엄한 목소리가 들렸다.

"태복령, 짐이 뭘 통촉해야 하는지 말하라."

은밀하게. 정말로 누구도 알지 못하는 방법으로 오직 한 사람에게만 한 의뢰였다. 하지만 이제 와서 황제가 그걸 어찌 알았는지는 중요하지 않았다.

태복령의 머리가 살기 위해 부지런히 굴러가는데, 그의 입이 먼저 움직였다.

"오, 오직 충심이었습니다!"

검이 조금 더 태복령의 목을 파고들었다.

"오, 오왕부의 왕비께서 부탁을 해 오셨습니다. 황후마마와 너무, 너무도 닮은 사람을 보고 놀라서, 혹시나 하여 연통을 해 온 것입니다."

거짓을 말하고 싶을 때에는, 구 할 이상의 진실에 섞는 것이 가장 효과적인 법이었다.

"황후와 닮은 사람이라. 가만……."

황제는 무언가 기억이 날 듯 말 듯 한 표정으로 고개를 갸웃거렸다.

워낙 혼란한 시절이라, 왕부의 일개 궁녀를 떠올리는 건 쉽지 않았다. 하지만 겁에 질린 태복령의 얼굴을 보자니, 왕비의 옆에서 태복령과 비슷한 얼굴로 떨고 있던 한 소녀가 기억났다.

"그대의 딸이, 내가 왕부 시절 왕비의 곁에 있었던가?"

태복령은 살기 위해 냉큼 그 말을 받았다.

"그, 그러하옵니다! 그때 제 딸이 황후마마를 뫼셨습니다!"

딸을 왕비마마로 높여 부르는 것은 그의 자부심이었지만, 지금은 그런 걸 챙길 때가 아니었다.

"황자를 보았을 수도 있겠군. 하지만 이제 와 알아보기엔, 시간이 꽤 흘렀지 않나?"

"그, 그래서였습니다! 황후마마와 너무 닮은 얼굴에 시, 실종되신 황자님과 비슷한 나이이나, 그자가 무림인인지라. 괜히 그 중차대한 일을 들추어 폐하와 황후마마의 심기만 어지럽힐까 저어되어, 소신이 먼저 확실히 알아보고자 한 것입니다. 결국 폐하의 심기를 어지럽게 되었으나, 소신의 충정을 통촉하여 주시옵소서!"

필사적으로 찾으려고 했던 변명이, 한번 입에서 풀리자 그 다음은 술술 이야기가 풀어졌다.

오히려 변명을 하면 할수록 자신감이 붙었다.

본래 황제는 미리 죽일 자를 정해 놓고, 어떤 변명도 듣지 않고 검을 휘둘렀다. 그런 황제가 저를 죽이지 않고 살려 둔 것을 보면, 그 일과 자신의 연관성까지는 모르고 있는 것이 확실했다.

"오로지 추, 충심에서 나선 일이었습니다! 다른 뜻은 추호도 없었나이다! 통촉하여 주시옵소서, 폐하!"

엎드려 비는 태복령의 몸은 낮았으나 목소리는 점점 커졌다.

"황후를 닮은 무림인이라……."

황제의 목소리에 힘이 빠졌다.

그건 황제의 마음이 흔들리고 있다는 증거였다.

"양주에 있는 남궁세가의 남궁진화라 했습니다."

"남궁진화……."

태복령이 재빨리 알고 있는 것을 뱉었다.

남궁진화의 이름을 읊조리던 황제가 다시 한참 말이 없자, 태복령 또한 다시 불안해지기 시작했다.

그러나 잠시 후. 황제가 태복령의 목에서 검을 치웠다.

"태복령은 조사 결과에 대해 짐에게 상세히 보고하라."

"화, 황공하옵니다, 폐하!"

"나가 봐도 좋다."

"황공하옵니다. 황제 폐하, 만세 만세 만만세!"

태복령은 제가 죽다 살았다는 걸을 알았다.

저승 문턱을 밟았다가 살짝 벗어난 느낌이 이러할까.

명당을 나온 태복령은 저도 모르게 손으로 목을 쓸었다.

끈적끈적한 땀과 함께 붉은 피가 보였다.

"후우. 이제 이 일을 어쩐다?"

어쨌든 황제마저 남궁진화에 대해 알게 되었다.

'본래도 그랬지만, 이젠 정말로, 남궁진화가 황자여선 안 된다!'

태복령의 눈에 살기가 번들거렸다.

남궁진화가 황자인지 아닌지. 이제 그건 중요하지 않았다.

오히려 그것이 밝혀지기 전에 남궁진화가 죽는 것이 가장 좋은 해결책이었다. 자신과 자신의 집안, 자신이 움켜쥔 모든 것을 위해서라도.

'다행히 무림인은 일찍 죽는다지?'

태복령의 입가에 비열한 웃음이 걸렸다.

집으로 온 태복령은 가장 믿는 총관을 불렀다.

"놈에게 전해, 의뢰를 바꾼다고. 황자가 어찌 되었는지 확인할 필요 없이, 그냥 남궁진화를 죽이라고 해."

태복령의 얼굴이 얼음처럼 차가웠다.

저와 제가 이룬 집안을 위해서라면, 어떤 것도 망설이지 않을 것이었다.

그게 설사 황제의 아들을 죽이는 일일지라도.

"예, 주인님."

"늘 그렇듯 누구도 알아서는 안 된다."

"예."

태복령과 함께 이 집안을 일으킨 총관이 충실하게 답했다.

이런 일을 한두 번 해 본 것이 아니니, 지금에 와서는 표정에 두려운 기색 하나 없었다.

"그놈만 아니야. 혈수문과 하오문, 살곡 할 것 없이 모든 암살문에 다 의뢰해라. 천금을 써도 상관없다. 아니, 놈을 먼저 죽이는 곳에 천금을 줄 것이라 전해!"

"예, 주인님."

전에 없이 다급해 보이는 주인의 모습에, 총관의 표정도 무겁게 가라앉았다.

태복령이 나간 후.

황제의 검이 옆에 있는 화홍란을 베었다.

"충심이라."

황제의 입가에 서늘한 웃음이 걸렸다.

"거짓을 말할 때만 말을 더듬는 버릇은 여전하군."

싸늘한 비웃음과 함께 황제의 눈에 살기가 번들거렸다.

감히 제까짓 게 천자의 앞에서 거짓을 말하다니.

수십 년을 입안의 혀처럼 제게 충성하던 태복령의 배신이었다. 하지만 그게 아프냐면, 그렇지도 않았다.

지존의 삶이란 그러한 것이기에. 적어도 이 황궁엔, 신하의 충성을 믿을 만큼 어리석은 지존은 없었다.

"금영."

황제의 부름에 그의 그림자에서 조용히 인영이 솟아올랐다.

"태복령의 움직임을 샅샅이 살펴라."

황제의 명과 함께, 인영은 그림자 속으로 조용히 사라졌다.

"위위."

"예, 폐하."

"조 교위를 불러라."

"예, 폐하."

있는 듯 없는 듯 존재감 없이 있던 늙은 환관도 움직였다.

'황후마마의 오라비인 사례교위 조정호를 찾으시다니. 태복령의 말을 믿으시는 겐가? 만약 진실로 그분이 황자님이라면…… 천하에 다시 피바람이 불겠구나. 이십 년 전 전쟁 때보다 거센, 지존의 복수가 시작될 것이니.'

늙은 환관은 황제가 태복령을 죽이지 않은 이유를 미루어 짐작했다.

지존의 분노는 겨우 늙은 마부의 목숨 하나로 끝낼 수 있는 것이 아니었으니까.

날이 새기도 전에, 진화에게 암살자가 들었다는 소식이 궁궐 담을 넘었다. 그리고 이상한 소문도 함께 담을 넘었다.

진화에게 암살자를 보낸 범인이 새로운 이왕자비 '제갈지현'이라는 소문이었다.

낮에만 해도 제갈지현이 진화에게 물을 먹었다는 말이 파다했으니, 과격한 무림의 여식이 암살자를 동원한 것이 아니겠냐는 것이다.

진화와 원한을 쌓은 오왕부 사람이라면 이왕자와 삼왕자도 있었지만, 오왕부 사람들의 무림에 대한 인식이 제갈지현에게 불리하게 작용하고 있었다.

"아무런 근거도 없이, 무림 출신이니까 암살자를 불렀을 것이다? 허! 내가 고작 포구 하나로 그런 어설픈 짓을 할 거라고 생각하다니."

"비마마……."

"내가 어리석긴 했다. 일을 너무 쉽게 보았어. 이왕자의 오만함을 보고서도, 왕부의 인식까지 계산하지 못한 거야."

제갈지현이 입술을 깨물며 분을 삭였다.

곁에서 시녀인 양선이 안타까운 눈으로 그녀를 보고 있었다. 제갈지현의 입장에선 매우 억울한 일이었다.

소문과 상관없이, 당사자인 진화는 제갈지현을 전혀 의심하고 있지 않았다.

"돌아가는 꼴을 보아선, 우리 손에 암살자를 내줄 리도 없고, 암살자를 제대로 지켜 낼 수 있을 것 같지도 않군."

"그럼 어쩌게? 역시…… 납치할까?"

"……."

남궁구의 말에 진화는 잠시 남궁구를 빤히 보았다.

어디서부터 잘못된 것일까.

역시, 칠왕자를 납치했을 때부터였을까.

"그냥 지켜봐. 곧 의뢰를 한 사람이, 뒤처리를 하기 위해 나서겠지. 우린 의뢰자가 누군지 알아낸다."

진화의 말에 남궁구와 남궁교명이 빠르게 움직였다.

늦은 밤, 자소궁.

왕비는 제 비취 목걸이와 귀걸이, 머리 장식과 예닐곱 개의 반지를 빼서 탁자 위에 놓았다.

"보셨지요? 그리해서 죽일 수 있는 인사가 아닙니다."

거울 속에 있는 인영이 왕비에게 말을 걸었다.

목소리에 웃음기가 밴 것이, 어쩐지 왕비의 실패를 조롱하는 듯했다.

"양자라 한들, 무림에서 제왕이라 불리는 자의 손자입니다. 무림의 신룡으로 명성이 자자하지요. 고작 오군 구석탱이에서 왕 놀이나 하고 있는 자들이 노릴 수 있는 자가 아니라는 말이지요."

이제 보니 명백한 조롱이었다.

창백하게 굳은 왕비의 입술을 파르르 떨었다. 하지만 사내가 누구인지 알았기에. 왕비는 사내의 무례한 말투도, 오왕부에 대한 조롱도 모두 참고 물었다.

"……그대는 할 수 있나?"

"흐흐흐흐, 나는 왕 놀이나 하는 돼지 새끼와 달리, 진짜 왕이지."

거울 속에서 검은 칠을 한 사내가 허연 이를 드러내고 오만하게 웃었다.

소름 끼치는 사내의 모습에, 왕비는 그만 눈을 감을 뻔했다. 하지만 사내의 말처럼, 그는 진짜 왕이었다.

암살왕 교혼.

누군가를 죽이는 데에 이자만큼 믿을 수 있는 사람이 또 있을까.

왕비는 이를 질끈 깨물고, 거울 속 암살왕을 표독스럽게 노려보았다.

"천금, 아니 만금이 들어도 상관없다. 놈을 죽여라."

"ㅎㅎㅎㅎ, 좋아."

왕비의 말과 함께, 사내는 음흉한 웃음소리와 함께 거울 속에서 사라졌다.

암살왕이 다시 나타난 곳은 자소궁의 지붕 위였다.

파드드드득─!

전서구 하나가 사내의 팔에 앉았다.

사내는 그것을 보고 기분 좋게 웃었다.

"아비는 천금인데, 딸은 만금이라. 아비보다 딸년의 통이 더 크군. 애송이의 예쁜 목에 제법 큰돈이 걸렸어. ㅎㅎㅎㅎ."

암살왕의 눈이 이제 막 불이 꺼지는 별채로 향했다.

어두운 방.

자욱한 연기가 방 안에 가득했다.

그 한가운데에 한 인영이 가부좌를 틀고 명상에 빠져 있었다. 인영은 잿빛 머리에 목부터 손등과 허리까지 붕대를 감고, 피처럼 붉은 바지를 입었다.

밖에서 인기척이 들리자, 콧잔등을 가로지르는 검상이 움찔거렸다. 마침내 그가 눈을 뜨자, 날카롭게 올라간 눈매 끝이 칼날처럼 예리했다.

삼백안을 드러낸 눈동자는 그보다 훨씬 매서웠다.

소리마제(素履魔帝) 문악(問幄).

돈에 미친 살귀 혹은 악을 삼킨 입, 악구(惡口)라 불리는.

경박한 별호나 변덕스러운 행적과 달리, 그는 암살자 중에서 유일하게 제(帝)를 인정받는 무인이었다.

역천마제의 부상으로 귀천성 마제들이 모두 잠적에 들었을 때에도 그는 종횡무진 활동을 멈추지 않았다.

애초에 모습을 드러낸 적이 없었으니, 다시 숨을 이유도 없었던 것이다.

귀천성이 잠잠한 지금도, 그의 살인시문은 현 무림에서 가장 많은 암살 의뢰를 받으며 공포의 대상이 되어 가고 있었다.

"주군."

인기척의 주인이 방으로 들어왔다.

어디에나 있는 가게 점원 같은, 평범한 인상의 사내였다.

사내는 소리마제의 매서운 눈빛을 아무렇지 않은 얼굴로 마주 보았다.

"무슨 일이냐?"

"척살 의뢰가 들어왔습니다."

"음?"

수하의 말에 소리마제 문악이 눈썹을 꿈틀거렸다.

그러자 눈치 빠른 수하가 곧바로 말을 이었다.

"태복령 늙은이가 의뢰를 바꿨습니다. 황자의 생존은 아무래도 좋으니, 남궁진화를 죽여 달라고 합니다."

"허어!"

"우리 살인시문뿐 아니라 수도에 있는 모든 암살문에 황금을 걸었습니다. 남궁진화를 먼저 죽이는 곳에 금 일천 관을 주겠다고 합니다."

"뭐라? 푸하하! 그 늙은 너구리가 어디서 크게 덴 모양이구나! 겁을 먹고 펄쩍펄쩍 뛰는 것을 보면 말이야. 하하하하!"

수하의 말에, 소리마제가 경박스럽게 웃어 댔다.

그리고 새로운 장난감을 쥔 아이처럼 눈을 빛냈다.

"그래서, 혈수문과 살각, 하오문에서는 의뢰를 받았다나?"

당금 천하에 암살자를 가장 많이 소비하는 곳은 어디일까.

답은 간단했다.

적을 죽이고 싶지만 세상에 들키고 싶지 않은 자들.

진짜 칼을 드는 것만 제외하고, 온갖 수단으로 적을 죽이려는 자들.

정쟁(政爭)이라는 이름의 피비린내 나는 전쟁을 치르고 있는 황도의 권력자들이 있는 곳.

바로 황도였다.

황도에는 세상에 있는 모든 암살 문파가 모여 있다 해도 과언이 아니었다.

그중 가장 유명한 곳이 살각, 하오문, 혈수문 그리고 살인시문이었다.

"그들도 고민 중인 듯합니다. 아무래도 남궁이니까요."

"흐흐흐, 놈들에게 경고를 보내. 그 의뢰는 우리 살인시문의 것이라고."

소리마제가 눈빛을 번들거리며 말했다.

"……혈수문엔 우리의 말이 먹히지 않을 겁니다."

소리마제의 수하가 조심스럽게 말했다.

살각과 하오문은 사패천의 휘하 세력으로 정사 협정에 어긋나는 암살은 하지 않았으니, 남궁세가의 직계를 죽이려 하지 않을 것이었다.

하지만 혈수문은 달랐다.

혈수문은 무림이 아니라 순수하게 황도에 근간을 둔 문파로, 어떤 이해관계에 얽히지 않고 오직 주어진 의뢰를 완수하는 데에만 집중했다.

살인시문과 경쟁할 수 있는 자들이었다.

"혈수문이라면…… 괜찮을 게다. 놈들은 황도를 벗어나지 않을 테니까."

믿는 구석이 있는 것인지.

수하의 걱정에, 소리마제는 대수롭지 않은 반응을 보였다.

그때, 수하가 조심스럽게 덧붙였다.

"감시를 보낸 반생급의 정보에 따르면, 거기에 이미 암살왕 교혼이 있을지도 모른다고 합니다.”

“암살왕 교혼이 벌써 움직였다고?”

소리마제가 눈살을 찌푸렸다.

암살왕이라니, 그건 조금 골치가 아파 왔다.

암살왕 교혼의 명성은 근래에 들어 무림 최고 살수라는 소리마제의 아성에 도전할 정도였다.

암살문에 규모만큼 중요한 것이 실적이라면.

암살왕 교혼의 실적은 능히 일인 문파라 할 만했다.

소리마제는 예상치 못한 암살왕의 등장에 잠시 고민에 빠졌다.

소리마제가 그동안 눈엣가시처럼 거슬리는 암살왕을 그냥 둔 것은 오로지 돈 때문이었다. 돈이 되지 않는 살인은 하지 않는 것이 살인시문의 철칙이었기에.

소리마제는 이번에도 그 철칙은 지키기로 했다.

“좋아! 이왕 이렇게 된 거, 암살왕을 내 사냥개로 삼아야겠구나.”

“암살왕을 말입니까?”

소리마제의 말에 수하가 놀라서 되물었다.

“암살왕이라면, 차라리 이리라는 말이 맞지 않을까요? 주군이 나서지 않는다면, 우린 그 이리에게 천금을 빼앗길 거고요!”

“흐흐흐, 이 수전노야! 설마 내가 그 돈을 떼일까 봐?”

그 주군에 그 수하라 할까.

소리마제는 물론이고 그의 수하까지.

그들은 천금이 이미 그들의 돈이 된 양 굴었다.

암살왕에게 천금을 빼앗길까 안절부절못하는 수하를 보며, 소리마제가 음흉하게 웃어 보였다.

"비록 암살은 실패로 끝났지만, 암살왕 그놈은 이전에도 난공불락의 요새라는 남궁세가 본가에 들어가는 것까진 성공했다. 이번에도 남궁세가에 들어가려 하겠지. 저번의 실패로, 남궁경에게 남다른 원한이 생겼으니까. 흐흐흐! 놈을 남궁세가에 들어가기 위한 길잡이로 쓸 것이다."

소리마제가 눈을 빛내며 말했다.

수하는 그런 소리마제가 의외인 듯 고개를 갸웃거렸다.

"암살왕 교혼을 싫어하시는 줄 알았는데 말입니다."

"싫어하지. 그러니까 이번 기회에 둘 다 죽여 버리고 의뢰를 훔쳐 와야지. 결국 돈은 암살을 완성한 놈이 먹게 될 테니까. 안 그러냐?"

소리마제가 콧잔등의 상처를 실룩거리며 음흉하게 웃었다. 그에 소리마제의 수하가 진지한 눈으로 물었다.

"직접 가실 겁니까?"

"그래야지, 암살왕 그놈도 치워 버리려면."

"오! 그렇다면 천금은 이제 우리 것이겠군요."

소리마제가 직접 나선다는 말을 듣고서야, 그의 수하는 안심한 듯 웃음을 지어 보였다.

중요한 돈 이야기가 끝이 났으니, 남은 것은 그저 여담일 뿐이었다.

"태복령이 의뢰하기도 전에 암살왕이 움직인 것을 보면, 암살왕의 의뢰자는 오왕부의 왕비인 듯합니다."

"계집의 눈썰미가 제법이야. 제가 던져 버린 황자를 알아본 것을 보면."

"남궁에서도 눈치챌 겁니다."

"그래 봐야 증거 없이는 꼼짝도 못할 놈들이다. 증거가 나올 리도 없고."

수하의 말에 가볍게 답하며, 소리마제는 아주 과거의 기억을 떠올렸다.

불이 난 왕자궁.

제가 모든 궁녀를 죽여 버리자, 기다렸다는 듯 제 손에 왕자를 넘겨주던 어린 여자.

왕자를 넘기던 손은 덜덜덜 떨리고 있었지만, 눈물 맺힌 눈에는 증오와 열망이 가득했었다.

"그 핏덩이를 제 손으로 넘기다 못해 이제는 죽이려고까지 하다니. 재미있는 인연이야. 흐흐흐."

"과연, 한 번도 아니고 두 번이나 죽이려고 하는 관계를 '인연'이라 할 수 있을까요?"

소리마제는 재밌다는 듯 킬킬거렸지만, 그의 수하는 조금 질린 표정을 지었다.

"자, 그럼 주군, 가서 돈 벌어 오십시오. 안 그래도 혼현마제의 제자 놈이 몇 번이나 확인차 물어 왔습니다."

"그 조그만 놈이 제법 귀찮게 하는군."

"그러니까요. 주군이 의뢰 좀 해 주십시오, 제가 처리해 버리게."

"싫다, 돈 아깝게."

"이런. 역시 주군은 훌륭한 수전노이십니다."

"이하동문이다. 흐흐흐흐!"

소리마제와 그의 수하가 즐겁게 농담을 주고받으며 방을 나왔다. 마치 평온한 일상을 즐기듯, 그들은 이대로 나가 또 다른 누군가를 죽이러 갈 것이었다.

흔히 무림은 약육강식의 세계라 말한다.

서로 죽고 죽이고, 강한 자가 살아남아 부와 명성, 권력 모든 것을 가진다.

어찌 보면 짐승의 세계와 다를 바가 없지 않은가.

강한 맹수가 약한 짐승의 죽이고, 그 몸을 양분으로 삼는 것이.

학자들이 무림을 향해 천박하고 무모하다 비난하는 이유

였다. 하지만 스스로를 지키지 못하는 이들의 울림이야말로 얼마나 공허한 것이겠는가.

"으, 으어어어억!"

아침, 교대를 위해 옥사에 들른 병사가 비명을 지르고 달려 나왔다.

진화의 예상대로 오왕부는 암살자를 지켜 내지 못했다.

옥사에 있던 모든 병사와 죄인 들을 죽이고, 끝내 암살자까지 죽인 것이다.

옥사 밖에서 뒤처리를 하러 올 사람을 기다렸던 남궁구도 표정이 좋지 못했다.

"놈들이 양주 밖으로 사라졌어. 양주 밖까지는 쫓아가지 못했고. 일단은 본가에 연락을 해 놓았는데…… 아마 늦었을 거야."

남궁구가 심각한 표정으로 말했다.

남궁구가 꽤 많은 거리를 벌리고 쫓을 정도로 경공이 뛰어난 자들이니, 본가에서도 손쓸 방법이 없을 터였다.

"살수 단체가 분명합니다. 옥사에 있던 암살자의 목을 가르고 혀를 잘라 갔다고 합니다."

"죽어서도 말을 하지 않겠다는 건가? 의뢰인들이 좋아하겠군."

남궁교명의 말에, 남궁구가 비꼬듯 말했다.

그러면서 얼굴에는 '중원 끝까지 쫓았어야 했나.' 하는 후회가 가득했다. 하지만 정작 진화는 아무렇지 않은 얼굴이었다.

"괜찮아. 오왕부에 빚을 하나 더 지워 놓는 거니까."

진화의 말에 남궁구와 남궁교명의 얼굴이 구겨졌다.

"도련님은 지금 그게 문제야?"

"살수 단체가 공자님을 노리는 것도 문제지만, 놈들의 정체를 알 수 없다는 것도 큰 문제입니다. 언제 또 암살자가 올지도 모르고……."

남궁구와 남궁교명은 태평한 얼굴로 짐을 싸고 있는 진화의 모습이 걱정스럽다 못해 답답한 듯했다.

하지만 진화는 태평한 것이 아니라 익숙한 것이었다.

진화가 쫓겨 본 것이 하루 이틀 일이겠는가.

이전 생을 통틀어 절반은 광마제에게, 나머지 절반은 다른 귀천성 마제들에게 쫓겼던 진화였다. 웬만한 암살자의 수법이라면, 진화의 눈을 피할 수 없었다.

"목을 가르고 혀를 잘라 갔다면, 살인시문 놈들이야."

진화의 말에 남궁구와 남궁교명의 눈이 커졌다.

진화가 적의 정체를 알고 있을 줄은 몰랐던 모양이었다.

"교성흑오대나 광룡귀면대처럼, 귀천성 소리마제의 독문 세력이지."

진화의 입꼬리가 슬쩍 말려 올라갔다.

"소리마제는 의뢰를 받고 돈을 받아야 살인을 하거든. 같

은 귀천성의 일이라 할지라도. 그러니까 간단해. 귀천성의
누군가가 놈에게 나를 의뢰한 거겠지. ……혼현마제, 그놈이
살아 있어."

단, 나를 직접 죽일 수는 없는 상태로.

진화가 눈빛을 번뜩였다.

종남에서 그렇게 사라진 혼현마제의 상황을 알게 된 것은
큰 수확이었다.

하지만 그것보다 더 큰 수확은.

"칠왕자 한문혜가 준 정보에 따르면, 소리마제야말로 혼
현마제가 찾은 제물을 직접 납치하고 모았다고 했어. 돈 귀
신이라 장부를 가지고 있다고."

진화의 말에 남궁구와 남궁교명의 눈이 커졌다.

그들은 묘하게 들떠 보이는 진화의 모습에 불안감마저 느
꼈다.

"설마 소리마제를 기다릴 참입니까?"

"놈들을 막 유인하고 그럴 생각은 아니지, 도련님? 응?"

"당연히 본가에서는 안 되지! 당분간은 놈들이 다시 오기
힘들 테니. 그 전에 본가에 들렀다가 얼른 정의맹으로 복귀
할 거다. 그때를 노려봐야지."

진화가 싱긋 웃는 모습에, 남궁구와 남궁교명은 잠시 할
말을 잃었다.

'지금 남궁세가를 걱정할 때가 아닐 텐데? 뭘 노린다는 거

야?'

'아니, 애초에 살인시문을 유인하겠다는 게 더 문제 아닐까.'

남궁구와 남궁교명이 어디부터 지적해야 할지 고민하는 사이, 진화는 깔끔하게 본가로 돌아갈 차비를 마쳤다.

"혼현마제가 아닐 수도 있어. 소문처럼 오왕부 내의 누군가일 수도 있지."

툭 던지듯 말을 한 진화가 밖으로 나갔다.

뒤늦게 진화의 말뜻을 물으며 남궁구와 남궁교명이 뛰어나왔지만, 밖에는 보는 눈이 많은 터라 더 이상 대화를 이어나갈 순 없었다.

자원궁 대전.

"시간이 빨리 흘렀군. 하지만 의미 있는 시간이었네. 남궁세가와 본 왕부가 앞으로도 원활한 관계를 이어 가는 데에 의의를 두도록 하지."

오왕의 말에, 진화의 뒤에서 남궁구와 남궁교명이 실소를 흘렸다. 비웃는 기색이 명백함에도, 누구 하나 나서서 화를 내지 못했다.

"암살자의 시신은 염을 하여 본가로 보내 주십시오."

"그, 그건 내 약조하지."

멀쩡하게 사로잡은 암살자를 죽게 내버려 뒀으니, 오왕부로서는 진화의 요구를 들어주지 않을 수 없었다.

오히려 신료들은 이 문제로 진화가 보상을 요구하거나 의뢰자를 찾겠다고 왕부를 들쑤시지 말고 얼른 떠나 줬으면 하는 바람이었다. 복잡한 문제에 관여하고 싶지 않은 건, 오왕도 마찬가지였다.

"그럼 이만 가 보겠습니다."

"만나서 반가웠어요."

오왕의 곁에 있던 왕비도 자연스럽게 진화를 배웅했다.

진화의 시선에 인형같이 굳어 있는 왕비의 얼굴이 들어왔다.

'또 또 저런 눈이군. 벌써 죽은 사람을 보는 듯한 눈. 제갈지현도 아니고, 왜 당신이 내게 그런 눈을 할까?'

진화의 눈빛이 서늘하게 가라앉았다.

"환대 감사했습니다, 왕비마마. 건강하십시오."

"그……대도, 무탈하길 바라겠어요."

서로 어색한 인사를 나누고, 마침내 진화는 꿈에서도 그리던 남궁세가로 출발했다.

떠나는 진화의 뒷모습을 확인하고 자소궁으로 돌아온 왕비가 한숨을 돌렸다.

그때, 왕비의 귓가에 어김없이 그녀를 조롱하는 목소리가 들렸다.

"킬킬킬, 그렇게 겁먹은 얼굴을 하고 있었나? 아무것도 모르는 애송이라도 눈치를 챘겠어."

"닥쳐라! 남궁진화가 떠났는데, 왜 네놈은 아직까지 이곳에 있지?"

왕비가 거울 속에 있는 암살왕에게 쏘아붙였다. 하지만 암살왕은 당황한 기색조차 없이 거울 속에서 어깨를 들썩이며 웃었다.

"불안해 보이는군, 아주 많이. 왜일까?"

"닥쳐! 네놈 따위가 궁금해할 일이 아닐 텐데!"

왕비가 거울 속 암살왕을 죽일 듯 노려보았다.

그 모습에 암살왕이 능청스럽게 어깨를 으쓱했다.

"뭘 화를 내고 그러나. 재촉하지 않아도 천천히 따라갈 거다. 남궁세가에서, 남궁경이 보는 앞에서 죽일 거거든."

"어떻게 죽이든 상관없어. 제대로 놈의 목을 떨어뜨려!"

왕비의 눈이 독기를 넘어 살기로 가득했다.

그 눈을 보며, 암살왕의 눈빛이 이채를 띠었다.

"흐흐흐흐, 만큼이나 준비해 두라고."

왕비의 반응이 예사롭지 않았으나, 잠시 접어 두기로 했다. 왕비에게 말했듯, 암살왕의 머릿속에는 온통 남궁세가와 남궁경으로 가득했기 때문이다.

이미 끊어져서 느껴질 리 없는 고통이 양쪽 귀에서 느껴지는 듯도 했다. 무려 수십 년을 기다린 복수였다.

"네 아들의 귀와 귀를 뚫어, 네 앞에 던져 주지."

남궁세가를 향하는 암살왕의 표정이 진화만큼이나 들떠 보였다.

설레는 마음으로 남궁세가로 향하는 이는 또 있었다.

"처남, 그대가 가 보게. 마음 같아서는 당장 황궁에 불러 들여 얼굴을 확인하고 싶지만, 황후가 알게 될까 봐 그게 걱 정이네. 그 아이를 잃은 후, 황후의 상심이 얼마나 컸는가. 만약 그 남궁진화라는 자가 황자가 아니라면, 황후는 다시 한번 무너질 거야. 어쩌면 이번엔…… 내 말뜻, 자네라면 이 해하겠지?"

현 황제가 황후를 얼마나 아끼는지에 대해서는 말해 무엇 하겠는가.

수많은 후궁과 궁녀 들이 손에 닿을 거리에 있었지만, 황 제의 시선은 늘 황후에게만 향했다.

"그러니까 그대가 먼저 보고 오게. 내 따로 조사는 할 것 이나, 황자의 얼굴을 아는 그대라면 능히 황자를 알아볼 수 있을 걸세. 그대야말로 황후와 황자의 혈육이 아닌가."

황제는 황후의 유일한 핏줄인 오라비 조정호에게 사례 교위 자리를 주었다.

하남 조씨 일문은 전대 황제의 견제 속에 지금의 황제를 보호했고, 사실상 황제를 용상에 앉힌 일등 공신이라 해도 지나치지 않았다.

여동생이 황후의 자리에 오르고 관직에서 물러서려던 조정호에게 황제가 손수 황도의 군권을 쥐여 주었으니.

황제가 하남 조씨 일문과 조정호에게 보내는 신뢰가 얼마나 큰지 알 수 있을 것이었다.

"만약 그 아이가 황자가 맞다면, 데려오게, 반드시! 황후를 위해, 나를 위해 그리고 이 나라 종묘사직을 위해 반드시 데려와야 할 것이네!"

황제의 말을 떠올리며, 조정호가 말의 고삐를 단단히 쥐었다.

군복이 아닌 무복을 입고 외행을 하는 것은 실로 오랜만이었지만, 조정호의 마음 한편에는 무거운 죄책감이 자리했다.

'조카님이 살아 있다면, 그래서 정말 남궁진화가 맞다면, 황후마마도 기력을 되찾으실 텐데……'

황제는 조정호가 황자를 알아볼 것이라 확신했다.

그때 황자를 본 사람이라면, 그 '특별한 눈'을 쉬이 잊을 수 없을 테니까.

심지어 조정호는 단 한 번도 조카의 얼굴을 잊은 적이 없었다.

잊지 않기 위해 화공을 불러 그림을 그렸고, 나중에는 그림을 보지 않아도 잊어버리지 않았다. 아들의 어린 시절보다 더 생생하게 기억하고 있을 정도였다.

'황후마마를 닮은 눈. 조카님…… 부디 살아 있다면, 천하를 네 품에 안겨 주마.'

무거운 부담감을 뚫고 희망이 싹을 틔웠다.

죄인처럼 웅크리고 있던 조정호의 눈에도 희망이 번뜩이기 시작했다.

달이 밝은 밤.

월하루는 꽃 같은 기녀들이 있는 곳으로, 황도에서 제일 비싸고 인기 있는 주루였다.

물론 손님 또한 아무나 받지 않는 곳으로 알려져 있었다.

태복령 곽구윤은 그런 월하루의 단골손님으로, 보름에 한 번씩 측근들을 데리고 권세를 과시하러 들렀다.

오늘도 태복령과 그의 측근들이 월하루의 제일 꼭대기 층을 차지하고 떠들썩하게 놀고 있었다.

분위기가 무르익고 다들 술이 거하게 오르자.

"우하하하하! 마셔! 오늘은 걱정들 내려놓고 마셔라—!"

황도에서도 손에 꼽히는 거부답게, 태복령이 커다란 주머니에서 은자를 꺼내 던졌다.

좌라라라— 챙그랑−!

"꺄−아! 나리! 은비가 와요! 은비예요!"

"으하하하! 춤 추거라! 비를 맞고 춤을 춰라!"

태복령이 은자를 던지는 사이, 기녀들은 물론 태복령의 측근들이 나와 그 속에서 춤을 췄다. 그렇게 흥청망청 먹고 마시다 한 사람씩 쓰러져 잠이 들면, 기녀와 월하루 직원들이 그들을 옆에 있는 방으로 하나씩 옮겼다.

태복령 또한 직원들에 의해 술에 취해 늘어진 몸이 옮겨졌다.

"흐으. ……붉은 방…… 취선아, 나를 붉은 방으로……."

취기와 함께 비몽사몽 한 정신으로 태복령이 늘 찾던 기녀와 방을 찾았다.

"흐흐흐, 내가 취선이구나, 내가……. 흐흐흐."

공중에서 몸이 넘실거리는 듯한 느낌에, 태복령이 실실 웃음을 흘렸다. 하지만 오늘 그의 몸이 실린 곳은, 붉은 보료가 깔린 방이 아닌 바닥이 딱딱한 수레였다.

술에 취해 잠이 든 그는 스며드는 한기에 몸을 떨면서도 정신을 차리지 못했다.

태복령과 그 측근들을 실은 수레가 서늘한 새벽 저자를 뚫고 사라졌다.

그들이 놀던 월하루 최상층에서, 월하루의 주인이 그 광경을 보고 있었다.

"태복령의 장원에도 군사들이 들이닥쳤다고 합니다. 살아 있는 사람은 하나도 남겨 두지 않고 끌려갔답니다."

"흐음……."

월하회주의 말에, 야희성녀가 미간을 찌푸렸다.

살아 있는 모든 사람이라 하면, 그 집에 있는 젊은 하인 부부의 갓난아이부터 죄 없는 식객들까지 포함하는 것이니.

주인의 죄에 이처럼 모든 사람들을, 그것도 금군이 잡아가는 일은 극히 드문 일이었다.

"역모를 할 사람이 아닌데, 대체 무슨 일에 연루된 걸까요?"

월하회주 역시 금군에 협조하여 태복령과 측근들을 내주긴 했으나, 이유가 쉬이 짐작되지 않았다.

그때, 야희성녀가 나지막이 물었다.

"회주, 며칠 전, 태복령이 황도에 있는 모든 암살문에 내린 의뢰를 기억하나요?"

"아, 그 '남궁진화를 죽이는 곳에 천금을 주겠다.' 한 것 말입니까? 그때, 남궁진화 그 친구가 오왕부에서 삼왕자의 팔을 부러뜨리고 왕비와 제갈지현을 망신시켰었지요. 그래서 자존심 강한 왕비가 태복령을 부추겨 의뢰를 한 것이라, 그렇게 결론 내리지 않았습니까."

당시에는 태복령과 남궁진화는 전혀 연관성이 없었다.

하지만 남궁진화가 오왕부에 있고, 그들 사이에 왕비를 놓으니. 이야기의 아귀가 딱딱 맞아떨어졌다.

심지어 남궁진화의 성질머리는 진즉 알아보았기에, 전혀 의심하지 않았던 일이었다.

그런데 그 일을 다시 묻다니.

"뭐, 걸리는 것이라도 있으십니까?"

월하회주가 의아한 듯 물었다.

야희성녀의 표정이 심각하여, 월하회주도 다시 한번 곰곰이 그때의 일을 떠올렸다.

"그러고 보니…… 그때 태복령이 오밤중에 황실로 불려 들어갔었지요! 혹, 그것과 연관하여 다른 이유가 있다고 생각하십니까?"

월하회주가 실수를 깨달은 듯 고개를 끄덕였다.

"그렇군요. 우리가 남궁진화에 대한 의뢰에 주목하느라, 태복령이 따로 황제의 부름을 받은 일을 너무 가볍게 여겼나 봅니다. 황궁에 선을 놓아, 그때의 일을 알아보겠습니다."

월하회주는 여전히 태복령과 남궁진화 사이에 연관성을 찾지 못했다.

그는 그저 큰 불 구경하느라 작은 불을 놓친 것과 같은 실수를 했다고만 생각한 것이다.

월하회주의 답은 정답이 되지 못했다.

야희성녀의 물음은 처음부터 '태복령의 의뢰'에 있었기 때문이다.

"회주, 태복령이 살인시문에도 의뢰를 넣었을까요?"

"살인시문 말입니까? 하나 그곳은……."

야희성녀의 말에 월하회주가 인상을 흐리며 말을 잇지 못했다.

그들도 소리마제의 살인시문이 황도에 존재하는지는 알았으나, 그 이상은 알지 못했다. 그 이상 알아내기 위해 수백 명이 죽임을 당했고, 그 이후로는 알아낼 생각조자 못 했다.

야희성녀가 직접 살인시문에 대해서는 손을 떼라 했으니, 그녀도 그걸 모르지 않았다.

그런데도 묻는다는 건……?

월하회주는 그제야 야희성녀가 다른 생각을 하고 있음을 알아차렸다.

"남궁세가에 소리마제나 살인시문이 나타난다면, 태복령이 그들을 알고 있었다는 것이겠지요?"

야희성녀의 물음에 월하회주가 진지하게 고개를 끄덕였다.

"남궁세가에 연통을 보내겠습니다. 남궁진화에 대한 암살 의뢰를 알려 주고, 혹 소리마제가 나타난다면 전갈을 달라 일러 놓겠습니다."

"황실에도 경고를 해 주는 게 좋겠어요. 혹시 태복령이 소리마제에 대해 입을 열기도 전에 처리당할 가능성이 크니."

"그리하겠습니다."

사람을 읽는 통찰력 하나로, 월하회를 일으키고 십이좌회의 일인이 된 야희성녀였다.

　월하회주는 여전히 야희성녀가 태복령의 의뢰에서 무얼 읽었는지 짐작조차 할 수 없었지만, 성실하게 그녀의 명을 받들었다.

　"살인시문이 의뢰를 받고 남궁진화의 앞에 나타난다면, 태복령이 이미 그들을 알고 있었다는 것이고. 태복령이 살인시문을 알았다면, 이번이 첫 의뢰는 아니라는 뜻이니……."

　태복령과 남궁진화, 황제…… 그리고 소리마제.

　야희성녀의 머릿속에서 아주 오래전 일이 하나 떠올랐다.

　"회주."

　"예, 성녀님."

　"황실에 전해요. 폐하께서 알고자 하시는 걸 알아내려면, 반드시 태복령을 지켜 그 입에서 소리마제와 살인시문에 대해 들어야 할 것이라고."

　"그리 전하겠습니다."

　월하회주가 깊게 고개를 숙이고, 그녀의 명을 수행하기 위해 밖으로 나갔다.

　오왕부에서 합비까지는 뱃길로 하루가 조금 넘게 걸렸다.

그리고 하얀 안개에 가린 거대한 바위와 울창한 숲이 어우러진 천주산 자락이 눈에 들어오기까지 반나절.

진화 일행의 눈에 잠삼현이 보이기 시작했다.

"다 왔네! 저기, 세가가 보이네!"

남궁구가 멀리 보이는 남궁세가를 보며 반색했다.

"그렇게 좋은가?"

"왜, 너는 안 좋냐?"

"그럴 리가."

남궁구의 반문에 남궁교명도 웃으면서 고개를 저었다.

남궁도가 죽고 그 일당이 모두 잡히면서, 더 이상 숨을 이유가 없었던 남궁교명의 집안도 서평원의 본가로 돌아왔다.

여전히 아버지와 형은 청해상단의 일로 바빴지만, 본가에는 어머니와 다른 식구들이 기다리고 있을 터였다.

가족이 기다리는 집.

드디어 반가운 '가족'과 그리운 '집'이 완벽해진 것이다.

하지만 집과 가족이 그리운 데에는 다른 이유도 있었다.

"여정이 길었군."

"겨우 이틀이었기에 망정이지, 시체와 함께 시작하는 식사가 익숙해질 뻔했어."

남궁교명이 아련한 눈으로 그들이 지나온 길을 보고, 남궁구가 고개를 절레절레 저었다.

멀리 남궁세가가 보이는 길목.

그들이 빠져나온 숲에서 진화가 고기 굽는 냄새를 풍기며 걸어 나오고 있었다. 진화는 저를 보고 있는 남궁구와 남궁교명의 모습에 눈을 동그랗게 떴다.

"그렇게 쳐다봐도 소용없다. 이번 놈들은 가진 것이 없어서 나눌 것도 없으니까."

진화가 빈손을 보이며 말했다.

방금 숲에서 그들을 기다리고 있던 놈들까지 총 스물넷.

고작 이틀도 안 되는 시간 동안 진화를 노렸다가, 진화에게 죽은 숫자였다.

남궁구와 남궁교명은 진화의 말간 눈과 진화에게서 풍기는 고기 냄새를 맡으며, 어서 그리운 집으로 돌아가고 싶어졌다.

그때, 저 멀리서 사자후와 같은 고함이 들렸다.

"진—화야——! 내———— 아———들!"

남궁경의 목소리에, 진화의 얼굴에 화색이 돌았다.

"아버지!"

환한 얼굴로 손을 흔드는 진화를 보며, 남궁구와 남궁교명도 웃음을 지었다.

"그래, 고기 냄새가 어디냐."

"피 칠갑은 안 해서 다행이다."

유별난 부자 상봉을 보며, 남궁구와 남궁교명은 세가로 돌아왔음을 실감했다.

잠삼현.

가까이에 구강과 여강, 합비를 두고 있는 작은 현이었지만, 이 지역에서는 그 어떤 곳보다 유명한 곳이었다.

바로 남궁세가가 자리한 곳이었기 때문이다.

청평원은 크게 동과 서로 나뉘어 서평원과 동평원으로 불렸는데, 남궁구와 남궁교명의 집은 주로 남궁의 방계들이 많은 서평원에 있었다.

물론 서평원 안에도 비슷한 부류끼리 작은 마을을 이루고 있었고, 그들 사이에도 구분과 차별은 존재했다. 하지만 저자에 나와 장사를 하는 사람들, 가게에 들른 손님, 길에서 놀고 있는 아이들까지, 결국은 모두가 남궁세가의 사람들이었다.

남궁경과 함께 진화와 남궁구, 남궁교명이 잠삼현에 들어서자, 길에 있던 사람들이 자진하여 몸을 숙이며 길을 비켜 주었다.

"소공자님, 오셨어요----!"

"우리 공자님, 헌헌한 장부가 되셨네!"

"그래도 아름답습니다!"

웃는 낯으로 박수를 치는 사람들과, 목소리를 내어 인사하는 사람들. 그리고 진화의 어릴 적 그림을 든 사람들도 순식간에 모여들었다.

"크아아아아아! 공자님!"

"으헉! 더 아름다워지셨……!"

"공자님, 소찬회가 왔습니다—!"

삼 년 만에 돌아온 진화를 보기 위해, 사람들이 너도나도 저자에 나와 진화를 환영했다. 남궁진휘와 진혜가 삼 년 만에 돌아왔던 그때 이후로 오랜만에 있는 일이었다.

잠삼현의 가로지르는 길 끝.

거대한 의천문 앞으로, 다른 식구들이 보였다.

남궁가주와 가모인 하후민, 천화정의 식솔들. 그리고 벌써 눈물을 글썽거리는 팽연화의 모습.

"집에 돌아온 것을 환영한단다."

아버지 남궁경이 덩달아 눈물을 글썽거리며 진화의 등을 밀어 주었다. 진화는 곧장 어머니 팽연화에게 달려갔다.

서로 끌어안는 감동적인 모자 상봉을 지켜보며, 남궁구와 남궁교명이 서로 눈을 마주치고 고개를 끄덕였다.

유별난 부자 상봉을 지켜보았을 때 했던 그 생각을 하고 있는 것이 틀림없었다.

진화의 무사 귀환에, 남궁세가는 창천원에 큰 현판을 달고 연회를 열었다.

"아니, 연회까진 안 해 주셔도 되었는데……."

귀 끝을 붉히며 말하는 진화의 모습에, 남궁가주가 웃음을 터뜨렸다.

"허허허허! 녀석아, 널 기다린 사람이 어디 한둘이냐. 우리도 우리지만, 잠삼현 사람들도 모두 널 보고 싶어 했어. 소문으로 들려오는 네 소식에 모두가 얼마나 자랑스러워했는데."

"그때만 생각하면……."

진화의 먹는 모습만 봐도 흐뭇해하는 가운데, 가모 하후민이 그때를 생각하며 살짝 한숨을 쉬었다.

"소찬회에서 현판 달고 폭죽 터뜨리고 난리도 아니었단다."

궁금해하는 진화에게 가모 하후민이 고개를 저으며 말해 주었다.

지금은 쉽게 이야기하지만, 당시엔 갑자기 밤중에 폭죽 소리가 나는 통에 전쟁이 다시 터진 줄 알았다. 알고 보니 진화가 귀천성 마제들과 싸우고 창천화룡이라는 명성을 얻으면서, 저자의 상인회와 소찬회가 이를 축하한 것이라.

그날의 축하 행사는, 남궁세가 소공자를 향한 선망과 애정, 그리고 상인들의 상술이 더해지며 완벽한 축제가 되었었다.

남궁경과 팽연화는 남궁세가 사람들에게 이토록 많은 사랑을 받는 진화를 흐뭇하게 볼 뿐이었다.

"저, 할아버님과 형님, 누님은……."

식구들과 함께 즐거운 한때를 보내며, 진화는 자리에 없는 가족들이 더 생각났다. 그런데 갑자기 서늘해지는 분위기에, 끝까지 말을 잇지 못했다.

아니나 다를까.

모든 사람들의 시선이 가모 하후민을 향했다.

"호호호, 글쎄다. 죽었는지 살았는지. 우리 부군사님은 얼마나 바빠서 집엔 코빼기도 안 보이는지. 혹시 모르지, 문서에 파묻혀서 먹물에 코를 박고 뒈졌는지."

"진혜는 조사가 끝나는 대로 온다는데…… 종남에서 무슨 일을 한 것인지 어음이 날아왔더구나. 거기 조사단으로 온 한림회 학사를 머리로 들이받았다는데……. 허허허, 대가리가 얼마나 강철 같으면 학사의 턱이 그렇게 으스러지는지, 합의금이 금 일 관이라는구나. 혼수라 생각하고 그놈에게 시집가 버리라고 했단다."

"……."

가모와 남궁가주의 말이 있고, 식사 자리가 한결 차분해졌다.

잠시 뒤.

진화는 지금까지의 일부터 오왕부에 있었던 일을 보고하기 위해서 남궁가주의 집무실을 찾았다.

"칠왕자 한문혜라…… 그건 그렇고 암살자가 들었다고?"

"왕비의 짓이지?"

"이곳으로 오면서도 널 노린 자들이 꽤 많았다고 들었다."

"왕비 그년 맞지?"

남궁가주는 진화의 보고 외에도 벌써 알고 있는 것이 많았다. 누가 이렇게 소상하게 알렸는지는 능히 짐작이 갔지만, 작은 송골매가 그럴 틈이 있었다는 게 놀라울 뿐이었다.

　"……경아."

　"아, 왕비 그년이 맞다니까 그러네. 그년이 아니면, 우리 진화에게 이런 짓 할 인간이 누가 있소? 내가 지금이라도 왕비 년 대가리를 깨 놓을 거요!"

　"망할! 그놈의 대가리! 네가 이러니까 진혜 그것이 자꾸 남의 대가리를 깨고 다니잖느냐!"

　"아, 여기서 진혜 얘기는 왜 나와요! 자꾸 진혜가 사고 치면 내 탓이래. 진혜가 형님 딸이지, 내 딸이오?"

　"내 딸이야! 그런데 왜 너만 닮았느냔 말이야! 아오!"

　남궁가주가 속에서 누르고 있던 화를 터뜨리고, 남궁경도 지지 않고 대꾸했다. 하지만 남궁진혜의 말이 나오면, 언제나 지는 쪽은 남궁경이었다.

　잠시 후, 늘 그렇듯 남궁경이 입을 삐죽거리며 자리에 앉고. 진화는 어른들이 진정된 것을 보며 다시 말을 이었다.

　"아무래도 암살자는 귀천성 살인시문인 듯합니다."

　"살인시문이라고?"

　남궁가주와 남궁경의 눈이 커졌다.

　"오왕부에서 저를 노린 암살자가, 목이 잘리고 혀가 없어진 채 죽었습니다. 사로잡힌 이를 그리 처리하는 것이 살인시문의 방식이라 들었습니다."

"그렇지. 놈들의 방식이야. 어허! 이제 살인시문, 소리마제까지 나타났구나."

남궁가주와 남궁경의 표정이 심각해졌다.

그때, 진화가 눈을 반짝였다.

"소리마제를 잡으면 마제들의 제물에 대해 알 수 있습니다."

"뭐?"

"칠왕자에게 거래권을 주고 얻은 정보입니다. 혼현마제가 제물에 대한 정보를 주면, 소리마제가 그들을 데려온다고 했습니다. 돈에 집착이 심해서 납치한 제물에 대해 장부에 꼼꼼하게 기록한다 하니. 장부를 찾으면 제물들에 대해 아는 것은 물론이고, 그것으로 놈들의 움직임을 쫓거나 유인할 수도 있을 것입니다!"

진화가 잔뜩 기대하는 눈빛으로 말했다. 하지만 진화의 말을 듣는 남궁가주와 남궁경의 얼굴은 점점 더 심각하게 굳어갔다.

"행여 너를 위험에 노출시키는 일은 없을 것이다."

"하오나……."

"진화야!"

드물게도 남궁가주가 진화에게 큰소리를 쳤다.

하지만 팔자 눈썹을 하고 저를 보는 진화의 모습에, 이내 한숨을 쉬고 말았다.

"혹시, 암살왕 교혼이라는 이름을 들은 적이 있더냐?"

"들어 본 적은 있습니다."

무림에 널리 알려진 이름이었다. 하지만 진화는 이전 생에 아버지 남궁경에게 죽임을 당한 자로 그를 기억하고 있었다.

"그래. 네가 보낸 포사라는 자와 청화상단이 암살왕 교혼의 손에 당했다. 아마도 안상범이 그자와 연결된 듯한데, 아직 입을 열지 않고 있단다."

"아……!"

남궁세가에서 벌써 안상범을 잡아들인 사실을 몰랐던 진화는 낮게 탄성을 내었다. 진화는 증인도 없이 안상범을 잡아들였을 거라 생각도 못 했기 때문이다.

여전히 남궁가주와 남궁경의 일 처리에 대해 아는 것이 없다는 생각이 들었다.

"암살왕 교혼은 본래 남궁세가와 네 아버지에게 원한이 깊은 자다. 혹시 몰라 그놈을 찾는 중인데, 살인시문까지 너를 노린다니. 우리로서는 네가 걱정될 수밖에 없구나."

남궁가주의 말에 진화가 이해한다는 듯 천천히 고개를 끄덕였다.

"네 실력을 모르는 바는 아니지만, 어른들의 걱정을 이해해다오. 당분간, 그놈을 잡기 전까지만, 바깥출입을 자제하고 호위를 늘렸으면 한다."

남궁가주의 말에, 진화는 그와 남궁경을 번갈아 보았다.

　걱정이 가득한 어른들의 눈을 보자니 스스로 미끼처럼 움직이겠다는 말이 나오지 않았다.

　"그리하겠습니다."

　"오냐, 고맙다."

　진화가 남궁가주와 남궁경에게 순순히 고개를 끄덕이자, 그들의 얼굴에 흐뭇한 미소가 떠올랐다.

　그렇게 애틋하고 조용하게 밤이 지나는가 싶었다.

　하지만 월하회가 보낸 전서가 도착하고, 남궁가주의 집무실은 다시 고성이 울렸다.

　탕-!

　"이런 썩을 새끼가! 거봐요, 내 뭐랬소! 그 왕비 년 대가리를 깨 놨어야 했다니까! 그년 짓이 맞잖아요!"

　태복령이 진화의 목에 천금을 걸었다는 것과 살인시문에 대해 묻는 전서를 보고, 남궁경이 당장 오왕부 왕비의 대가리를 깨 놓겠다며 자리에서 일어섰다.

　이번엔 남궁가주도 남궁경을 말리지 않았다. 다만 그는 뭔가 이상한지 월하회의 전서를 몇 번씩 다시 읽었다.

　"소리마제가 나선 것을, 왜 궁금해하는 거지?"

　귀천성의 움직임을 파악하려는 것인가?

　남궁가주는 별 이상할 것 없는 말이 자꾸 거슬려서, 전서를 읽고 또 읽었다.

간밤에 월하회에서 전갈이 오고.

남궁가주는 즉시 창궁무애단과 천풍대연단 단주를 불러들였다.

"적습이네. 황도의 태복령이라는 자가 진화의 목에 천금을 걸었다는군."

남궁가주의 말에 두 단주가 크게 놀랐다.

하지만 두 단주의 반응은 확연하게 달랐다.

"이제 그 미친 작자의 모가지를 따 오면 됩니까?"

창궁무애단의 단주, 단애구검(斷崖九劍) 호방련이 당장이라도 뛰어나갈 듯 으르렁거렸다.

창궁무애단은 유사시엔 남궁세가 모든 무사들을 모을 수 있는, 남궁세가 최대 무단이었다.

또한 남궁세가에서 가장 유명한 무단이기도 했다.

남궁세가의 모든 대외 임무를 수행하며 귀천성과의 전쟁에서 가장 많은 공로를 세운 무단이었기 때문이다.

창궁무애단이 남궁세가의 '움직이는 방벽'이라 불리는 건, 방어를 잘한다는 의미가 아니라, 어떤 장소건 그곳에 남궁세가의 뜻을 세운다는 의미였다.

한편.

"단원들을 모아야겠군요."

천풍대연단은 외부에 그다지 알려진 것이 없었다.

창궁무애단이 움직이는 방벽이라면, 천풍대연단이야말로 철옹성을 만드는 방벽이라.

그들은 평소 잠삼현과 남궁세가 일대의 경계를 맡으며, 귀천성과의 전쟁에서는 양주 전체의 방어를 주도했었다.

그들은 때때로 상대의 성을 무너뜨리기도 했으니.

"다른 때였다면 창천원의 경계를 제왕무적단에 맡기겠으나, 태복령이라는 자가 황도의 모든 암살문에 의뢰를 넣었다 하네. 그중에는 살인시문, 소리마제 놈이 직접 올 수도 있다는 정보가 있었네."

"남궁의 허락 없이 잠삼현을 넘어오는 놈들이 있다면, 족족이 그 사지를 찢어 버리겠습니다."

천풍대연단 단주 우뢰검(雨雷劍) 현월평은 역대 단주들 중 가장 천풍대연단에 알맞다는 평을 듣는 인물이었다.

"그런데 제왕무적단주는 어디 있습니까?"

"안상범이 암살왕과 연관이 있지 않나. 그놈까지 진화에 대한 의뢰를 들었다 하니……."

"아! 그놈 잡겠다고 나갔습니까?"

단애구검 호방련은 호현기와 호명기 형제의 아버지였다.

그들 형제처럼 호방련 또한 젊었을 적 남궁경의 곁을 지켰으니, 남궁경이 어찌 행동했을지 눈에 선한 듯했다.

"……제왕무적단주는 없는 셈치고, 세가 방비에 단단히 애써 주게."

"존명!"

"존명!"

남궁가주의 말에 창궁무애단과 천풍대연단 단주들이 절도 있게 고개를 숙이고 밖으로 나갔다.

그들의 인기척이 사라지고, 남궁가주의 뒤에 숨어 있던 남궁경이 슬그머니 모습을 드러냈다.

"어떻게 아니라고 의심하는 놈이 하나도 없냐? 내가 언젠가는 저 새끼들 대가리도 깨 버릴 거요."

남궁경이 집무실을 나가고 없는 두 단주를 향해 이를 갈았다.

"암살왕과 소리마제를 속이려면, 세가 안팎으로 너와 제왕무적단의 존재를 완전하게 속여야 한다. 보이지 않는 것이 아니라, 아예 없는 전력으로 보이기 위해 두 단주까지 속인 것이다. 그동안은 절대 눈에 띄지 말고 청림에 숨어 있도록 해라."

"존명."

남궁가주의 명에, 남궁경이 가신으로서 그 명을 받들었다.

"그런데 형님, 그 태복령과 왕비 년은 이대로 둘 것이오?"

남궁경이 불만스러운 투로 물었다.

그러자 남궁가주가 피식 웃음을 흘렸다.

"그럴 리가. 황가 혈통에 빌붙어 얻어 낸 권세로 남궁을 건드렸으니. 힘없이 얻은 권세가 얼마나 보잘것없는 것인지 알려 줘야지."

남궁가주의 눈이 차갑게 가라앉았다.

"우신(宇神)."

"예, 가주님."

"오왕부에 대한 감시를 늘려라."

언제든 원할 때 죽일 수 있도록.

"존명."

남궁가주의 머리 위에 있던 사내가 공손하게 답하고 사라졌다. 우신은 천리호정단 단주를 부름이었다.

그리고.

"백경(白鯨)."

"예, 주군."

남궁가주의 부름에, 어둠 속에 있던 사내가 모습을 드러냈다. 창서각주 남궁희였다.

"암풍을 보내, 왕비에게 남궁을 건드린 대가가 갈 것이라 전하라. 그년이 마음 편히 있으면 곤란하니까."

"존명."

백경은 고혼암풍단 단주를 부르는 말로, 백경일 때의 창서각주 남궁희는 칼날보다 시리고 날카로웠다.

직계만이 그 정체를 안다는 천리호정단과 고혼암풍단주에게도 명이 내려지며, 이로써 남궁세가 오 대 무단이 한 번에 움직이게 되었다.

전쟁 이후 처음 있는 일이었다.

남궁희까지 모두 나가고.

남궁경이 남궁희가 있던 자리를 보다가 조용히 물었다.

"그 암살 의뢰, 하오문에서도 받았을까?"

"받기야 했겠지. 하나 하오문은 현재 사패천 휘하의 문파다. 정사 연합을 깰 것이 아니라면 의뢰를 거절했을 거다."

"그건 다행이네. 아무리 헤어졌어도 전 마누라를 죽이는 건 너무하잖아."

남궁경의 말에, 남궁가주 또한 안타까운 눈빛으로 남궁희가 있던 자리를 보았다.

"경아, 준비 잘해라. 오랜만에 본가에 손님이 많이 올 듯하구나."

"걱정 마슈."

남궁가주의 말에, 남궁경이 맹수처럼 살기를 번뜩이며 씨익- 웃어 보였다.

다음 날, 남궁세가로 손님이 찾아왔다.

기다리던 손님이 아닌, 남궁세가 누구도 예상치 못한 손님 이었다.

손님맞이는 잠삼현, 아니 양주 땅을 밟는 순간부터 시작되 었다.

수많은 무사들의 입을 통해 진화의 위험이 알려진 터였다.

"남궁세가를 찾아오셨다고? 아, 이 양반아! 여기가 전부 다 남궁세가인데, 세가 안에서 또 세가를 찾나? 별 이상한 사람 다 보겠네!"

"아, 아니, 그게 아니라……."

잠삼현에 들어선 사례교위 조정호는, 남궁세가로 가는 길 을 물었다가 괜히 핀잔만 당했다.

포구에서부터 벌써 두 번째였다.

"허어! 양주의 인심이 참으로 사납군!"

조정호는 버럭 소리를 지르고 질문에 답도 없이 떠나 버린 사람을 보며 구시렁거렸다.

황도였다면 그에게 소리를 친 것만으로 무례를 따져 묻고 도 남을 권세가였지만, 이곳에서 그는 남궁세가를 찾아온 불 청객이라.

스스로 연락도 없이 왔다는 인식 정도는 있었기에, 조정호 는 속으로 화를 삭였다.

그러면서 절대, 지금도 곱지 않은 시선으로 그를 살피는 사람들 때문은 아니라고 생각했다.

물론, 영 신경 쓰이지 않는 것도 아니었다.

"허어! 참."

사람이 한 걸음 움직일 때마다, 숨을 쉴 때마다 찌릿찌릿한 시선이 느껴지니.

그것을 의식하지 않기란 무척 힘든 일이었다.

조정호는 저자에 거의 모든 사람이 저를 감시하듯 보는 것을 보며, 결국 남궁세가는 혼자 힘으로 찾기로 결정했다.

주변의 도움을 포기하고도, 조정호는 그의 생각보다 훨씬 빨리 남궁세가 장원을 찾았다.

그저 아무 생각 없이 저자를 쭉 걷는 것만으로, 남궁세가의 의천문(義天門) 앞에 당도한 것이다.

의천문의 앞에서, 남궁세가의 무인으로 보이는 사내가 말을 걸어왔다.

"누구쇼?"

이제까지의 사람들처럼 머리부터 발끝까지 저를 살피는 곱지 않은 눈빛에, 조정호가 한숨을 쉬었다.

잠시 후.

"허허허허! 이거 손님께 실례가 많았습니다."

조정호는 사례교위를 증명하는 패를 보여 주고, 다른 몇몇의 '누구쇼?' 하는 물음과 시선을 견디고서야 남궁가주의 앞에 갈 수 있었다.

중간에 조정호의 얼굴을 알아본 남궁세가 상단 소속 가신이 아니었다면, 몇 사람을 더 거쳤어야 했을지도 몰랐다.

그런 조정호의 노고와 불편을 아는지 모르는지, 남궁가주는 호탕하게 웃음을 터뜨렸다.

"세가에 잠시 신경이 날카로워질 만한 일이 있어서 그렇습니다. 너그럽게 이해 바랍니다."

남궁가주의 말에, 조정호는 불편한 심경을 숨기고 고개를 끄덕였다.

어지러운 황도 조정의 물을 먹은 사람답게.

하필 세가에 무슨 일이 생겼을 때에 연통도 없이 찾아온 자신의 탓이려니.

'어쨌든 조카를 알아보는 것이 더 중요하니까.'

조정호가 스스로 마음을 다잡았다.

"폐하의 명을 받고 외행을 나왔다가, 남궁세가에 알아볼 일이 있어 잠시 들렀습니다."

"그렇습니까? 허허허! 어쨌든 남궁세가에 잘 오셨습니다. 그래서, 본가에 알아볼 일이란 게 무엇인지요?"

조정호의 말에, 남궁가주가 웃으며 말을 받았다.

친근하게 묻는 어투에도 남다른 무게감과 신뢰감이 함께 느껴지니.

'역시 무림 제일세가라 불리는 곳의 가주답구나.'

조정호가 속으로 감탄하며, 응어리진 마음을 살짝 풀었다.

"이곳에 남궁진화라는 이름의 공자가 있지요? 그 공자를 한 번 만나게 해 주시겠습니까?"

조정호가 남궁가주의 태도에 화답하듯 정중하게 물었다.

그 순간.

남궁가주의 눈빛이 서늘하게 식었다.

덩달아 방 안의 공기까지 차가워졌다.

"……스스로 교위라 주장하는 분께서, 우리 진화는 왜 찾는 것이오?"

조정호가 남궁가주에게 느낀 신뢰와 호의적인 감정도 함께 식어 버렸다.

시비를 거는 듯한 말투와 아래위로 그를 째려보는 차가운 눈빛.

이전의 사람들과 같은 그것이었다.

대체!

애 얼굴 한번 보여 주는 것이 뭐가 그렇게 힘든지!

남궁가주는 아까 전 조정호를 알아본 가신을 한 번 더 부르고서야, 조정호에 대한 불신의 시선을 풀어 주었다.

"허허허허! 이거, 미안합니다."

너스레를 떨며 사람 좋게 웃는 모습.

그러나 이번에는 조정호도 표정 관리를 하지 못했다.

"……아닙니다."

불편한 심기를 드러내는 조정호를 향해, 남궁가주는 민망한 듯 웃으며 진짜 불편한 사실을 말해 주었다.

"허허, 이거 참. 실은 세가에 생겼다는 신경 쓰일 일이, 우리 진화와 관련이 되어 있습니다."

"남궁……진화와요?"

조정호가 놀라고 당황스러운 눈으로 남궁가주를 보았다.

"글쎄, 황도에 사는 어떤 미친 늙은이가 우리 진화의 목에 천금을 걸었다지 뭡니까? 실제로 진화를 노리는 암살자들이 있어, 세가 전체가 신경이 날카로워져 있습니다."

남궁가주가 서늘하다 못해 살벌한 얼굴로 웃으며 말했다.

동시에 매서운 눈빛이 조정호의 반응을 살폈다.

하지만 조정호는 미처 남궁가주의 눈빛을 살필 여력이 없었다.

"허! 대체 어떤 미친 늙은이랍니까!"

조정호가 정말로 화를 내며 물어보자, 오히려 남궁가주가 당황하고 말았다.

다행한 점은, 이제야 완전히 조정호에 대한 불신이 사라진 것이랄까.

그날.

남궁가주는 예기치 못한 손님에게 별채를 내주었다.

남궁세가가 기다리고 있던 손님은 오늘은 오지 않을 듯했다.

깜깜한 어둠 속.

구중궁궐 심처라는 말이 있을 정도로, 겹겹이 싸인 성벽과 인의 장벽을 뚫고.

검은 복면을 쓴 사내들이 그림자에 스며들어 빠르게 달렸다.

휙――! 휙!

스르르륵.

복면인들은 창이 없는 건물 앞을 지키고 선 금군들을 쓰러뜨리고, 그들을 조용히 풀숲으로 끌어갔다.

잠시 후, 네 사람이 금군과 같은 복장을 하고, 금군처럼 그 앞을 지켰다.

그리고 나머지 사람들이 미끄러지듯 문 안으로 들어갔다.

스스스스슷―――!

계단을 내려간 뒤, 문 하나 없는 어두운 통로에 바람 소리가 났다.

십여 명의 사내들이 바닥에 발을 딛지 않고 스치듯 지나는 소리였다.

그들은 횃불이 켜진 철문 앞에서 조심스럽게 멈췄다.

철문에 귀를 댄 자가 손가락을 폈다.

하나.

문 앞에는 간수 하나가 있다는 뜻이었다.

그리고 셋과 둘.

움직이는 자의 숨소리가 셋이고 움직이지 않는 자의 숨소리는 둘이라는 뜻이라.

아마도 묶여 있는 죄인 두 명과 그들을 지키는 간수가 세 명 더 있다는 의미일 것이다.

그렇게 정보를 주고받은 복면인들이 움직이기 시작했다.

툭.

문 앞에 있던 복면인 둘이 품에서 수면향과 연초를 꺼내 불을 붙여 던졌다.

파사사사삿----!

"으앗! 이게 뭐야!"

문 앞에 있던 간수의 목소리가 들리는 순간, 복면인들이 순식간에 문을 넘어 들어갔다.

쉐에에엑---!

복면인들은 당연한 듯, 빠르고 단호하게 간수들을 향해 검을 휘둘렀다.

채---앵!

계획에 없는 소리였다.

누군가의 눈이 커졌을 때.

복면인들 중 둘은 순식간에 죄인들을 향해 달려갔다.

연기 속에 어렴풋이 의자에 묶여 고개를 푹 숙이고 있는 이들이 보였다.

누가 그들의 목표인지 정확히 알 수 없었으나, 상관없었다.

여기 있는 이들을 모두 죽일 것이니까.

죄인을 노린 복면인의 검이 목을 향했다.

그때.

휘이이익———!

바람을 가르는 섬뜩한 소리와 함께 복면인의 눈이 커졌다.

그건 다름 아닌 그의 팔이 날아가는 소리였다.

"함정…… 컥!"

무어라 말을 하려던 복면인의 목이 달아났다.

챙—! 챙챙——!

"제압이 여의치 않다면 모두 죽여라."

죽은 복면인의 바로 앞, 죄인의 자리에서 난 목소리였다.

스르르릉—!

문이 활짝 열리고, 연초의 연기와 수면향이 모두 흩어졌다. 그리고 쓰러진 횃불과 꺼져 있던 횃불들이 환하게 켜지면서, 안의 상황이 드러났다.

쉐에에엑—!

챙챙———!

흑의 복면인들은 간수라 생각했던 금군에게 모두 죽임을 당했다.

그리고 묶여 있는 죄인이라 생각했던 인물은, 낡은 천을 벗어 던지고 화려한 금룡포를 드러냈다.

황제였다.

황제는 서늘한 눈으로 죽은 복면인들의 시체를 둘러보았다.

"히이이익—!"

황제의 옆에서 진짜로 묶여 있던 태복령 곽구윤은 시체를 보고 기겁했다.

방금 전 그는, 저를 죽이려는 칼날이 코끝까지 닿았었다.

죽기 직전 금군의 손에 간신히 목숨을 건지지 않았다면, 지금 저 시체들과 함께 쓰러져 있었을 것이라.

태복령 곽구윤은 아직도 그 충격과 공포에서 벗어나지 못한 듯, 금군에 끌려 황제의 앞에 무릎 꿇리는 동안에도 몸을 웅크리고 덜덜 떨었다.

"폐, 폐하, 살려 주십시오! 살려 주십시오!"

태복령은 바닥에 머리를 조아리고 정신이 나간 사람처럼 그 말만을 반복했다.

비 맞은 쥐 새끼처럼 애처롭고 비루하게 몸을 떠는 모습을, 황제는 무덤덤하게 내려다볼 뿐이었다.

그러다 조용히 물었다.

"짐은 방금 그대를 살려 주었다. 그러니 말하라, 구윤. 짐이 황자와 남궁진화에 대해 조사하라 명한 날, 왜 남궁진화를 죽이라 했는지!"

어둠 속에서 붉게 타오르는 횃불이 비친 탓일까.

태복령을 노려보는 황제의 눈빛이 횃불보다 더 붉게 타오르고 있었다.

아침.

잠에서 깬 진화는 습관적으로 기감을 넓혀 주변을 살폈다.

아침 식사를 위해 주방에서 숙수들을 닦달하고 있는 대숙수.

꼼꼼하게 천화정을 정리하는 덕진 할매.

익숙한 하녀들과 하인들.

그 사이로 오늘은 직접 주방을 살피는 어머니 팽연화의 기척까지.

진화의 입가에 슬며시 미소가 맺혔다 사라졌다.

제 방으로 천화정에서 유일하게 익숙하지 않은 존재가 다가왔기 때문이다.

"도련님, 기침하셨습니까."

밖에서 들리는 목소리는, 발걸음처럼 어린 소녀의 것이었다.

"들어와라."

진화의 답이 있고, 역시나 어린 소녀가 들어왔다.

　까만 머리를 단단하게 땋고, 물과 따뜻하게 데운 수건이 담긴 쟁반을 야무지게 들고 들어오는 손.

　까무잡잡한 피부와 저를 보고 동그랗게 뜬 눈.

　낯이 익었다.

　"너는……."

　"아, 이, 이전에는 구해 주셔서 감사합니다. 구명해 주신 인사가 이리 늦었습니다."

　꾸벅.

　공손하게 두 손을 모으고 허리를 깊게 숙이는 모습에, 진화는 소녀가 누구인지 기억이 났다.

　남궁도와 남궁문을 잡는 데 미끼 역할을 해 준 부인과 그 딸.

　당시 진화의 허리쯤 왔던 어린아이가 남궁도의 수하들을 속이고 그들이 숨어 있는 장소를 알리는 데 결정적인 역할을 했었다.

　임신한 어머니의 배를 감싸고 있다, 저를 보고 그때도 이렇게 인사를 했었다.

　"그렇구나. 그…… 어머니의 몸은 괜찮고?"

　진화의 물음에, 소녀는 눈을 크게 떴다가 이내 배시시 웃음을 보였다.

　"남동생을 낳으셨습니다. 벌써 뛰어다녀요."

"벌써?"

소녀의 말에, 이번에는 진화가 깜짝 놀랐다.

"가주님과 가모님, 마님이 기다리고 계세요. 일찍 보고 싶으시다 전하래요."

"그래."

소녀가 전하는 말에 진화가 수건으로 얼굴을 닦으며 기분 좋게 웃었다.

준비를 마치고 소녀가 밖으로 나갔다.

그리고 기분 좋게 웃고 있던 진화의 입꼬리가 내려갔다.

많이 밝고 어른스러워진 소녀.

다행이다 싶었지만, 한편으로는 '남궁문의 여식이 결국 창천원에 들어왔구나.' 하는 생각이 들었던 것이다.

내쫓을까. 아니면 죽여서 위험을 없앨까.

대가가 제왕검과 남궁가주의 목숨이라면, 진화는 그게 어떤 것이라도 할 수 있었다.

잠시 눈빛이 흔들렸다.

하지만 이내 고개를 저었다.

'이전과 다르니까. 안상범을 미리 잡아들인 것은 실로 의외였다. 가주님과 아버지를 믿어 보자.'

진화는 불안감이 완전히 사라지지 않았지만, 아직 남은 시간 동안 잘 살펴보면 될 것이라 생각했다.

의외로 남궁문의 딸에 대한 불안은 일찌감치 사라졌다.

남궁문의 노역장을 기웃거리던 그녀에게 안상범이 접근해 온 것을, 그녀가 먼저 고해바쳤기 때문이다.

남궁가주가 그녀를 신뢰하게 된 이유였다.

"영이 고것이 영특하게 제 할아버지에게 먼저 알렸잖아요. 예쁜 도련님의 은혜를 저버리면 안 된다나? 흐흐흐, 덕진 할매가 그 말을 듣고, 쟬 천화정으로 데려왔잖아요."

식당으로 가는 길.

쫄래쫄래 바쁘게 다니는 소녀를 보며, 진화를 데리고 가던 하인이 알려 준 말이었다.

쓸데없이 부지런해서 어릴 적 진화의 개미를 숱하게 날려먹은 작자였지만, 변함없이 눈치 빠르게 진화의 시선이 닿은 곳을 놓치지 않았다.

"너무 어린데……."

"어려도 얼마나 일을 잘하는데요. 꼼꼼하기는 또 어찌나 꼼꼼한지……. 아침부터 도련님 드릴 수건을 데웠다가 식혔다가……. 하인들 사이에선 덕진 할매 후계자라 불릴 정도입니다."

도련님께 지극정성인 것까지 덕진 할매와 똑 닮았다며, 하인이 흐뭇하게 웃어 보였다.

그의 말을 들으며, 진화는 새삼스러운 눈으로 소녀를 보았다.

'먼저 알렸다라…….'

여전히 독살 위험에 대해 마음을 놓을 순 없었지만, 진화
는 더 이상 소녀를 의심하지 않아도 된다는 것에 만족했다.

"우리 아들, 잘 잤니?"

어머니 팽연화의 인사에, 진화의 얼굴이 사르르 녹아내렸
다.

"간밤에 평안하셨어요?"

팽연화는 물론 남궁가주와 가모 하후민에게 인사를 건넨
진화가 뭔가를 찾는 듯 눈을 굴렸다.

그 모습에 팽연화가 생긋 웃음을 보였다.

"아버지라면, 간밤에 임무에 나가셨단다."

아버지 남궁경을 찾고 있었던 듯, 진화가 팽연화의 말에
눈을 크게 떴다.

진화가 남궁가주를 보자, 남궁가주가 조금 있다 설명하겠
다는 듯 눈짓을 보냈다.

본래도 질문이 많지 않았던 진화는 그저 순순히 고개를 끄
덕였다.

아버지 남궁경이 없는 것과 함께, 오늘 아침엔 이상한 일
이 또 있었다.

진화가 처음 보는 낯선 사람이, 아침 식사 자리에 와 있었던 것이다.

"이분은 사례교위이신 조정호 나리란다."

"······남궁진화라 합니다."

남궁가주의 소개에 진화가 공손하게 인사했다.

그리고 저를 뚫어져라 쳐다보는 조정호를 살폈다.

조정호는 저를 수상쩍은 눈으로 살피는 진화의 시선을 느끼면서도, 진화의 얼굴에서 눈을 뗄 수가 없었다.

어디 한 군데 각진 곳 없이 매끄러운 얼굴.

혼자 다른 빛을 받는 듯 대리석처럼 흰 피부.

시원스럽게 쭉 뻗은 오뚝한 코.

산이 선명하고, 가만히 있어도 웃고 있는 듯 끝이 올라간 입술.

'무엇보다 저 눈!'

하늘이 그린 반달처럼 완벽한 호선을 그린 눈에 얇지만 선명한 쌍꺼풀.

백자처럼 맑고 매끄러운 흰자와 흑요석을 박은 듯 빛나는 눈동자.

티 없이 맑고 선명한 눈을 보자니, 황도에 있는 누이가 절로 생각났다.

다른 것이 있다면 조금 더 짙고 산이 선명한 눈썹이랄까.

하지만 저 눈썹 또한 황제의 그것과 똑 닮지 않았는가.

'같다. 얼굴이, 눈이 같다!'

격정적으로 흔들리는 조정호의 시선을 살피며, 진화가 조심스럽게 물었다.

"왜 그리 보십니까?"

평소 넋을 잃은 듯 저를 보는 이들과는 조금 다른 분위기에, 진화가 이상함을 느낀 것이다.

진화의 물음에 조정호가 급히 고개를 흔들었다.

"아, 이런, 시, 실례했소. 공자의 얼굴이…… 내가 아는 사람과 너무도 닮아서……."

조정호의 말에, 진화보다 다른 가족들이 먼저 반응했다.

"어머, 우리 진화와 닮은 이가 있단 말인가요?"

"허허허, 우리 진화처럼 어여쁜 이가 세상에 또 있다니. 그래도 분위기는 다를 것입니다. 우리 진화처럼 정순한 기운이 배어 있는 사람은 어딜 가도 찾기 힘드니까요."

"아…… 예."

남궁가주가 조정호에게 진화의 자랑을 늘어놓았다.

다만 자랑이라는 것이, 진화에게 사사로이 따르는 사람들이 있는 것부터 정의무학관 저자를 마비시켰던 시험 이야기까지, 하나같이 진화를 부끄럽게 만드는 것들이라는 게 함정이랄까.

진화의 귀 끝이 붉게 달아올랐다.

하지만 조정호는 그 모습마저 눈을 떼지 못했다.

아침 식사 내내.

남궁가주는 진화에게 이것저것 음식을 권하고, 가모 하후민은 진화가 좋아하는 것들을 앞쪽에 모아 주었다.

팽연화는 식사 내내 진화를 보며 웃고 있었다.

'양자지만 사랑을 듬뿍 받는다 하더니.'

조정호가 그 모습을 흐뭇한 시선으로 보았다.

고기와 버섯에 손이 많이 가는 식성이 황제를 닮았고, 중간중간 제게 경계의 눈빛을 보내는 것도 황제를 닮았다.

'자꾸 그렇게 생각해서인가? 앞태, 옆태, 하다못해 속눈썹까지 누이와 똑 닮았구나!'

조정호는 오왕부의 왕비가 어떻게 첫눈에 진화를 황자로 의심하게 되었는지 이해할 수 있을 것 같았다.

이건 황후의 얼굴을 아는 누가 보더라도, 그녀의 아들이라 할 정도였다.

'안 돼! 속단하기는 너무 일러. 무려 천자의 아들이다! 신중, 또 신중해야 한다. 확신이 설 때까지 확인하고 또 확인해야 해!'

조정호는 당장 진화의 손을 잡고 황도로 가자고 하고 싶은 마음을 꾹 눌렀다.

그러는 동안, 진화는 점점 더 날카로운 눈으로 조정호를 보고 있었다.

'대체 뭐지? 수상한 작자로군. 황도의 사례교위라 했지만, 교위가 귀천성의 첩자가 아니라는 보장도 없으니까. 경계해야겠어.'

진화는 조정호가 수상한 기미라도 보이면 곧바로 베어 버리리라 생각하며 긴장의 끈을 놓지 않았다.

조정호는 내내 진화의 곁에 붙어 있고 싶은 마음을 억누르고, 대신 식사 때마다 진화의 모습을 놓치지 않고 살폈다.

진화는 자꾸 제 주변을 맴돌며 저를 관찰하는 조정호에 대한 경계심을 높였다.

그렇게 조정호와 진화가 서로를 관찰 혹은 감시하며 하루를 보내는 동안.

낮이 지나고 다시 깜깜한 밤이 찾아왔다.

'그러면 그렇지!'

잠자리에 드는 듯하던 진화가 번쩍 눈을 떴다.

조정호 때문에 창천원 전체에 기감을 펼치고 신경을 곤두세우고 있던 진화는, 창천원의 기운이 흐트러지는 기색을 보이자마자 자리에서 벌떡 일어났다.

'그 수상한 작자가 움직인 건가?'

창천원 밖에서 안으로 들어오는 기척.

빠르게 담을 통과하는 기척을 느끼며, 진화가 검을 잡고 조용히 밖으로 빠져나갔다.

창천원을 들어온 기척이 천화정으로 다가왔다.

"……!"

쉐에에에엑─────!

진화가 다짜고짜 검기부터 날렸다.

익숙하지 않은 기운.

어머니가 있는 곳에 침범한 것만으로도, 진화에게는 그자를 공격할 이유가 충분했다.

스슷─!

퍼─────엉!

진화의 검기를 피한 인영이 급히 다른 쪽 풀숲으로 몸을 날렸다.

하지만 진화의 시선이 그를 놓치지 않았다.

쉐에에엑────!

휘이익!

진화의 검기를 피해, 검은 복면인이 공중으로 떠올랐다.

동시에 진화도 땅을 박차고 올랐다.

챙─! 챙!

파지지지직──!

진화는 공중에서 단검을 휘두르는 복면인의 공격을 검의 방향을 바꿔 막아 내고, 왼손에 모은 뇌전을 복면인의 명치에 꽂았다.

퍼———억!

쿵!

복면인이 땅에 처박히듯 떨어졌다.

하지만 안심할 시간은 없었다.

처음엔 하나만 느껴지던 기척이, 창천원 뒤쪽에서 수십 개씩 느껴졌기 때문이다.

진화가 검을 들고 달리기 시작했다.

다행한 것은, 사방에서 남궁세가 무사들이 이미 창천원을 빼곡하게 에워쌌다는 것. 그리고 낯선 인기척들이 나타난 곳이 다른 곳도 아닌 청림(靑林)이라는 것이었다.

'스승님!'

진화가 청림을 향해 달렸다.

그런데 그때.

진화의 뒤쪽, 진화가 나온 천화정에서 모골이 송연한 살기가 날아들었다.

'……!'

진화가 뒤를 돌아보는데, 검은 등이 진화의 앞을 막았다.

천주산 자락에서부터 내려오는 청림.

겹겹이 성벽과 담장, 그리고 남궁세가의 무사들이 경계를 서는 앞쪽과 달리, 남궁세가의 뒤편은 푸르디푸른 숲 외에는 아무것도 없었다.

그럼에도 불구하고, 치열한 전쟁 속에서도 단 한 번도, 적들의 침입을 허용한 적 없는 남궁세가였다.

바로 청림 때문이었다.

온갖 기관진식과 함께 의도적으로 음과 양의 조화를 비틀어 놓은 그곳을, 하늘의 이치 속에 태어난 생물이라면 뉘라서 견딜 수 있으랴.

땅에 흐르는 음기와 양기는 걸음과 함께 뼈를 얼릴 듯 차다가도 온몸을 태울 듯 들끓었다.

게다가 나무에 흐르는 습한 기운은 음습한 안개를 만들어 한 치 앞도 볼 수 없었다.

침입자는 한 걸음도 떼기 힘든 숲에서 금방 멈춰 서게 될 것이다.

그리고 숲을 흐르는 공기의 부조화 속에서, 숨을 쉴 때마다 조금씩 청각과 후각, 통각을 잃어 가며 천천히 쓰러지고 말 것이다.

그것도 모자란다면, 청림을 지키는 주인이 천벌과 함께 시체도 남기지 않고 태워 버리리라.

"허, 참. 오랜만에 제자가 왔다는데, 재수탱이 가주 조카가 왜 청림을 지키고 있으라고 했는지 궁금했는데……."

어슬렁어슬렁.

궁둥짝을 긁으며, 청림의 주인이 천천히 걸어 나왔다.

"요즘 암살자들은 참 목숨 귀한 줄을 몰라."

제왕의 밀검(密劍).

그러나 의천검주라 불리는 것이 더 익숙한 사내, 남궁호명이 집 앞마당을 침입한 남자를 향해 히-죽 웃어 보였다.

어둠 속에 숨어 있던 침입자는, 여전히 남궁호명이 어떻게 저를 정확하게 보고 있는 것인지 이해하지 못한 듯했다.

하지만 이미 들켰으니.

침입자, 아니 암살왕 교혼은 천천히 미끄러지듯 그림자를 타고 남궁호명 앞에 섰다.

"숲에 기어들어 온 다른 놈들은 네가 끌고 온 놈이 아닌가?"

남궁호명의 물음에 암살왕 교혼이 천천히 고개를 저었다.

"그럼 다른 놈들은 대체 누구야? 다들 널 따라 들어온 듯한데. 놈들은 몰랐나 보군. 귀가 멀고 통각이 잘리지 않는 이상, 청림에 들어오는 건 불가능한데 말이야."

남궁호명은 처음부터 암살왕 교혼이 올 것을 알고 있던 사람 같았다.

아니, 남궁세가 전체가, 암살왕 교혼과 그를 쫓아온 다른 무리를 알고 있었던 듯했다.

쉐에에엑――!

챙! 챙-!

안개가 조금 걷히더니, 막힌 물꼬가 트이듯 숲 전체에서 싸우는 소리가 들려오기 시작했다.

콰----엉!

"아, 그놈들. 숲은 망치지 말라니까."

남궁호명이 숲 한쪽을 쳐다보며 혀를 찼다.

그리고 암살왕을 향해 히죽 웃어 보였다.

"네 귀와 코, 혀를 망가뜨린 놈이 지금 다른 놈을 기다리고 있어서 말이야. 그놈이 이번에는 네 대가리를 부순다고 단단히 벼르고 있었는데, 이렇게 된 걸 어쩌겠어, 숙부인 내가 대신 부술 수밖에."

암살왕 교혼은 아까부터 단 한 걸음도 움직일 수 없었다.

한 걸음이라도 잘못 디디는 순간, 사방에 깔려 있는 푸른 기운이 저를 집어삼킬 것만 같았기 때문이다.

느긋하게 걸어오는 저 남자에게 이제까지 단 한마디도 못하고 있는 이유였다.

'청림에 저런 자가 있었다니! 제왕검도 아니고, 대체 저자는 누구지?'

암살왕 교혼의 검은 눈동자가 조용히 떨렸다.

그때.

퍼-------엉!

우르르르르—쾅! 쾅---!

창천원의 안쪽에서 번개가 내리쳤다.

마치 하늘이 분노한 듯, 푸른빛이 끊임없이 번쩍거렸다.

"이런, 쯧."

번개를 본 남궁호명이 심각한 얼굴로 혀를 찼다.

그리고 여유가 사라진 얼굴로 암살왕 교혼을 노려보았다.

"번개가 저렇게 사나운 것을 보면, 내 제자가 화가 많이 났나 봐."

남궁진화가 저렇게 분노할 일은 제 식구들과 관련한 일뿐이라.

남궁호명의 마음도 조급해졌다.

"어서 끝내자고."

창궁무애단과 천풍대연단이 남궁의 방벽, 철옹성이라 불리는 건, 남궁의 검이 따로 있기 때문이라.

전쟁 이후 처음으로 제왕의 밀검이 검을 들었다.

숲에서는 제왕무적단이 침입자들의 인기척을 모조리 지워가고 있었다.

콰광광———쾅!

하늘에서 다시 번개가 내리치고, 남궁호명이 눈 깜짝할 사이에 암살왕 교혼의 목을 노렸다.

참 진眞 따를 화化 : 수면 위로 떠오른 진실

　천명관.

　남궁세가에서 일어나는 모든 대소사를 의논하고 결정하는 곳으로, 특별한 일이 없는 한 잠삼현에 있는 가신들은 매일 아침 이곳을 찾았다.

　남궁가주가 간밤에 남궁세가 오 대 무단을 움직인 다음 날에도 그랬다.

　"흐음……."

　일장로 청명복검 남궁순은 의천문을 넘자마자, 세가의 분위기가 달라진 것을 눈치챘다.

　신선처럼 기품 있는 백미와 백염이 파르르 떨렸다.

　'또 가주께서 상의도 없이 일을 벌이신 모양이군.'

일장로는 일전에 남궁가주가 안상범을 잡아들였을 때에도 반대 의사를 표명했었다.

장로 된 자를 잡아들이기엔 증거가 부족하다는 이유였다.

현재 남궁세가는 소국에 버금가는 권세와 영향력을 가졌다. 게다가 현 가주의 권한 역시, 역대 어떤 가주들보다 강했다.

심지어 제왕검 때보다.

그랬기에 일장로는 현 가주의 독단을 그 어떤 것보다 경계해 왔다.

"일장로님."

"큼, 일단 들어가지."

삼장로 낙추외검 남궁현이 걱정스러운 듯 일장로 남궁순을 보았다.

불편한 기색이 역력한 모습을 보자니.

'오늘도 한바탕 하겠구나.'

삼장로 남궁현의 입에서 한숨이 절로 났다.

혈기 충천한 남궁가주와 들소 같은 남궁경이 지칠 리 만무하고, 여전히 꼬장꼬장한 당숙 남궁순은 물러섬이 없으니.

결국 아침부터 큰소리를 내어 다투는 일에 말리는 사람들만 지칠 것이 분명했다.

물론 예외도 있었다.

"흘흘흘흘, 시끄러워야 사람 사는 세상이지. 요즘은 살맛이 난다니까."

칠장로 천금수 명현보가 즐겁다는 듯 천명관으로 들어갔다. 천명관에는 늘 그렇듯 가주가 먼저 와서 기다리고 있었다. 일장로 남궁순이 불편한 기색을 풍기며 자리에 앉고, 다른 장로들도 하나둘 자리에 앉았다.

"가주님, 세가의 방비가 달라졌더군요."

일장로가 자리에 앉자마자 말을 꺼냈다.

"오, 역시. 일장로의 눈을 속일 수 없군요."

여느 때처럼 능청스럽게 대응하는 남궁가주.

매번 같은 모습에, 매번 똑같이 일장로가 발끈했다.

"세가의 방비는 단순한 경계가 아닙니다. 규칙적인 체계가 잡혀 있어야, 결원에 대응이 쉽고 유사시에 신속하게 움직일 수 있습니다. 제가 누누이 말하지 않았습니까! 함부로 세가의 체계를 바꾸는 일은 삼가야 한다고!"

질책과 같은 말.

하지만 누구도 일장로 남궁순이 가주의 권위에 도전한다고 생각하진 않았다.

처음 남궁성이 어거지로 가주 위에 올랐을 때부터, 누구보다 가주의 권위를 세우는 데에 적극적이었던 사람이 일장로였기 때문이다.

남궁가주는 일장로가 걱정하는 것이 무엇인지, 누구보다 잘 알고 있었다.

"전쟁에서 세가를 지키려면, 세가의 체계가 바위처럼 단단해야 함부로 부서지지 않는다. 단, 전쟁이란 늘 유사시를 동반한다. 가주는 전세에 맞게 명을 내리되, 가주의 명에 목숨을 거는 무사들을 위해, 한마디 한마디 천금보다 무겁게 뱉어야 한다."

"……."

남궁가주의 말에, 일장로 남궁순이 입을 다물고 의아한 눈빛으로 그를 보았다.

남궁가주가 막 가주위에 오를 때, 남궁순이 그의 뒤를 지키며 한 말이었다.

보통 때였다면 능글능글하게 이유를 늘어놨어야 하는데.

왜 갑자기 그때의 말을 꺼낸 것일까.

사뭇 비장하기까지 한 남궁가주의 목소리를 들으며, 다른 장로들도 남궁가주만을 보았다.

"육장로 안상범이 자신의 비리를 감추기 위해 암살왕 교혼에게 의뢰를 했습니다."

"저런……!"

장로들이 하나같이 놀라거나 신음했다.

이 자리에 암살왕 교혼과 남궁가주, 남궁경의 악연을 모르는 사람은 없었기 때문이다.

"뿐만 아니라 오왕비의 짓인지 어쩐지는 알 수 없으나. 황도의 태복령이라는 자가 우리 진화의 목에 천금을 걸고 모든 암살문에 의뢰를 했다는군요."

"허어!"

"이런 씨부럴 것!"

"그놈은 누군데 그런 짓을 했답니까! 황도로 무사들을 보낼 것입니까?"

본래 남궁세가는 무인들의 문파라.

남궁가주의 말에 곳곳에서 격한 반응이 터졌다.

황도의 태복령이라면 이름난 권세가였지만, 누구 하나 그 이름을 껄끄러워하지 않았다.

저번 남궁도의 일로, 진화가 장로들 사이에 온전히 인정을 받았다는 증거였다. 누구 하나 분노하지 않는 자가 없는 모습에, 남궁가주는 내심 뿌듯했다. 하지만 그의 얼굴은 여전히 심각했다.

"문제는 소리마제와 살인시문이 움직였다는 소식입니다."

"살인시문!"

일장로 남궁순이 두 눈을 크게 부릅떴다.

지난 전쟁에서, 남궁순이 가장 치열하게 한 일이 남궁가주를 노리는 암살자를 처단하는 일이라.

남궁순은 가주를 노리는 살인시문의 시도를 막아 냈으나, 대신 많은 수하들과 함께 아들을 잃었다.

남궁가주의 목소리가 서늘하게 퍼져 나갔다.

"전장은 본가로 삼았습니다."

얼음처럼 차가운 눈빛 속에 시릴 정도로 날카로운 살기가 머금어진 것을 보며, 장로들 또한 하나같이 굳은 얼굴로 눈빛 속에 단단한 심지를 세웠다.

"이 기회에 놈들을 완전히 끝을 낼까 합니다."

"……가주께서 걱정하는 것은 무엇입니까?"

일장로 남궁순이 조용히 물었다.

"본가의 피해가 있을 것입니다."

남궁가주의 말에 일장로 남궁순이 웃음을 터뜨렸다.

"허허허! 가주, 이 몸이 가주를 잘못 가르친 것입니까? 남궁세가는 무가입니다. 남궁을 지키기 위해 검을 들고 싸우는 일에 망설이지 마십시오. 제 말은 늘 원칙을 중요시하라는 것이지, 피해를 두려워하여 몸을 사리라는 뜻이 아니었습니다. 소공자의 안전은 어찌하고 있습니까?"

"……"

일장로의 물음에 남궁가주가 조용히 미소를 지어 보였다.

그에 일장로 또한 고개를 끄덕였다.

"세가를 방비하는 모든 무단은 가주님이 적절하게 옮겨 놓았을 터, 포구부터 인근 현 모든 곳에, 외지인들에 대한 정보를 뿌려 놓겠습니다."

일장로가 고개를 숙이며 말했다.

그러자 다른 장로들도 그 뒤를 따랐다.

"육로든, 해로든, 모든 길을 제한해 놓겠습니다. 쥐 새끼 한 마리, 도망하지 못할 것입니다."

"양주 땅을 밟으려면 우리 상인들의 눈을 피하기 힘들 것입니다."

"잠삼현에 있는 백성들의 안전은 미리 확보해 놓겠습니다."

장로들의 말에 가만히 듣고 있던 칠장로가 흐뭇하게 웃었다.

"허허. 이거, 나는 갱옥을 비워야 하나?"

"그럴 것 없을 것입니다. 놈들이 살아남는 일은 없을 테니까요."

칠장로의 말에, 남궁가주가 서늘하게 웃으며 말했다.

가주와 장로들이 뿜어내는 기세가 천명관을 넘어 남궁세가 전체로 퍼져 나갔다.

본가 담장이 아니라, 그들이 남궁세가라 부르는 모든 곳으로. 양주 전체가 그렇게 싸울 준비를 마쳤다.

그리고 진짜 적이 왔을 때.

남궁세가는 기다렸다는 듯 움직였다.

쉐에에에에엑————————!

진화의 뒤를 노리던 검은 비수는, 순식간에 나타난 남궁경에 의해 터져 나갔다.

"아버지!"

진화는 남궁경의 등장에 크게 놀랐다. 하지만 놀라고 있을 새도 없이, 남궁경이 천화정 뒤쪽 정원을 향해 검기를 뿌렸다.

퍼———엉!

어둠 속에서도 푸르게 빛나는 검기가, 천화정 후문의 담을 무너뜨렸다. 그리고 그 속에 숨어 있던 한 인영에게서 검은 형체가 튀어나왔다.

촤르르르르————!

끝에 비수가 달린 검은 사슬이 수백 마리 뱀처럼 남궁경을 향해 날아들었다.

그 모습을 보며, 진화의 검에서 새파란 번개가 내리쳤다.

쾨광ㅡ! 쾅!

파파파파파팟————!

번개를 맞은 검은 사슬이 사방으로 튕겨 나갔다. 하지만 곧, 아무 이상 없다는 듯 어둠 속으로 빨려 들어갔다.

"후우. 남궁경."

어둠을 훤히 꿰뚫고 있는 상대에게서 숨어 봤자 소용이 없다고 생각했던 것일까.

어둠 속에 있던 한 인영이 조용히 걸어 나왔다.

피처럼 붉은 바지에 상체는 하얀 붕대만을 감고 있는, 바짝 마른 체구에 구 척 가까이 되는 장신의 사내였다.

타다 만 듯한 잿빛의 짧은 머리칼과 콧잔등을 가로지른 붉은 흉터.

그 사이로 활짝 웃으면 귀까지 닿을 듯한 큰 입과 횃불처럼 붉게 빛나는 눈이 인상적이었다.

어째서 처음부터 존재감을 눈치채지 못했을까.

'소리마제 문악. 과연, 암살자로서 유일하게 제(帝)를 허락받은 자라는 건가!'

진화의 등줄기로 식은땀이 흘렀다. 적에게 등을 내준 것은, 이번 생에 들어 처음 있는 일이었다.

"암살왕 교혼에게 간 줄 알았는데……."

소리마제는 목소리마저 비수처럼 날카로웠다.

하지만 그 앞에서 아버지 남궁경은 평소와 다름없었다.

한 치의 흔들림 없이 상대를 향한 곧은 눈.

단단히 힘을 주어 쥔 검.

"암살왕 교혼, 그놈과는 꽤 깊은 사연이 있지. 다시 만나면 대가리를 박살 내 놓겠다고 했거든. 그런데 그깟 놈이 내 새끼보다 중할 순 없지. 안 그래?"

적에 한해선, 저자의 건달처럼 이죽거리는 말투까지도 달라진 것이 없었다.

"내게서 지킬 수 있을 거라 생각하나?"

소리마제의 시선이 진화에게 닿았다.

진화를 본 소리마제가 한쪽 입꼬리를 올리며 가소롭다는 듯 그를 비웃었다.

"흐흐, 광마에게 잡아먹혔을 제물 따위가 제법 인간다운 행색이구나.”

소리마제의 말에 진화가 움찔했다.

그 순간, 푸른 검기가 소리마제의 얼굴을 향해 쏘아졌다.

콰광-!

푸른 검기에 땅이 움푹 파였다.

소리마제는 남궁경의 검기를 겨우 한 발자국 비켜선 것으로 피하며 여유를 부렸다.

하지만 그것은 단지 경고에 불과했다는 듯. 남궁경이 살기를 뿜어내며 으르렁거렸다.

“네놈이야말로. 인간도 되지 못한 쥐 새끼가 적당히 숨어 살다 죽어 버릴 것이지, 감히 여기까지 기어 들어와? 내 새끼한테 눈길도 주지 마. 눈깔을 파 버릴 거니까!”

쉐에에에엑-----!

남궁경이 본격적으로 움직이기 시작했다.

한 걸음 무겁게 내딛는 것을 시작으로, 제왕검보를 밟은 남궁경이 순식간에 소리마제의 앞에 모습을 드러내었다.

쉐에에엑-!

챙! 챙!

소리마제가 검은 비수로 남궁경의 검을 막았다.

촤라라라락---!

수십 개의 검은 사슬이 남궁경을 공격하고, 남궁경 또한 지치지 않고 소리마제를 공격했다.

제왕검보를 밟으면서도, 검으로 대연십구식의 연속기를 그리는 것이 전혀 어색하지 않았다.

퍼억-! 퍽퍽!

챙-!

남궁경의 왼손이 구벽신권((九劈神拳)의 아홉 하늘을 부수었다.

퍼———엉!

진화의 천뢰제왕검법 낙수를 견뎠던 검은 사슬이, 남궁경의 대연십구식과 구벽신권은 견뎌 내지 못했다.

도마뱀이 꼬리를 끊어 내듯, 남궁경의 검과 왼손에 부딪힌 검은 사슬이 가닥가닥 바닥으로 떨어졌다.

"하하핫! 과연 제왕검의 검재를 이은 아들인가!"

소리마제는 한창 흥이 올랐다는 듯 남궁경의 공격을 받았다.

챙-!

펑펑-!

사슬 하나가 완전히 떨어져 나갔다.

"호오! 그렇다면 이건 어떠냐!"

소리마제가 놀란 듯 눈을 크게 뜨더니, 이내 야릇한 미소와 함께 눈빛에 살기가 스쳤다.

그 순간, 떨어진 사슬이 진화를 향해 쏘아졌다.

샤아아아아———!

순식간에 쏟아진 그것은 살아 있는 뱀처럼 진화의 목을 노렸다. 하지만 남궁경은 그 틈에 소리마제의 옆구리에 구벽신권 격원살심(格院殺心)을 박아 넣었다.

퍼———억!

소리마제가 황급히 물러섰지만, 주먹에 실린 기운이 그의 복부를 스치며 안을 흔든 뒤였다.

"크윽!"

단 한 번의 스침만으로 내장을 뒤흔드는 힘에, 소리마제가 신음을 소리를 뱉었다.

하지만 그의 얼굴에 지어진 미소는 더욱 짙어졌다.

그때.

쉐에에엑—!

파—앗! 퍽!

소리마제가 순식간에 자신의 머리로 날아온 것을 땅바닥에 내리쳤다.

파지지직—!

아직 사라지지 않은 뇌전이 성을 내듯 번쩍거렸다.

"재밌군."

소리마제가 고개를 들어 앞을 보자, 남궁경과 진화가 그를 향해 살기를 내뿜고 있었다.

소리마제는 남궁경의 약점이 진화인 것을 알고, 진화를 공격해서 남궁경의 주의를 돌리려 했다. 하지만 결론적으로 그것은, 비열하긴 했지만 영리하진 못했다.

남궁경이 진화를 아끼는 만큼, 진화를 믿고 있다는 것은 알지 못했으니 말이다.

소리마제와 남궁경, 진화 사이에 숨이 막히는 듯한 긴장감이 돌았다.

그때.

쉐에에엑-!

무언가가 날아와 소리마제의 머리를 노렸다.

놀란 소리마제가 고개를 까닥여 간발의 차이로 그것을 피했다.

퍼억-!

땅바닥에 처박히며 뭔가 깨지는 소리와 함께, 허연 조각이 섞인 핏물이 주르륵 흘러나왔다.

암살왕 교혼의 머리였다.

"의도한 바는 아니지만, 어쨌든 그놈 대가리는 부서졌군."

"스승님!"

진화는 소리마제의 뒤에서 느긋하게 모습을 드러내는 남궁호명을 보고, 반가움 가득한 목소리로 그를 불렀다.

스승인 남궁호명이 위험할 것이라 생각하진 않았지만, 완전히 무사한 모습을 확인하니 저도 모르게 목소리가 커진 것이다. 그런데 반가운 사람은 하나가 아니었다.

남궁호명의 뒤로, 천화정 쪽문으로 남궁가주와 일장로 남궁순 또한 모습을 드러냈다.

사방으로 빼곡하게 제왕무적단이 천화정을 에워쌌다.

"오랜만이군, 소리마제."

"빌어먹을 늙은이는 아직도 살아 있었나?"

"허허허! 말하는 것을 보니 여전하네. 난 또, 남은 수하들을 다 끌고 왔기에, 노망이라도 났나 했는데."

일장로 남궁순이 소리마제를 향해 서슬 퍼런 살기를 드러냈다.

신선처럼 호탕하게 웃던 입꼬리에 살벌한 미소가 남아 있었다. 드디어 소리마제를 죽일 수 있다는 것이 기쁜 듯했다.

"포구에 대기하고 있던 배와 잠삼현으로 들어온 살인시문 소속 암살자는 모두 파악이 끝났다. 지금쯤 창궁무애단의 손에 죽어 가고 있을 거다. 세가로 침입하던 놈들은 이미 제왕무적단의 손에 죽었다. 당신만 죽으면, 살인시문은 세상에서 흔적도 없이 사라질 것이다."

남궁가주가 소리마제를 향해 선언했다.

남궁가주의 당당한 태도는 자신감을 넘어 오만해 보이기까지 했다. 하지만 그건, 남궁가주의 곁에 선 일장로나 남궁호명, 아버지 남궁경 또한 마찬가지 였다.

소리마제와 살인시문을 맞으며, 그들은 한 점 두려움도 내비치지 않았다.

이전 생에서 진화가 보았던 남궁세가가 아닌, 귀천성과의 전쟁에서 한 번도 패배하지 않은 남궁세가의 모습이었다.

본래 그러했어야 할 남궁의 모습.

"진화야, 놀랐느냐?"

"아닙니다."

남궁가주의 물음에 진화가 급히 고개를 저었다.

"우리 아들, 말 안 해 줘서 서운하진 않지?"

조금 걱정스러운 듯한 남궁경의 물음엔, 웃음마저 나올 뻔했다.

아아, 남궁이구나.

진화는, 소리마제와 살인시문을 맞이하는 이들의 모습을 보며, 제가 정말로 시간을 거슬러 역사를 바꿔 내었음을 실감했다.

"오늘, 네놈은 여기서 죽는다."

"충—!"

촤―――――아!

남궁가주의 선언에, 제왕무적단이 사방에서 소리마제를 향해 검을 겨누었다.

남궁호명과 일장로, 남궁경도 검을 들고 소리마제를 노려보았다.

진화 또한 그 옆에서 검을 들었다.

그 광경을 앞에 두고.

"하하! 하하하하하하하하핫―――!"

소리마제가 광소를 터뜨렸다.

암살자들이 초절정의 고수보다 약하다는 이야기를 듣는 데는 많은 이유가 있다.

첫째, 은신을 위해 유지하는 얇고 유연한 몸.

그것은 모든 것을 초월하는 강인한 힘 앞에서 무력해지기 십상이다.

퍼어어억---!

암살왕 교혼의 몸이 단단한 나무 기둥을 부수며 처박혔다.

"크헉!"

부러진 뼈가 어딜 찔렀는지 모르겠으나 울컥- 식도를 역류한 피를 뱉었다.

남궁호명이 암살왕의 몸을 부수는 동시에, 정확하게 그의 내기를 흐트러뜨렸기 때문이다.

고통을 느낄 수 없는 몸이 얼마나 다행인지 몰랐다.

"당신은…… 대체 누구지?"

"나 참, 다 죽어 가는 마당에 그게 왜 궁금한 거야?"

"남궁에 당신 같은 고수가 있다는 소릴 들어 본 적이 없다!"

"하하! 그게 말이야, 방구야? 내가 싸울 때 너 같은 놈들에게 알리려고 이름까지 말하고 싸워야 하냐?"

남궁호명은 암살왕 교혼의 질문을 비웃었다.

틀린 말은 아니었지만, 암살왕의 의도는 그것이 아니었고 남궁호명 또한 그걸 알았다.

그럼에도 암살왕의 말을 비웃음으로 받은 것은, 같은 반열의 무림인으로 인정하지 않겠다는 조롱의 의미였다.

분노한 암살왕이 빠르게 부러진 나무 뒤로 사라졌다.

쉐에에에엑———!

챙! 챙!

암살왕이 던진 비수가 남궁호명의 검에 가볍게 가로막혔다.

둘째, 상대가 알아차리지 못할 때는 치명적일지 모르지만, 상대가 알아차리고 나면 암살자의 무기는 전혀 위협적이지 않았다.

상대가 암살자의 움직임을 읽었다면, 암살자가 쓰는 무기는 위력이 떨어지고 은신술은 도망에 불과했다.

남궁호명의 눈빛에 살기가 돌고, 그의 오른손에서 한 바퀴 회전한 검이 그대로 땅에 박혔다.

천뢰제왕검법 폭력뇌전-!

파파파파팟————!

땅을 뚫고 들어간 푸른 번개가 반대편을 뚫고 솟았다.

파————앗!

부러진 나무가 산산조각이 나고, 사방으로 날아가는 파편과 함께 암살왕 또한 급히 몸을 날렸다.

그런 암살왕을 향해 순식간에 검이 내리꽂혔다.

푸욱-!

"헉!"

챙! 챙! 챙!

마치 암살왕의 움직임을 훤히 꿰뚫고 있는 듯했다.

남궁명명이 입가에 비릿한 웃음을 달고, 암살왕의 움직임에 맞추듯 검을 휘둘렀다.

아니, 제 움직임을 읽고 맞추는 것이 확실했다.

"네놈! 크득!"

암살왕은 호수처럼 평온한 눈으로 저를 비추고 있는 남궁호명의 눈을 보며 분노했다.

쉐에에엑-!

암살왕이 분노하여 단검을 휘둘렀다.

사신의 낫처럼 상대의 급소만을 베고 지나는 암살왕의 단검술은, 가볍고 신속해서 춤을 추는 듯했다.

그래서였다.

"한번 죽을 뻔했을 때 알았어야지, 격이 다르다는 걸."

세 번째 이유였다.

암살자들 대부분이 아주 어린 시절부터 혹독한 교육을 거쳐 탄생한다.

아무리 열심히 훈련한들, 살기 위해 훈련한 시간은 비교할 수 없을 것이다. 하지만 초절정의 경지는 단지 살고자 해서 넘을 수 있는 것이 아니었다.

막대한 내공을 끌어모으는 심오한 내공심법, 내공을 효과적으로 표출하는 상승 무공.

그리고 타고난 재능이든 환경이든 상관없었다. 깨달음을 얻어 성장하는 동력이 있어야 한다.

처음 암살왕을 죽일 뻔했던 남궁경이 그러했듯, 남궁세가의 고수들은 그 모든 것을 갖추고 있었다.

남궁호명 또한 그러했다.

제왕밀검 남궁호명은 귀천성과의 전쟁이 가장 치열했던 시기에, 제왕검 남궁강을 지키는 검이었다.

쉐에에엑---!

새파랗게 빛나는 검강에 암살왕의 검이 깨끗하게 잘려 났다. 암살왕은 제게 다가오는 눈부신 광휘를 보며, 전설처럼 떠돌던 이름 하나를 떠올렸다.

"너는! 의천……검주!"

제왕검에 다가서는 어둠을 집어삼키던 광휘가, 마침내 암살왕 또한 집어삼켰다.

툭.

새까맣게 타들어 간 몸이 무너지고, 처음에 단검과 함께

잘랐던 머리만 덩그러니 남았다.

남궁호명은 찝찝한 표정으로 암살왕의 머리를 집어 들었다.

"지금 의천검주는 내가 아니야. 부자가 쌍으로 망할 놈들!"

남궁호명은 기어이 암살왕의 대가리를 따 오라던 남궁경과 제 의천검을 강탈하듯 가져간 남궁진화를 떠올리며 구시렁거렸다.

"부자가 쌍으로…… 미친놈들!"

남궁호명은 전에 뱉었던 욕지거리를 그대로 내뱉었다.

콰광————쾅———!

파지지지지직——————!

소리마제가 광소를 터뜨리든 말든. 기운을 폭발시키든 말든.

남궁경과 남궁진화가 당장 죽여 버릴 듯 소리마제를 몰아붙였다.

"웃기는 지랄로 처웃어-!"

"아버지!"

남궁경이 소리마제에게 검기를 쏟아부으며 그의 곁으로 다가섰다.

진화는 남궁경을 지키기 위해 살아 있는 뱀처럼 꿈틀거리는 소리마제의 검은 사슬을 하나하나 부수고 끊어 냈다.

"하하하! 하하하하하! 재밌는 곳이야!"

소리마제는 즐거운 듯 남궁경과 진화를 상대했다.

소리마제의 기세가 변하려는 찰나.

바짝 긴장하고 있던 남궁가주와 일장로, 남궁호명을 비롯한 남궁세가의 모든 무사들이 조금 허탈한 눈으로 뒤엉켜 있는 그들을 보았다.

그때.

사아아아악――!

남궁호명의 등줄기로 소름이 돋았다.

"모두 내공으로 몸을 보호해라―!"

남궁호명이 소리쳤다.

갑작스러운 외침에 남궁가주와 일장로가 놀라서 그를 보았다.

그와 동시에.

콰―――――앙!

쾅! 쾅! 콰아아아앙!

굉음과 함께 거대한 기파가 울렁이는 파도처럼 천화정 담장을 넘었다.

"크억!"

"쿨―럭!"

미처 대비하지 못한 제왕무적단원들 몇몇이 피를 토하며

비틀거렸다.

검을 세워 기파를 막아 낸 남궁가주와 일장로, 남궁호명이 눈을 부릅떴다.

"진화야!"

"제왕무적단주!"

천화정 마당의 땅이 다 일어서며, 뿌연 먼지가 앞을 가렸다. 하지만 그 속에서 새파란 불꽃을 활활 피워올리고 있는 검을 볼 수 있었다.

남궁가주는 그게 누구의 검강인지 알았다.

"경아!"

뿌연 먼지가 걷히자, 남궁경이 한 장 정도 되는 검강을 피워올린 채 누군가를 노려보고 있는 것이 보였다.

그 앞에는 검에 사슬을 칭칭 감은 채 소리마제와 대치 중인 진화가 있었다.

심장이 철렁했다. 하지만 누구도 입을 뗄 수 없었다.

진화의 검을 잡고 있는 수십 개의 사슬 외에 수백 개가 넘는 사슬이 소리마제의 주변에 넘실거리고 있었기 때문이다.

"저, 저게 무슨……!"

남궁가주는 말을 잇지 못했다.

새빨간 기운에 휩싸인 검은 사슬은, 놀랍게도 수백, 수천 마리의 살아 있는 뱀처럼 꿈틀거리고 있었다.

심지어 사슬 끝에 있는 단검은, 뱀의 머리가 되어 아가리를 벌리고 독니를 드러내고 있었다.

촤아아아아———!

수백, 수천의 뱀이 울어 대는 사특한 소리와 함께, 소리마제가 자신만만하게 입꼬리를 올렸다.

그의 콧잔등을 가로지른 상처에는 피가 흐르고 있었고, 흰 붕대가 감겨 있던 상체에도 붉은 뱀이 흐르는 듯 피가 흘렀다. 그런 소리마제를 보호하듯 수백, 수천 마리의 뱀 사슬이 갑옷처럼 그를 감싸고 있었다.

암림혈귀갑(暗臨血鬼鉀).

수천 명의 피를 먹어야만 깨어나는 살아 있는 철의 마수.

주인을 위해 다시 수천 명을 죽여 준다는, 귀천성의 귀보였다.

"흐흐흐! 겁을 먹었느냐?"

소리마제가 천화정에 흐르는 침묵을 즐기는 듯 웃었다.

"그러니까…… 살인시문은 고작 그런 놈들을 죽였다고 없앨 수 있는 게 아니야. 이 몸이 바로 살인시문이다! 지옥의 문을 지키는 제왕이란 말이다-! 하하하하하핫———!"

소리마제의 웃음소리가 천화정을 넘어 남궁세가 전체에 퍼져 나갔다.

"저 빌어먹을 새끼!"

남궁경이 살기등등한 눈빛으로 소리마제를 노려보며 이를 갈았다.

소리마제와 계속 부딪힐수록 늘어 가는 사슬이 이상하다고 생각할 즈음.

갑자기 폭발하듯 쏟아지는 사슬에 남궁경이 그것을 막아 내었다. 그리고 진화는 남궁경에 쏟아지는 것을 막았다.

진화는 사슬을 잘라 내려 했지만, 그것이 오히려 진화의 검을 빽빽하게 감아 버리면서 지금의 대치 상황이 만들어진 것이다.

다른 사람들은 소리마제의 모습에 긴장한 듯했지만, 남궁경은 저 새끼가 뭘 처입었든 상관없었다.

'진화야! 내 새끼!'

남궁경이 다급한 눈으로 진화와 그를 둘러싼 채 위협적으로 넘실거리는 뱀들을 노려보았다.

그것들은 마치 자신의 약을 올리는 듯, 자신이 조금만 움직이려는 낌새를 보여도 진화의 목덜미를 노릴 듯 입을 벌렸다.

속이 새까맣게 타들어 갈 것 같은데도, 남궁경이 섣불리 움직일 수 없는 이유였다.

남궁가주와 일장로, 남궁호명 또한 소리마제의 변화를 경계하며, 서서히 그를 에워쌌다.

그들 또한 섣불리 움직일 수 없었지만, 그렇다고 영원히 대치할 수도 없었다. 상대가 전설의 귀보 하나 입었다고 물러설 의천의기가 아니었다.

'저 새끼가 움직이면, 진화부터 구한다!'

'내가 저 새끼 대가리를 치지.'

'제가 먼저 움직이겠습니다.'

'사슬은 내가 막지.'

남궁경과 남궁가주, 일장로와 남궁호명이 서로 눈빛을 마주쳤다.

긴장되는 순간.

어른들의 걱정을 아는지 모르는지 진화의 얼굴은 생각보다 차분했다.

파지지지지직———!

강한 뇌전의 힘에 뱀이 검을 물고 버텼지만, 몇몇 뱀은 떨어져 나갔다.

평범한 실랑이인 듯.

소리마저 알아차리지 못할 정도로 뇌전을 풀어 검은 사슬의 힘을 살폈다.

뱀의 머리가 검을 놓친 것은 다섯 번째 시도 만이었다.

하지만 아직도 검에 감긴 사슬은 풀리지 않았다.

'붉은 기운…… 소리마제의 기운과 같으면서도 다르다. 뭐지?'

진화의 시선이 소리마제를 향했다.

이전 생에서 진화가 싸워 본 적 없는 적이었다.

하지만 들어 본 적은 있었다.

하루아침에 작은 현 하나를 몰살시키고 전해진 말이었다.

'어둠을 지배하는 자. 소리마제의 피를 따라 수백, 수천 마리 죽음의 마수가 움직이고, 죽은 자의 목덜미엔 붉은 죽음의 꽃이 남는다.'

진화는 제 목덜미를 노리는 붉은 뱀을 힐끗 보았다.

저것이 제 목을 꿰뚫으면, 전해지던 그 말과 똑같은 상황이 아닌가.

소리마제가 누굴, 얼마나 죽였는지는 중요하지 않았다.

중요한 것은 그가 진화와 남궁의 적으로, 남궁세가 안에 들어 있다는 것이라!

'그 말이 맞다면…….'

진화의 눈에 확신이 차는 순간, 푸른 번개가 번뜩였다.

파지지지지지지직─────!

"진화야!"

"헉!"

남궁경은 물론 모두가 놀라서 진화를 보았다. 하지만 지금 순간 가장 경악한 사람은, 다름 아닌 소리마제였다.

꽈광———!

쾅! 쾅! 꽈광———쾅———!

검은 사슬 속에서 수십 번의 번뜩임이 있고, 굉음이 울려 퍼졌다.

촤아아아악———!

비명을 지르는 듯 검은 사슬이 요란한 소리와 함께 떨어져 나갔다. 아니, 놀란 눈을 한 소리마제가 사슬을 내던졌다.

섬전십삽검뢰 붕격우산————!

사람이 뛰어간들 비를 피할 수 있을쏘냐.

진화는 소리마제의 물러섬을 용납하지 않고 따라붙었다.

비처럼 쏟아지는 뇌전이 소리마제의 암림혈귀갑을 끊임없이 때렸다.

검은 사슬이 출렁일 때마다 뇌전이 번뜩였다.

"피로군!"

진화가 싸우는 모습을 보고 무언가를 깨달은 남궁호명이 검을 들고 뛰어들었다.

쉐에에에에엑————!

푸른 광휘가 사슬을 뚫고 들어갔다.

남궁호명의 천뢰제왕검법 낙엽은 진화의 그것과는 달랐다.

진화의 그것이 사방에서 쏘아붙이는 뇌전의 창이었다면, 남궁호명의 그것은 빛나는 섬광을 뿜는 검기였다.

　짧고 유연한 그것은 사슬의 요동을 피해 소리마제의 어깨를 베었다.

　검은 사슬이 가까이 다가붙은 진화와 남궁호명을 공격했지만, 진화는 강력한 뇌전의 힘으로 붉은 기운으로 움직이는 뱀들이 태워 버렸고, 남궁호명은 재빨리 그것을 피하며 빈틈을 노렸다.

　"크흣! 의천검주였나!"

　소리마제가 어깨에서 흘러내리는 피를 보며 남궁호명을 노려보았다. 소리마제는 암림혈귀갑을 뚫고 들어온 광휘를 보고 단번에 알아차렸다. 하지만 그 광휘를 보고 뭔가를 알아차린 건, 소리마제만이 아니었다.

　"저것이 진짜 암림혈귀보인지 뭔지는 모르겠지만, 어쨌든 저걸 움직이는 것이 바로 놈의 피인 듯합니다. 진화와 호명 숙부님 모두, 사슬을 끊기 전에 사슬에 흐르는 피를 태웠습니다."

　"과연!"

　남궁가주의 말에 일장로가 감탄하며 진화와 남궁호명을 보았다.

　"잡을 수 없다고 해서 죽일 수 없는 것은 아니지."

　남궁가주의 눈빛에 살기가 흘렀다.

천뢰제왕신공을 다루는 이들처럼 소리마제의 피를 태워서 암림혈귀갑을 조종하는 힘을 없앨 순 없었지만, 싸울 방법이 없는 것은 아니었다.

사람의 몸에 있는 피가 무한정이진 않을 것이니.

"제왕무적단은 놈을 공격하라-!"

쉐에에에에엑----!

진화와 남궁호명이 뇌전으로 사슬의 틈을 열고, 제왕무적단이 날린 단검이 비처럼 쏟아졌다.

원거리 공격은 제왕무적단이 잘하는 공격이 아니었지만, 지금은 그들이 적을 죽일 필요가 없었다.

죽이는 건.

"이놈-! 대가리를 날려 주마----!"

남궁경이 푸른 검강을 폭발시키며 달려 나갔다.

암림혈귀갑는 대단한 귀물이었다. 하지만 그것으로 인해 소리마제는 암살의 제왕처럼 움직일 수 없었고, 오히려 진화와 남궁호명에게 움직임을 제압당했다.

게다가 지금 남궁세가는, 철의 마수라 불리는 암림혈귀갑조차 단번에 베어 낼 검강을 지닌 이들이, 무려 다섯이나 있었다.

"아니야! 이대로 끝날 것 같으냐!"

촤아아아아악--!

소리마제가 피를 뿜어 내는 동시에, 암림혈귀갑의 검은 사슬 또한 수백, 수천 개가 다시 처음처럼 솟아올랐다.

하지만.

파지지지직—!

펑! 펑!

진화와 남궁호명의 검에서 뿜어진 천뢰제왕검법 현천섬뢰의 섬광이 수백, 수천개의 뱀들을 태울 듯 번뜩였다.

또한.

쉐에에에엑————!

남궁가주의 제왕무적검 일휘천낙이 수천 개의 사슬을 베어 내고, 일장로 남궁순의 창궁무애검법 섬휘가 소리마제의 팔을 잘라 내며 모든 사슬이 땅으로 떨어졌다.

"타아아앗——!"

마침내, 곧장 소리마제의 정면으로 날아든 남궁경이 소리마제의 목을 베었다.

파—앗.

소리마제의 잘린 목에서 피가 솟구쳤다. 하지만 이내 핏줄기가 잦아들며 소리마제의 몸도 힘없이 허물어졌다.

양주 전체를 준동시키고 남궁세가를 뒤흔든 마두의 주검치고, 초라한 끝이었다.

"와아아아아아아————!"

제왕무적단의 함성이, 남궁세가의 승리를 알렸다.

살인시문 소속의 암살자로 양주 곳곳에서 남궁세가 무사들의 손에 죽임을 당한 이들이 삼백 명이 넘었다.

남궁세가 담장을 넘은 이들을 제외하고 말이다.

양주의 문파들은 날이 밝고 소리마제의 죽음이 알려지고 나서야, 모든 일을 파악했다. 그리고 이 모든 것을 하루아침에 끝낸 남궁세가의 저력에 다시 한번 감탄했다.

남궁세가의 승리가 정의맹에 알려지고 무림 전역에 퍼져나간다면, 전 무림이 남궁세가의 저력에 감탄하는 것도 시간문제이리라.

제왕검이 있었던 그때처럼, 양주 사람들의 가슴에 자부심이 차올랐다.

그래서일까.

한바탕 전쟁을 치르고도 잠삼현의 분위기가 잔칫날처럼 떠들썩했다.

모두가 들썩이는 속에서 남궁가주와 수뇌부가 피해 상황 파악에 골몰한 때.

"가주님, 손님께서 긴히 할 말이 있다고 찾아오셨습니다."

현재 남궁세가에 손님으로 있는 사람은 사례교위 조정호뿐이라.

곽 총관의 알림과 함께, 조 교위가 심각한 얼굴로 남궁가 주의 집무실로 들어섰다.

십팔 년 전.

하늘은 어찌하여 무도한 자들에게 큰 힘을 주었는지.

사방에서 무도한 자들이 들끓었다.

선과 악이 부딪히고 깨지는 과정에서 그 경계의 질서가 무너졌다.

강자는 약자에 대한 인의를 잊었고, 사람들 간에는 신의가 사라졌다.

이를 바로잡을 황제는 방종함에 절제를 잃었고, 신하는 황제에 대한 충의를 잃었다.

문화와 질서는 흐려지고 이성과 절제는 무너졌으며, 세상은 혼란의 소용돌이 속에서 약육강식의 야만과 살육의 본성만이 들끓게 되었다.

결국엔 신하가 황제의 존엄을 무너뜨려 혁명을 외쳤다.

제국이 무너지고, 모든 세상이 혼돈에 빠졌다.

하남성 낙양(洛陽).

궁인의 복색을 갖춰 입은 여인이 차마 민망하고 죄송한 기색으로 침상에 앉은 여인을 재촉했다.

"마마."

"후우……."

상궁 나인의 재촉과 아이를 꼭 안고 떼어 놓을 줄 모르던
여인이 큰 한숨을 내쉬었다.

"히잉. 히잉."

안겨 있던 어미의 불안을 알아서인지, 아이가 칭얼거리기
시작했다.

"어이구, 우리 왕자님, 우리 영특한 왕자님이 어미의 심기
가 좋지 않은 걸 느꼈나요? 아니에요, 나쁜 일이 아니랍니다."

여인이 말을 알아들은 듯 금세 칭얼거림을 멈춘 아이를 보
며 미소를 머금었다.

아이가 태어나고 맞은 두 번째 겨울이었다.

왕실의 사내아이가 첫 돌까지 살아남았다면 꼭 해야 할 일
이 있었으니, 바로 등에 인주를 찍는 것이다.

아이가 더 크기 전에 작은 크기로, 붉디붉은 색료를 넣고
앞으로 무탈하게 클 수 있도록 홍복(紅福)을 비는 것이다.

이 시대의 아이는 태어나 일 년이 첫 고비, 그다음 다섯 해
가 두 번째 고비, 조금 자라서 십 년이 세 번째 고비라.

첫 번째, 두 번째 고비엔 병마와 굶주림으로 죽고, 세 번
째 고비에는 전쟁에 휘말려 죽을 가능성이 컸다.

불안한 정국 속에서 왕실의 아이라고 다를 것은 없었다.

결국 여인이 상궁 나인에게 아이를 주고, 명성 높은 법사가 달궈진 인두에 색료를 넣었다.

그 옆에는 궁의가 얼음주머니와 가시나무 껍질을 발라 기다리고 있었다.

"자, 아기 왕자님, 조금만 아프고 말 거예요. 걱정 마세요."

상궁 나인의 목소리에 안정을 얻던 아이의 뽀얀 등에, 의원이 달궈진 인두를 찍었다.

치이익.

뽀얀 살갗이 살짝 타들어 가고.

"으아아아아앙―――!"

자지러질 듯한 아이의 울음소리가 귀가 따가울 정도로 크게 울려 퍼졌다.

여인이 눈물이 그렁그렁하여 아이를 안아 올렸다.

귀한 얼음주머니가 아이의 등에 대어졌지만, 아이는 쉽게 울음을 그치지 못했다.

그때, 누군가 호탕한 웃음을 터뜨리며 방으로 들어왔다.

"허허허, 고놈 목청 하나는."

"조왕 전하를 뵙습니다. 천세, 천세, 천천세!"

방 안의 모든 이들이 무릎을 꿇는데, 조왕이라 불린 사내는 같이 무릎을 꿇으려는 여인을 말리고 아이를 받아 안았다.

"흐에에에엥――!"

"허허, 이놈, 아비를 보는데 인사를 하진 못할망정 계속 그리 울 것이냐?"

"흐엥! 흐에엥–!"

"그래, 그래, 아팠구나, 아팠어. 하지만 네 형제들도 하였고, 아비도 했고, 아비의 형제들도 한 일이다."

"흐에에에엥–!"

"음, 울음을 그치지 못하는구나. 그리 아프냐?"

조왕이 걱정스러운 표정으로 얼음주머니를 떼어 보자 살갗이 붉긴 하지만 화기는 가신 듯 보였다.

"이놈, 가만 보니 속은 게 분해서 우는가 보구나! 믿는 도끼에 발등을 찍힌 것 같으냐? 허허허, 요놈 성질머리가 나를 꼭 닮았구나. 허허허허!"

조왕은 유쾌하게 웃으며 아이의 오동통한 볼을 쓰다듬었다.

조왕의 호방한 웃음소리에 아이도 어느새 울음을 그치고.

잠시 후 아이는 한참 용을 쓴 것이 피곤했는지 조왕의 품에서 잠이 들었다.

"허허, 녀석아. 이 아비의 품을 침대로 쓰는 것은 네 형제들 아무도 못 해 본 일이다."

"광영임을 알 것이옵니다."

조왕이 자신의 품에 편히 잠든 아이를 보며 흐뭇하게 웃는 모습에, 여인 또한 입가에 미소를 머금었다.

"허허, 몰라도 하는 수 없지. 아비가 아들을 안아 주는 건

당연한 일인 것을. 이 참담한 시국에 너라도 나와 왕실의 기쁨이 되어 주었으니 벌써 효자로구나."

"전하……."

새근새근 아이의 숨소리를 들으니, 조왕 또한 여느 아버지처럼 가슴이 뻐근해졌다.

부자의 모습을 보는 여인의 눈도 먹먹했다.

제 품에서 편히 잠든 아이에게서 느껴지는 온기.

자신을 걱정하는 사랑하는 여인의 눈길.

잠시 근심을 잊고 행복감에 젖었던 조왕은, 이 행복을 지키기 위해 해야 할 일을 떠올렸다.

"그 역자 놈이 감히 칭제(稱帝)를 했다는구려."

나지막한 조왕의 말에 여인의 안색이 흐려졌다.

황도에서 쫓겨 나와 피신을 한 참에 황도에서는 황제가 바뀌었다니.

시국이 점점 그들에게 불리했다.

"종이 주인을 죽이고 주인의 일가는 이리 밖으로 떠도는 처지가 되었으니. 형님께서 마침내 마음을 먹으신 듯하오."

"그럼 이제 어찌 되는 것입니까?"

"어찌 되긴. 형님의 곁에서 싸워야 하지 않겠소. 신하 놈의 눈을 피해 낙양까지 내려와서야 겨우 황실의 일족 노릇을 하지 않았소. 이제라도 내 몫을 해야겠지."

단단하게 결심이 선 조왕의 눈빛에, 여인은 흔들리는 눈빛을 감추고 조용히 미소를 지었다.

"곧 제자리를 찾으실 겁니다."

"그렇지. 그래야지. 이 녀석을 위해서라도 반드시 그래야지."

잠든 아이를 흐뭇하게 지켜보던 조왕의 입가에는 어쩔 수 없는 씁쓸함이 맴돌았다.

"나라의 중대사가 있다는 이유로 제대로 아비 노릇을 해 준 자식들이 없구나."

"어찌 그런 서운한 말씀을 하시옵니까. 전하께오서 이룩한 대업을 왕자들 모두 자랑스러워할 것입니다."

"정화, 그대 또한 고생이 많아. 우리는 반드시 제국을 되찾을 것이오. 그때까지만, 조금만 참으시오."

"신첩은 그저 전하께서 바라시는 일이 무사 형통하기만을 바랄 뿐입니다. 그 외에는 바라는 것이 없습니다. 지금도 충분히 분에 넘치는 광영을 누리고 있사옵니다."

"그래. 그래."

여인의 말에 감동한 조왕이 그녀를 품에 안아 어깨를 토닥였다.

제 품에 와 준 것만도 과분한 여인이건만, 임신 중에 피난에 오르는 고초를 겪게 했다. 하지만 그 와중에 어떤 불평 한마디 없이 조용히 견뎌 주던 여인이라.

소박한 말 한마디에도 감동을 담은 아내의 말은 피로에 지친 조왕에게 더없는 위안이 되어 주었다.

잠시 후, 한 나인이 침전에서 아이를 데려 나갔다.

조왕과 여인은 실로 오랜만에 함께 잠자리에 들었다.

하지만 그날.

짧은 하룻밤은 그조차 평안하게 이어지지 못했다.

우당탕탕! 쿵! 쿵!

"마마! 마마!"

숨소리도 죽여야 할 왕과 비의 침전 밖에서 큰 소란이 일었다.

"누구냐!"

"마마! 마마! 습격이옵니다! 왕자마마가! 왕자마마께서 납치되셨습니다!"

"뭐라!"

조왕이 자리에서 벌떡 일어나고, 여인은 벌벌 떨리는 몸으로 기다시피 침대에서 내려오려다 몇 걸음 걷지 못하고 주저앉고 말았다.

"아아, 아가! 내 아기가⋯⋯!"

"찾아라! 왕자를 찾아라!"

비록 역란을 피해 목숨을 구원하러 피난해 오기는 했으나, 왕의 후계가 납치된 일은 큰 파장을 몰고 왔다.

낙양으로 피난 와 있던 조왕은, 제국 재건의 적정자라며 나선 황제의 친형제이자 가장 아끼는 아우 한유수였다. 게다가 그의 품에 잠든 왕비는 하남대부로 제후와 다를 바 없는 권한을 가진 조위례의 금지옥엽이라.

왕실의 후계이자 하남 대부의 외손이 납치된 일은, 세상의 질서마저 바꾸었다.

"제국이 귀천성과의 전쟁에 본격적으로 관여하게 된 이유였습니다. 당시의 조왕, 현 황제 폐하께서는 군권을 가진 대장군이셨고, 제 부친이신 하남대부는 황실의 금권을 쥐고 계셨으니까요."

"흐음……."

조 교위에게 황실의 비사를 들은 남궁가주가 한숨을 뱉었다.

"황실의 관여에 그런 비사가 있었는지는 몰랐습니다. 그 이야기를 제게 꺼내신 이유가 대충 짐작이 갑니다만…… 역시, 물어야겠지요?"

남궁가주가 힘없이 웃었다.

애초에 사례교위가 왜 갑자기 남궁세가에 나타났겠는가.

그는 처음부터 남궁진화를 보러 왔다고 말했었다.

문제는.

'경이와 제수씨…… 아니, 진화 그 녀석이 더 문제로군. 과연 받아들이려고 할까?'

자신과 가족들은 그렇다 해도, 남궁경과 팽연화 부부가 진화에게 쏟는 사랑과 진화가 두 사람에게 보이는 애정을 곁에서 봐 왔기에, 남궁가주는 걱정스러울 수밖에 없었다.

"그분은, 황제 폐하와 황후마마의 아드님이 확실합니다."

"증거는 있습니까?"

"애초에 황도에 남궁진화의 존재가 알려진 것이 황후마마와 꼭 닮은 외모 때문이었습니다."

"그렇게 닮았습니까?"

남궁가주의 말에 조 교위가 피식 웃음을 흘렸다.

"이제야 하는 말이지만, 깜짝 놀랄 정도였습니다. 설마 황자님이, 황후마마와 그리 닮았을 줄은 몰랐거든요."

조 교위의 말에 남궁가주가 고개를 끄덕였다.

하지만 입에서 나온 말은 조 교위의 생각과 조금 달랐다.

"그렇군요. 하나! 세상에 닮은 사람은 많고 많습니다. 그저 닮은 외모가 아니라 확실한 증거가 필요합니다."

확실한 증거를 내놓기 전엔 절대 진화를 내줄 수 없다는 듯, 남궁가주의 눈빛이 단호했다.

조 교위의 눈썹이 꿈틀거렸다.

남궁가주의 의도를 알 수 없었기 때문이다.

'속을 감추는 것이 닳고 닳은 조정 대신들보다 더 능숙하군. 황제의, 그것도 황후 사이의 적통 황자다. 그간 적통 황자를 보살펴 온 것만으로도 크게 치하를 받을 것인데…… 무슨 생각이지?'

단순히 동생 내외의 아이를 빼앗기기 싫어서라기엔, 진화가 황자가 되었을 때 남궁세가에 가져올 이득이 훨씬 많았다.

하여 조 교위는 남궁가주의 의도를 점점 더 알 수 없었다.

"황후마마는 보기 드물게 역천지체를 타고나셨지요. 황자께서도 그러하셨습니다."

"……무림에는 광마제가 역천지체를 찾았다는 사실이 꽤 많이 알려져 있습니다."

"하지만 꼭 닮은 얼굴에 물려받은 체질, 게다가 그 눈."

"눈?"

"황후마마의 눈도 가끔 빛을 내었습니다."

"그것은 천뢰제왕신공으로……!"

"같은 무공을 익힌 사람들이 모두 그러한 것은 아니지 않습니까?"

"……."

조 교위의 물음에 남궁가주가 아무 말도 못 하고 입을 다물었다.

소리마제와의 전투 때, 왜 유심히 그 모습을 지켜보는가 했더니. 진화만 살핀 것이 아닌 모양이었다.

조 교위의 말처럼, 진화 외에, 남궁호명이나 다른 천뢰제왕신공을 익힌 사람들 중 눈 속에 번개를 품은 이는 없었다.

"천자의 아들입니다. 황제 폐하의 확신이 있다면, 감히 누구도 불만을 표하지 못할 것입니다."

"……소리마제에게 장부가 있습니다. 진화가 광마제의 최종 제물로 그자에게 납치된 것이라면, 반드시 그 장부에 기록이 남았을 겁니다."

남궁가주의 신중한 말에 조 교위가 슬쩍 입꼬리를 끌어 올렸다.

"살인시문이라는 것이 황도에 있다지요? 태복령을 심문하고 있으니, 지금쯤 금군들이 의심되는 곳은 샅샅이 뒤지고 있을 것입니다."

"흐음……."

사실 누구라도 진화를 보기만 한다면 황제와 황후의 아들이라 확신하겠지만, 황실의 일이 그리 허술하게 처리되진 않는 법이었다.

황제까지 나섰으니.

금영들이 진화에 대한 정보는 물론 연관된 모든 것을 파헤치고 있을 것이고, 황도의 암살문이란 암살문들은 모두 그 제물에 관한 것을 토해 내고 있을 것이었다.

"그렇다면 증좌가 나타날 때까진 아무것도 확신하지 않겠습니다."

남궁가주의 말에 조 교위의 눈썹이 다시 꿈틀거렸다.

이렇게까지 설명을 했는데, 여전히 부정적인 태도라니.

"다른 이도 아닌 천자의 아들이오! 폐하께서 찾으신단 말입니다!"

조 교위는 남궁가주의 태도가 괘씸하게 여겨지기까지 했다. 하지만 남궁가주가 이어서 하는 말에, 조 교위가 눈을 크게 떴다.

"폐하를 뵙는 것이야 무슨 문제가 있겠습니까? 다만, 진화가 아닐 경우…… 모두가 받을 상처, 특히 진화가 받게 될 상처를 고려하지 않을 수 없습니다."

전혀 생각도 못 했던 말이었다.

물론 조 교위와 황제 또한, 일이 잘못되어 황후가 충격을 받을 것을 염려하긴 했었다. 하지만 남궁가주는 동생 내외도 아닌, 진화를 우선하여 걱정하고 있는 것이 아닌가.

"많이 힘들고 아팠던 아이입니다. 그래서 동생 내외는 물론이고 남궁세가 모두의 아픈 손가락과 같은 아이입니다. 지금도 남궁세가의 양자로, 제 딴에는 이리저리 처신에 눈치를 보고 있습니다. 부디 진화의 사정을 헤아려 주시지요."

"……"

남궁가주의 부탁과도 같은 말에 조 교위는 어떤 말도 할 수 없었다.

천자의 아들!

오직 진화를 확인하고 데려갈 생각만 하고 있던 조 교위에게, 처음으로 남궁가주는 물론 남궁세가가 진화에게 품고 있는 깊은 애정이 와닿았다.

생각에 빠진 듯, 조 교위가 잠시 침묵을 유지했다.

그리고 잠시 후. 그는 조 교위가 아닌, 황제의 외숙 조정호의 얼굴로 입을 열었다.

"황제 폐하와 황후마마 역시, 오래도록 잃어버린 자식을 기다리신 분들입니다. 하나, 황자님 본인의 충격이 가장 클 것이라는 가주님의 말도 옳습니다. 당장 황자님을 모셔 가지 않겠습니다. 조금 더 확신이 설 때까지 기다려 보지요."

"헤아려 주셔서 감사합니다."

"아닙니다. 오히려…… 이쪽이 감사합니다."

조정호가 깊게 고개를 숙여 남궁가주에게 감사를 표했다.

어두컴컴한 밀실.

횃불이 켜지고, 군사들과 궁인들이 황급히 움직였다.

숨소리 하나 들리지 않는 어둠 속에 웅크리고 기대 있던 여인이 몸을 떨었다.

아니나 다를까. 군사들이 들어와 여인을 끌어냈다.

"이, 이거 놔라!"

겁에 질린 여인이 앙칼지게 소리쳤다.

"감히 뉘의 몸에 손을 대는 게냐! 나는 왕비다! 오왕의 정비란 말이다!"

하루아침에 자소궁에 발이 묶이고. 모두가 지켜보는 가운데 금군에 의해 황도로 끌려왔다. 그리고 계속 어둠 속에서 벌벌 떨고 있었다. 어둠 속에서 오왕비는 오만 가지 생각을 다 했다. 태복령이 역모에 얽혔나. 아니면 그 일이 발각되었나.

자신은 아무 연관이 없다.

실제 제가 한 일은 아무것도 없지 않은가.

또한 저와 그 일을 연관 지을 사람도 없었다.

'없어! 없어! 나는 죄가 없어!'

"이거 놓지 못할까! 내가 누군지 알고, 아악!"

패악을 부리듯 몸을 흔들고 소리를 지르는 오왕비를 끌어낸 군사들이 바닥에 그녀의 몸을 눌렀다.

"조용히 하시오."

"으윽! 읍! 윽!"

무감정한 말과 함께, 궁인들이 그녀의 입에 천을 쑤셔 넣고 단단히 묶었다.

놀라 발버둥을 치는 오왕비의 사지도, 궁인들이 꽁꽁 묶어 버렸다. 그러고도 모자라 젊은 여자 궁인들이 오왕비의 양쪽 팔을 잡고 단단히 버렸다.

"읍읍!"

그때였다.

조용히 문이 열리고, 더 많은 내관과 궁인, 군사 들이 들어왔다.

  그리고 한 걸음, 한 걸음.

  땅바닥에 억지로 처박힌 오왕비의 머리 앞으로, 황금 가죽신과 황금 용포가 보였다.

  '......!'

  오왕비의 가슴이 철-렁 내려앉는 순간이었다.

  이제까지 난리를 치던 것과 달리, 오왕비는 그저 바닥을 파고 들어갈 듯 몸을 낮췄다. 하지만 그것도 마음대로 되지 않았다. 황제의 손짓에 따라 오왕비를 잡고 있던 궁녀들이 그녀의 몸을 일으켰기 때문이다.

  "흑!"

  한때는 무섭게 연모했던 얼굴을 마주했건만, 오왕비의 눈동자는 갈피를 잡지 못하고 흔들렸다.

  황제의 손이 거칠게 오왕비의 턱을 움켜쥐었다.

  "으윽!"

  고통스럽게 일그러진 오왕비의 표정 따윈 안중에도 없다는 듯, 황제가 그녀의 이목구비를 살폈다.

  "맞군. 그때 황후에게서 황자를 받아 간 궁인이로구나! 감히 천자의 아들을 훔치고, 궁궐을 차지하고 있었단 말이지!"

  "윽!"

  오왕비의 턱을 쥔 황제의 손아귀에 힘이 들어갔다.

오왕비는 턱이 부서질 듯한 고통에 신음했지만, 제대로 소리조차 내지 못했다. 사납게 이글거리고 있는 황제의 안광에 숨을 쉬는 것도 잊었다.

"태복령과 네년! 절대 곱게 죽이지 않을 것이다. 피육을 저며 젓을 담그고, 산 채로 돼지우리에 먹이로 던질 것이다! 천하디천한 마부의 집안이니, 삼족을 모두 미친 말의 발굽 아래에 던져 주마! 네년의 아들들 또한, 내 아들이 당했던 고통을 네년 앞에서 똑같이 당하게 해 주마!"

"흐, 흐윽!"

전신에서 쏟아지는 지독한 증오와 살기에, 오왕비는 눈물을 흘리다 결국 정신을 잃고 말았다.

황제는 그런 오왕비를 던지듯 놓고, 군사들에게 명했다.

"이년은 태복령의 옆에 던져 놓고, 알고 있는 것을 모조리 토하게 하라. 그리고 오군에 있는 오왕과 이년의 자식들도 잡아 와라."

"황제 폐하의 명을 받듭니다!"

천자의 분노가 사방으로 뻗어 나갔다.

황제의 손에는 금영이 보내온 문서가 구겨져 있었다.

그의 아들이 어디서, 어떻게 살아남았는지 빼곡하게 적힌 그 보고서를, 황제는 주먹으로 움켜쥐고 놓을 수 없었다.

"내 아들을 데려와라! 조 교위에게 당장, 황자를 데려오라 전하라!"

황제가 포효하듯 명을 내렸다.

조 교위와 이야기를 마치고 난 깊은 밤.

남궁가주의 집무실엔 불이 꺼지지 않았다.

소리마제와 살인시문의 공격에 대해 완벽한 승리를 얻었지만, 그렇다고 피해가 아주 없는 것은 아니었다.

남궁세가의 인명과 재산 피해는 물론 민간의 피해를 파악하기 위해, 남궁가주의 집무실 창가엔 끊임없이 사람들이 오갔다.

"오왕비가 끌려갔다고?"

"금군들에 의해 죄인처럼 제압당해 끌려갔다고 합니다. 암혼대원에 따르면, 현재 황도는 물론 중원 전역에 있는 태복령의 집안사람 전체가 금군에 의해 끌려갔고, 오왕부에는 오왕과 왕비 소생의 이왕자, 삼왕자에게 황도 소환령이 내려졌다 합니다."

"흐음……."

창서각주 남궁희, 아니 고혼암풍대주 백경(白鯨)의 보고에, 남궁가주가 심각한 표정으로 미간을 찌푸렸다.

돌아가는 상황이 그의 예상보다 훨씬 빠른 것은 물론, 금군들의 움직임은 황제가 이미 결과를 꿰뚫고 움직이는 것이 아닌가 하는 생각이 들었다.

'황제가 확신이 섰군. 조 교위에게 겨우 시간을 벌어 두었건만, 어쩌면 소용없겠어.'

남궁가주는 황제의 움직임을 이해할 수 있었다.

잃어버린 자식을 찾는 애타는 심경이야, 자식 가진 부모에겐 가장 끔찍한 상상이자 공감이 가는 악몽이 아니겠는가.

다만, 그가 황제라는 것이 문제였다.

'권력 앞에서 부모, 형제도 없는 것이 황실이다. 지금 황제 또한 제 형을 죽이고 권좌를 차지했지 않은가. 지금의 황제는 대장군 출신의 잔인하고 냉정한 자라고 했다. 그런 자가 진화를 애타게 찾고 있다라……'

남궁가주는 보이는 그대로 황실을 믿을 수 없었다.

"돌아가는 상황을 계속 살피도록 하지."

"예. 다만 정보가 느립니다. 양주를 벗어난 지역에서는 세가 소속 상단과 매응 외에는 대안이 없어서, 놓치는 정보들이 생길 것이 우려됩니다."

"정보원 문제라면 차차 늘려 가도록 하지."

"예."

남궁희의 말대로, 남궁세가의 영향력이 절대적인 곳은 양주에 한해서였다.

정도 무림까지라면 남궁세가의 상단이 활발하게 활동 중이지만, 황도는 사정이 달랐다.

그곳은 남궁세가가 진화를 보호해 줄 수 없으니.

잔인한 황실과 권좌, 음모가 판을 치는 황도로 보내느니, 차라리 이대로 남궁세가의 보호를 받는 것이 진화에게 더 좋지 않을까 하는 생각이 드는 이유였다.

하지만 결국 골백번을 생각해도, 자신이 결정할 수 있는 문제가 아니었다.

"가는 길에 경이 내외를 좀 불러 주게."

"……그쪽으로 가지 않는데요."

남궁희의 대답에 남궁가주가 눈썹을 꿈틀거렸다.

이제 보고는 끝났으니, 백경이 아니라 창서각주라는 건가?

뭐 이렇게 역할 분담이 분명한 건지!

물론 그보다 중요한 건, 백경이든 창서각주든, 남궁세가의 가신이라는 것이지만.

"천송정에 있을 걸세."

"……예."

소리마제와의 전투로 천화정이 부서지면서 진화네 가족은 당분간 천송정으로 처소를 옮겼다.

천송정은 가주의 처소에서 창천원 입구로 가는 길에 있었으니, 창서각주도 거부할 명분이 없었다.

"참, 자네 아들도 황도에 갈지 모르는데…… 괜찮겠나?"

"무엇 때문에 물으시는 것인지 모르겠습니다."

남궁가주의 염려 섞인 물음에, 창서각주 남궁희가 무덤덤한 표정으로 대꾸했다.

냉정하게 가라앉은 눈빛과 다물어진 입은, 더 이상의 말은 듣지 않겠다는 의지가 분명해 보였다.

"······나가 보게."

"예, 그럼."

이놈이나 저놈이나.

남궁가주가 한숨을 푹 내쉬었다.

제 새끼 문제라면 그저 칼을 들고 설칠 생각부터 하니.

잠시 후.

남궁경과 팽연화 부부가 남궁가주의 처소를 찾았다.

불야성의 밤.

척. 척. 척. 척. 척. 척. 척.

묵빛의 위압적인 갑주를 착용한 금군들이 한 건물을 빼곡하게 에워쌌다. 그리고 억지로 문을 열고 수많은 군인들이 파도처럼 밀고 들어갔다.

"크아아악-!"

챙-! 챙-!

"황명을 거역하는 자! 모두 죽인다!"

"충!"

콰광-! 퍽! 퍽!

"으악!"

비명과 함께, 피육이 터지고 뼈가 부서지는 소리가 울렸다.

위압적인 군사들은 무감정한 표정으로 황명을 집행했고, 황도의 사람들은 문을 걸어 잠그고 그 광경을 무시했다.

대부분은 창문도 닫고 숨을 죽였다.

단 한 곳.

금군들이 부수고 있는 건물의 맞은편 건물엔, 창문이 아닌 검은 발이 창을 가리고 있었다.

검은 발은 밖에선 안이 비치지 않도록 가리면서, 안에서는 밖을 훤히 볼 수 있도록 제작되어 있었다.

"황제가 정말로 칼을 빼 들었군요. 듣자 하니 잃어버린 황자에 관한 일이라던데, 우리도 미리 정보를 내놓지 않았다면 저 꼴을 당했겠습니다."

창밖을 바라보던 사내가 안도의 한숨을 내쉬며 말했다.

그러자 사내의 맞은편, 단상에서 담배를 피우고 있던 여인이 미소를 지었다.

"황후와의 사이에서 난 유일한 아들이다. 황제의 황후에 대한 애정을 생각하면 당연한 일이지."

그 잔인하고 냉정한 황제가 황후 한 사람에게만은 일편단심이라니. 여인의 입가에 걸린 미소가 씁쓸했다.

이제야 창밖에서 눈을 뗀 사내는 여인의 표정을 보지 못했다.

"황후의 오라비인 조 교위가 양주로 갔습니다. 오왕비가 잡혀 오고, 오왕부에는 소환령이 떨어졌다는데…… 정보가 막혔습니다."

이제 겨우 약관이나 되었을까.

주근깨가 뿌려진 하얀 얼굴에 웃고 있는 듯한 눈과 입.

큰 키에 날렵한 몸을 하고 있지만, 아직 장난기 많은 소년의 얼굴이 남아 있는 사내였다.

사내가 버릇처럼 코를 찡그렸다. 곤란한 일이 있을 때마다 사내가 버릇처럼 하는 행동이었다.

"겨우 양주에 붙어 있던 정보원들도 목숨만 붙어서 도망나왔습니다. 어떻게 알아냈는지 전부 찾았더라고요."

"……."

여인의 눈치를 보다가 여인이 말이 없자, 사내가 모르는 척 말을 이었다.

"어쨌든 남궁세가에서도 칼을 뽑았습니다. 무슨 일이 생긴 것이 분명한데, 태복령이 한 그 의뢰 때문이 아닐까요? 태복령이 남궁진화에게 그런 의뢰를 하고 곧바로 황군에 끌려갔으니, 어쩌면……."

"군조야."

여인이 사내의 말을 끊었다.

매끄러운 얼굴에 오뚝한 코, 얇은 듯 매혹적인 입술.

무엇보다 눈에 띄는 것은 사내에게 경고하고 있는 매서운 눈초리였다. 가늘고 긴 눈에 그늘을 만들던 긴 속눈썹이 치워지자, 사나운 눈빛이 그대로 드러났던 것이다.

"입조심! 누가 들어선 안 될 말은, 아예 입 밖으로 내지 말라 일렀지 않니."

"예, 문주님."

여인의 지적에 사내, 군조가 시무룩한 표정으로 고개를 숙였다. 하지만 이내 여인이 손짓하자, 쪼르르 여인의 곁으로 가서 앉았다.

스윽.

여인이 자연스럽게 군조의 머리를 쓰다듬었다.

군조는 당연한 듯 여인의 손이 편하도록 머리를 옮겼다.

"본 문의 맞은편에 살인시문을 차리고도, 우리가 모를 줄 알았다니. 진짜 멍청한 놈들이 아닙니까?"

"오만했던 게지, 우리가 자신들을 어쩌지 못할 것이라는 자신감이 넘쳐서."

"안 그래도 저도 조금 그런 듯해서, 일부러 황제에게 살인 시문의 본거지를 알려 주었습니다. 흐흐흐! 이런 걸 이이제 이(以夷制夷)라고 하는 것, 맞지요?"

"그래, 맞다. 호호호호, 그래도 돈 들여 글공부를 시킨 것이 헛되진 않았구나."

"아, 문주님!"

볼멘소리를 내었지만, 군조의 입꼬리는 여인의 웃음소리에 기쁜 듯 실룩거리고 있었다.

여인 또한 그런 군조의 모습을 알고 있었다.

군조는 아주 어린 시절부터 그녀가 직접 거두어 자식처럼 기른 아이였다. 약관을 넘고서도 여전히 제 손길을 반기는 군조를 보자니, 여인의 미소가 금세 아련해졌다.

기쁜 듯 씁쓸한 입꼬리.

이번에는 군조도 그것을 보았다.

"어쩌면…… 이번에 문주님의 아들도 황도에 올지 모릅니다. 혹시 오게 되면 기회를 보아……."

"어ー허, 방금 전에도 일렀거늘."

여인이 단호하게 군조의 말을 끊었다.

하지만 이번만큼은 군조도 말을 멈추지 않았다.

"하지만 문주님, 내내 그리워하지 않으셨습니까."

"……아서라. 내가 그 아이를 찾았다간, 황제가 아니라 성난 백경이 하오문을 가만두지 않을 테니."

군조가 고집을 피울 땐, 오직 여인을 위할 때뿐이었다.

군조가 어떤 마음인지 알았으나, 여인은 군조를 만류할 수밖에 없었다. 보고 만지는 것이 가능했다면, 여인이야말로 삼천 리 길도 매일매일 넘어 다녔을 것이다.

하지만 여인은 하오문의 문주였다.

힘없는 사파의 암살문을 지키기 위해, 여인은 오늘도 타는 그리움을 삼켜야 했다.

　남궁가주에게 전말을 듣고 온 남궁경과 팽연화가 무거운 한숨을 쉬며 천송정을 보았다. 천송정 안으로 발을 들이기 전, 팽연화가 다부지게 주먹을 쥐었다.

　"당신, 정신 바짝 차려요."

　"으, 응."

　"까딱하면 황제한테 우리 아들 뺏기게 생겼잖아요!"

　"그……렇지!"

　남궁경은 여전히 실감이 안 나는 눈치였다.

　자식에 관한 일엔, 역시 엄마만큼 강한 사람이 없다는 걸 증명하는 듯.

　"친부모를 찾는 건 진화에게 좋은 일이지만, 그게 진짜 좋은 일인지 우리가 봐야죠! 안되면 우리라도 진화를 지켜야 하니까!"

　팽연화는 남궁가주의 당부를 진지하게 받아들이고 있었다. 물론 그렇다고 해도, 진화의 처소 앞에서 걸음이 느려지는 것은 두 사람 다 마찬가지였다.

　마침 진화가 처소에서 나와 부부를 기다리고 있었다.

　"어머니! 아버지!"

환하게 웃는 얼굴로 자신들을 부르는 진화를 보자, 결국 남궁경, 팽연화 부부의 눈에 눈물이 고여 들었다.

　'좋은 일이다, 좋은 일이다.'

　수십 번을 되뇌었다. 하지만 저 꽃같이 고운 내 아이가 이제부터 내 자식이 아닐 수 있다는 사실에 가슴이 무너져 내렸다.

　"어머니-!"

　진화가 놀라 아연실색한 얼굴로 달려왔다.

　"내 아들! 아이구, 내 새끼!"

　남궁경과 팽연화는 진화를 끌어안고 한참을 울었다.

　이제 곧 황제의 명이 내려올지 모른다고 했으니, 더 이상 미룰 수도 없는 일이었다.

　"진화야, 이제부터 이 어미의 말을 잘 들으렴. 너무 놀라지 말고, 찬찬히."

　팽연화가 붉게 달아오른 눈으로, 진화의 손을 붙잡고 말문을 열었다.

　남궁경, 팽연화 부부가 진화를 잡고 이야기를 하는 동안.

　남궁가주 또한 착잡한 얼굴로 가모인 하후민에게 대강의 일을 이야기 했다.

　대외적으로 큰 파장을 몰고 올 일이 분명했지만, 중요한 것은 가족들의 반응 아니겠는가.

　가모 하후민도 크게 놀라긴 했지만, 역시 진화를 가장 걱정했다.

황자로서 본래의 신분을 찾는다면, 겨우 잊었던 과거가 더 아프게 다가올 수도 있다며.

남궁가주로서도 생각지 못한 부분이었다.

'부모가 전하는 것이 옳다 싶어 맡기긴 했는데, 잘 말을 할 수 있으려나.'

첫째로 진화가 받을 충격이나 상처가 걱정되었다. 하지만 크게 충격을 받은 동생 내외도 걱정되긴 마찬가지라.

"대체 이런 시국에 아버님은 어딜 가셨는지! 아버님이라도 계셨으면 조금 나았으련만……!"

속이 타들어 가는 것은 남궁가주 역시 마찬가지였다.

역시 정말 심정적으로 의지할 곳이 필요해지니, 제왕검 남궁강을 찾게 되는 것이다.

마침, 조 교위가 무거운 짐을 진 듯한 얼굴을 하고 남궁가주에게 오고 있었다.

벌써 수년째.

남궁세가를 떠나 천주산에서 수련 중이라는 남궁강이 모습을 드러낸 곳은, 천주산이 아닌 무릉 근처의 깊은 협곡이었다.

"저곳이군."

까마득한 절벽 위.

맞은편 절벽을 보면 협곡이 분명한데, 그 깊이가 얼마나 깊은지.

휘이이이잉———.

절벽 아래, 협곡 사이에선 바람 소리만 창창할 뿐.

캄캄한 어둠에 묻혀 바닥도 보이지 않았다.

절벽 아래를 보고 고개를 끄덕인 제왕검 남궁강이 망설임 없이 뛰어내렸다.

"저, 저! 하여튼, 성질 급하긴."

말도 없이 뛰어내린 남궁강을 보고, 뒤에 있던 누군가가 혀를 찼다.

무신처럼 거대하고 단단한 체격을 한 남궁강과 달리, 한 장이나 길게 늘어뜨린 백미와 백염이 인상적인 도인이었다.

그 또한 남궁강의 뒤를 따라 망설임 없이 뛰어내렸다.

"둘이 똑같은 자들끼리 매번 투덕거린다니까."

"허허허허!"

그들의 뒤로, 갑주를 차려입은 천신장 같은 노인과 청순한 노학사도 절벽에서 뛰어내렸다.

툭.

매조차 날지 못하는 칼바람을 뚫고, 네 사람은 사뿐하게 땅끝에 내려섰다.

자세히 보니, 인물 하나하나 평범한 사람이 없었다.

제왕검 남궁강은 귀천성의 성역을 코앞에 두고도 본인을 가릴 생각은 눈곱만큼도 없는지, 천풍무의를 입고 여전히 위압적인 기상을 뿜어냈다.

"힘 좀 빼! 눈깔에서 칼 나오겠다!"

"어떤 놈이 숨어 있을 줄 알고?"

"놈은 무슨! 아무 기척도 없구먼!"

남궁강과 투덕거린 신선 같은 풍모의 도인은, 무당의 현존하는 신선이라는 옥허신검 청연이었다.

대반격 이후 모습을 감춰, 역천마제와의 싸움 중에 우화등선했다는 소문마저 있던 이가 이곳에서 남궁강과 투덕대고 있을 줄이야! 하지만 이어서 투덕거리는 두 사람 사이에 끼어드는 인물들의 정체도 놀라웠으니.

"그만들 좀 티격대게! 애들도 아니고!"

"지는!"

"내가 뭐!"

우화등선하기엔 매사 발끈하는 청연과 대거리를 시작한 이는, 구국의 영웅이라는 하후대장군이었다.

"운송, 찾았나?"

"저곳일세."

제왕검의 질문에, 현학문주 청백선생 운송이 한 곳을 가리켰다.

제왕검 남궁강, 옥허신검 청연, 대장군 하후충, 청백선생 운송.

십이좌회의 핵심이라 할 수 있는 사(四)인이 한 번에 모습을 나타낸 것이다. 네 사람이 청백선생 운송의 손짓에 따라 걸어가기 시작했다.

깊은 어둠과 험한 길은 그들의 걸음에 어떤 영향도 끼치지 못했다. 한참을 걸어 들어가던 그들은 마침내, 손가락만 한 빛이 비치고 있는 단상 앞에 멈춰 섰다.

누군가 가져다 놓은 듯한 판판한 돌.

하후대장군이 손을 가져다 대자, 돌은 순식간에 먼지가 되어 날아갔다.

"흐음……."

날아가는 먼지를 잡아 손으로 문지른 운송이 깊은 한숨을 내쉬었다.

"좌활백설옥(佐活白雪鈺)이네. 효능을 다하고 바스러진 것이야."

운송의 말에, 세 사람의 얼굴이 심각해졌다.

"그놈이 여기 있었다는 말이로군."

현학문이 정보를 집중하고 운송이 계산하여 겨우 찾아낸 행방이었다. 하지만 운송의 계산은 틀리지 않았으나 정작 중요한 알맹이는 이미 없어진 후였다.

"치료를 위해 옮겨진 건가?"

하후대장군의 말에 누구 하나 대답하지 않았다.

어렵게 희망을 담아 물었다는 건, 상황이 그만큼 절박하다는 의미였다.

"위를 보게."

제왕검 남궁강의 말에 모두가 고개를 번쩍 들었다.

어스름한 빛을 따라 환하게 드러난 세상.

까마득한 두 개의 절벽 사이로 하늘이 눈에 들어왔다.

"협곡이 아닐세."

"……!"

누군가 자른 듯 반듯하게 잘려 나간 두 개의 선.

깊은 협곡과 절벽인 줄 알았던 그곳은, 누군가 지하에서 땅을 가르고 나간 흔적이었다. 그리고 세상에 이런 일을 할 수 있는 사람은 한 사람밖에 없었다.

"역천마제가 깨어났군."

제왕검 남궁강이 탄식하듯 나지막이 내뱉었다.

남궁세가의 매응이 하늘을 날았다.

하룻밤이면 중원 전역을 오갈 수 있는 매응이 정의맹과 남궁세가를 부지런히 오갔다.

하룻밤 사이에 천하가 달라졌다.

역천마제가 부활했다!

남궁가주는 반가운 마음으로 제왕검의 전서를 받았다가 심장이 내려앉는 줄 알았다. 물론 그가 제왕검에게 보내는 전서에 담길 내용도 예사 것은 아니었다.

중요한 때에 자리에 없었던 제왕검을 원망한 것도 잠시, 남궁가주는 제왕검에게 알려야 할 내용을 적었다.

황궁에서 진화를 찾음. 진화가 실종된 황제의 아들일 가능성 높음. 황실에서 소리마제의 장부 확보.

"아, 이런!"

제왕검에게 보낼 전서에 그간의 일을 적은 남궁가주는, 깜박했다는 듯 다시 붓을 들었다.

소리마제와 살인시문 습격. 처단함. 아버지 없이.

마지막에 짙은 방점을 찍은 남궁가주가 싱긋이 웃었다.

그리고 매응의 다리에 달린 작은 통에 전서를 넣었다.

"가만, 그리고 보니 정의맹은 아버지의 전서와 내 전서를 한 번에 받는 건가? ……난리가 났겠군."

남궁가주는 지금쯤 정의맹이 초토화되었을 군사부를 생각

하며 고개를 저었다.

역천마제의 부활과 실종된 황자가 남궁에 있었다는 내용이니. 얄미운 제갈가주는 소리마제의 장부에 중점을 두겠지만, 남궁진휘는 꽤 놀랐을 것이다.

'흐흐.'

얄미울 정도로 침착한 아들이 놀랄 모습을 생각하니 웃음부터 흘러나오는 것을 보면, 동생의 말처럼 자신은 고약한 아비가 맞는 듯했다. 게다가 정보가 한꺼번에 간 것이, 정의맹의 입장에서는 차라리 잘된 일일지도 몰랐다.

돌아올 매응에는 두 개의 정보를 고려해서 대책을 보내올 것이다.

다음 날 날이 밝기도 전.

남궁가주의 예상대로 정의맹에서 급전을 보내왔다.

"흐음⋯⋯."

전서의 내용은 남궁가주의 예상대로였다. 다만 남궁가주의 입에서 침음성이 나온 건, 그의 바람과는 달랐기 때문이다.

남궁가주의 예상대로 간밤에 정의맹은 난리가 났었다.

탕-!

"내가 직접 맹주님께 갈 것이네. 자네는 급속히 연맹회의를 소집하게! 어서!"

정의맹 총군사인 제갈가주가 자리에서 급히 일어났다.

제갈가주는 나가던 걸음으로 부군사 남궁진휘에게 명을 내렸다.

그런데 남궁진휘가 자리에서 일어날 생각을 하지 않았다.

"왜 그러고 있나?"

"……지, 진화가……."

남궁진휘는 보기 드물 정도로 멍—한 얼굴이었다.

"아, 놀랍긴 하네. 하지만 축하할 일이 아닌가. 이것을 잘 엮어서, 황실의 손에 있는 소리마제의 장부를 우리가 가져오는 것이 시급한 일이네."

제갈가주도 그 내용에는 놀라긴 했다.

다만, 그의 감상은 '보통 자질은 아니라 생각했는데, 역시 보통 출신이 아니었군.' 정도뿐이랄까.

제갈지현의 시모가 되는 오왕비가 끌려갔다는 소식에도 덤덤했던 제갈가주니, 별로 이상할 일은 아니었다.

"하지만 우리 진화는……."

"부군사, 정신 차리게! 역천마제가 부활했어!"

제갈가주가 여전히 당황하고 있는 남궁진휘에게 큰소리를 내었다.

곤경에 빠진 제 여식과 남궁진화, 그리고 황실.

그들보다 중요한 것이 중원과 천하였다.

귀천성의 부활은 수많은 사람의 목숨이 달린 일이었다.

"어서 연맹회의를 소집하게. 살인시문에 남아 있는 흔적을 조사할 조사단을 구성하고, 황궁이 가지고 있는 소리마제의 장부를 가져올 방법을 찾아야 하네."

"후우, 못난 모습 보였습니다."

제갈가주의 단단한 눈빛에, 남궁진휘가 한숨을 쉬며 고개를 숙였다.

고개를 들었을 때 남궁진휘는, 여전히 당황스러운 얼굴이었지만 눈빛만은 냉철하게 돌아와 있었다.

그 모습에 제갈가주도 고개를 끄덕였다.

"역천마제가 깨어났다면, 곧 중원에 모습을 드러낼 걸세. 다른 마제들 역시 그 밑에 모이게 되겠지. 놈들의 움직임을 쫓는 데에, 그 장부는 꼭 필요해! 알겠나?"

제갈가주가 확인하듯 묻자, 남궁진휘가 슬쩍 입꼬리를 말았다. 가끔 이렇게 제갈가주가 자신을 이끌어 줄 때마다, 그가 좋은 지도자이자 상사라는 사실이 새삼스럽게 느껴졌기 때문이다.

"세가에 연락해서, 진화에게 협조를 구해 놓겠습니다. 정의맹 차원에서 장부를 얻을 수 있다면 좋겠지만, 다른 방법도 마련해 두는 것이 좋으니까요."

"좋군! 움직이세."

남궁진휘의 말에 제갈가주도 입꼬리를 말아 올렸다.

제갈가주 또한 조금만 자극을 줘도 잘 따라오는 남궁진휘가 기꺼웠다.

다만 제갈가주의 속내는 조금 복잡했다.

좋은 수하이자 믿음직한 후계자.

마음 한편에는 자신의 아들 제갈후현이 이러했으면 어땠을까 하는 생각이 들었기 때문이다.

새벽에 뜬금없이 소집된 회의였지만, 빠진 곳은 없었다.

사안이 사안이다 보니, 평소와 같은 다툼도 없었다.

연맹회의에 참석한 이들 대부분이 역천마제에 대한 두려움을 기억하고 있었기에, 일의 처리는 무엇보다 빨랐다.

"현무단은 종남에서 복귀 중입니다."

"백호단은 여전히 청성에 있습니다. 놈들의 움직임에 변화가 있다는 소식은 없었습니다."

"청룡단은 임무 중입니다. 아시겠지만, 중원 전역의 역천비록을 회수 중인데, 몇 가지는 사패천에 있는 것으로 확인되었습니다."

"흐음. 맹에 남아 있는 무단은 세 곳인가?"

제갈가주와 남궁진휘가 보고를 하고, 맹주를 비롯한 문파의 장문인이나 대리인이 고개를 끄덕이는 형식이었다.

중원 무림에 제갈가주보다 빠르게 사태를 파악하고 대책을 세워 낼 인물이 없었으니.

모순적이게도 진짜 다급한 상황에 오고서야 모두의 신뢰

가 제갈가주와 군사부를 향했다.

"황도로 조사단 겸 호위단을 보내고, 십이좌회와 사패천에 따로 전서를 보내겠습니다. 지금은 놈들이 완전히 힘을 찾기 전에 개별적으로 죽이는 것이 최선입니다. 종남에서 환마제를 죽이고, 남궁세가에서 소리마제를 죽였으니…… 일단은 남은 마제들의 행방을 파악하는 데 집중하겠습니다."

"제자들은 물론 속가 제자들과 긴밀하게 연락하면서, 얻은 정보는 개방으로 보내겠습니다."

"개방은 백매단과 협조해서 움직이겠소."

"관건은 소리마제의 장부를 얻는 일인데……."

맹주의 말과 함께, 모두의 시선이 남궁진휘에게 닿았다.

"적절한 조치는 모두 취해 두었습니다."

"부탁하겠네."

남궁진휘가 믿음직스러운 얼굴로 고개를 끄덕이자, 정의맹주가 감사의 의미를 전했다.

마치 귀천성과의 전쟁 때처럼, 전쟁을 치르듯 보고와 통보로 진행된 연맹회의 마치고.

모든 사람들이 각자 할 일을 위해 바쁘게 흩어졌다.

제갈가주와 남궁진휘도 빠르게 발걸음을 옮겼다.

바쁘게 움직이는 와중에, 제갈가주가 슬쩍 남궁진휘에게 눈길을 주며 물었다.

"정말 그들을 보낼 건가?"

"그들밖에 없지 않습니까."

남궁진휘가 아무렇지 않게 답했다. 하지만 어쩐지 단호해 보이기까지 한 입매에, 제갈가주가 피식 웃고 말았다.

"훗, 어지간히도 동생을 내주기 싫은가 보군."

"……."

제갈가주의 말에 남궁진휘가 굳게 입을 다물고 아무 대답 도 하지 않았다.

진화가 떠나야 하는 날.

마지막 만남은 아닐 것이라 믿으며 아쉽게 마차에 올랐다.

마차를 이용해 육로로 움직인다면 거의 석 달 거리라, 뱃 길과 육로를 타고 최단 거리를 타기로 한 터였다. 마지막으 로 남궁가주가 말을 출발하려는 조 교위를 붙잡았다.

"다시 한번 묻습니다. 정말 꼭, 같이 가야 하는 겁니까?"

"황명입니다."

조 교위는 조금 의아한 눈으로 남궁가주를 보았다.

진화가 걱정된다고 하기엔 조금 과했기 때문이다.

"저놈의 목숨은 조 교위께서 한 번은 살려 주신다고 했지 요?"

황제의 명에 의해, 진화의 부모인 남궁경과 팽연화까지 황 도로 가게 되었다.

남궁가주가 걱정하는 쪽은 진화가 아닌 동생인 듯했다.

조 교위는 남궁가주의 걱정이 과하다고 생각했다.

"그리 말했습니다만…… 하하하, 뭘 그렇게 걱정하시는지요. 동생분의 성품이 화통하여 황제 폐하께 무례를 범할 수 있다지만, 무려 황자님의 아버지가 되어 주신 분입니다. 황자님을 봐서라도, 어지간해서는 황제 폐하께서 개의치 않으실 겁니다."

"아무래도 진화는 다른 이를 구해야 할 듯해서 말입니다."

"……네?"

"허허허! 아닙니다."

조 교위가 의아한 듯 남궁가주를 보자, 남궁가주는 그저 웃음으로 상황을 넘겼다.

이제 와서 바꿀 수 있는 것은 아무것도 없었기 때문이다.

"여하튼 잘 부탁드립니다."

남궁가주의 의미심장한 인사를 뒤로하고, 조 교위는 진화 가족이 탄 마차를 출발시켰다.

조 교위가 황도에 출발을 알렸을 때, 황제는 황후에게 그간의 일을 털어놓았다.

"어, 어떻게! 그 아이가! 그 아이가 진정 살아 있는 것입니까? 아아!"

굵은 이슬방울이 눈에서 뚝뚝 떨어지는 것과 동시에, 황후가 허물어지듯 자리에 주저앉았다.

"황후!"

놀란 황제가 바닥에 무릎을 꿇으며 황후를 부축했다.

주변에서 놀란 궁인들이 어쩔 줄 몰라 했다.

제국의 천자가 바닥에 무릎을 꿇다니!

하지만 그걸 가능하게 만드는 이가 바로 황후였다.

경국지색(傾國之色), 해어지화(解語之花), 일고경성(一顧傾城).

소리 없이 눈물만 뚝뚝 흘리는 모습만으로도 보는 이를 사무치게 만드는 것이, 세상에 미인을 가리키는 말들은 오로지 황후를 가리키는 듯했다.

수많은 후궁을 두고서도 황후에 대한 황제의 애정은 조금도 시들어짐이 없었으니.

천하제일 미인이라 칭송받는 미모와 어진 성품, 하남 조씨 일문의 금지옥엽.

무엇 하나 부족함이 없는 제국의 여인이었다.

다만 황후에게 단 하나 단점이 있다면, 황후가 낳은 적통 황자가 없다는 것.

이전의 정비에게 얻은 아들이 하나 있기는 했으나, 적통 황자가 없다는 것은 황제의 약점이기도 했다. 하지만 황후는 아들을 잃으면서 심병을 얻은지라, 황제의 서슬이 무서워 누구도 그녀에게 적통 황자를 낳으라 말하지도 못했다.

그런데 이제 황제와 황후의 단 하나 있는 약점마저 일거에 해결이 되었으니, 온 황도가 들썩일 일이었다.

"아이는, 아이는 건강한가요?"

"남궁세가에서 부족함 없이 커서, 무림에서 알아주는 신진 고수라 하오."

"아아, 무림이라니! 다, 다치진 않았을까요?"

벌써부터 황자의 걱정부터 하는 황후를 보며, 황제가 천천히 하나하나 답해 주었다. 다만 진화가 귀천성의 제물이 되어 당한 일만큼은 알리지 못했다.

심병이 들어 몸이 약해진 황후에게 더한 충격을 줄까 걱정되었기 때문이다.

"황자가 묵을 방을 꾸며야겠습니다. 궁이 준비되기 전에, 제 궁에서 묵게 해도 되겠지요?"

"이를 말인가."

"제 손으로 직접 꾸며야겠어요. 아! 황자를 귀하게 키워주신 분들의 처소도 제 손으로 해야겠어요! 아아, 이 은혜를 다 어찌할까?"

"황후의 뜻대로 하시오, 내 마음도 그대의 마음과 같으니."

황제는 벌떡 일어서서 의지를 보이는 황후를 보며 기꺼운 듯 말했다.

그렇게 한참, 황후가 상기된 얼굴로 황자에게 해 주고 싶은 것들을 늘어놓고, 황제가 기분 좋은 얼굴로 맞장구를 치며 대화를 이어 갔다.

늘 사이가 좋은 그들이었지만, 이렇게 웃음이 끊이지 않은 것은 처음 있는 일이었다. 다만 황제의 일과가 늘 여유가 없어 오래 함께하지 못하는 것이 아쉬울 뿐이었다.

"내 나중에 다시 오겠소."

황제가 아쉬움에 황후의 얼굴을 쓰다듬고 자리에서 일어섰다.

황후가 황제의 손에 자연스럽게 얼굴을 묻었다가 배웅을 위해 함께 일어섰다.

일어선 황후의 얼굴에 그늘이 드리웠다.

그리고 조용히, 조심스레, 참았던 것을 물었다.

"……황자를 납치한 이들은 다 잡아들였나요?"

황후의 물음에, 황제가 흠칫했다.

황제는 일의 전말에서 황후가 충격받을 만한 것은 모두 숨겼다. 하지만 총명한 황후는 그 마음마저 헤아리고 있다가, 마지막에서야 한마디 물은 것이다.

"……연루된 자들은 모조리 잡아들였소. 귀천성이라는 불측한 무리가 남아 있으나, 무림과 협력하여 곧 모조리 처단할 것이오."

"그들의 신분이 높아 벌이 가벼워질까요?"

"……!"

황제는 황후의 말에 놀란 듯 눈을 크게 떴다.

혹시 뭔가를 눈치채고 있었던 걸까. 아니면 제게서 뭔가를 눈치챈 것일까.

황제의 눈을 보며, 황후가 애처롭게 미소를 흘렸다.

"폐하께서 신첩에게 숨기실 때는, 필시 제가 가까이한 자들이 있었겠지요. 그들에 대해 말을 할 때 제 눈을 피하셨습니다. 신첩, 무지하고 어리석으나 폐하에 대해서만큼은 누구보다 잘 알지요."

애써 힘을 내어 웃는 황후를 보며, 황제의 눈빛도 금세 촉촉해졌다. 그리고 황후를 살포시 품에 안았다.

"그렇지. 그대만큼 나를 아는 이도 없지. ……태복령과 그 집안이오. 여식이 한때 그대의 궁녀였소."

황제의 말에 황후의 몸이 흠칫 떨렸다.

"……경란이…… 그렇군요."

황후의 목소리가 떨리는 것이 충격이 작지 않은 듯했다.

하지만 그녀는 이내 황제를 마주 안아 마음을 진정시켰다.

"걱정 마시오. 황자가 오면, 그 아이에게 물을 것이오. 원수들을 모조리 잡아다 그 아이의 앞에 꿇려 놓을 것이오. 그리고 황자가, 그리고 우리가 괴로웠던 만큼! 천자의 아들을 해한 자가 어찌 되는지, 세상에 본보기를 보일 참이오!"

"언제나 폐하를 믿습니다."

한때는 친자매처럼 지낸 동무였던 여인의 얼굴이 황후의 머릿속에 스쳐 갔다.

곽경란에 대한 원망만큼, 그것을 알아보지 못했던 어리석은 자신에 대한 원망이 차올랐다.

'아아, 아가! 내 아들!'

황후는 한참 황제의 품에서 고개를 들지 못했다.

당장이라도 침상에 엎어져 펑펑 울고 싶었지만, 자신은 어미였다.

이제 자식을 되찾았으니, 어미답게 강해져야 할 터였다.

"황자와 은인들을 맞을 준비를 해야겠어요. 황실 가족들은 물론 대소 신료들의 가족까지 모두 초대하는 연회를 크게 열어야겠습니다!"

황제의 품에서 고개를 든 황후가 씩씩하게 말했다.

진화 가족과 조 교위가 낙양 포구에 내려서자, 많은 이들이 마중을 나왔다.

금군이 포구를 빼곡하게 둘러싼 가운데, 하남 조씨 일문이 제일 먼저 그들을 맞았다.

그리고.

"진화야————!"

그들 모두를 뚫고 남궁진혜가 달려왔다.

"……적호단이 온 것입니까?"

진화가 조금 얼떨떨한 얼굴로 물었다.

하지만 남궁경은 진화의 물음에 대답할 여력이 없었다.

"우에에에엑――!"

남궁경이 사람들이 보이지 않는 배 반대편에서 속을 비우고, 팽연화가 그의 등을 쓸어내리는 사이.

"누, 누님!"

"진화야! 내 동생! 이게 무슨 날벼락이니!"

당황한 군사들을 뚫고, 남궁진혜가 진화를 끌어안았다.

남궁진혜의 말에 조 교위의 눈썹이 꿈틀거렸다.

"흠흠."

불편한 헛기침 소리.

숨이 턱 막히는 순간, 진화의 눈에 낯익은 사람들이 들어왔다.

하남 조씨 일문의 옆으로 당당하게 적호단이 자리하고, 적호단주 팽치가 얼굴을 가리고 있었다.

그 옆으로, 적호단이 아닌 척하고 있는 익숙한 얼굴들도 보였다.

벼슬할 진進 응할 화和 : 횡보행호거경

　사방에 깔린 금군.

　그들을 보는 진화의 눈빛이 날카로워졌다.

　갑자기 자신이 황자고, 황제와 황후가 찾고 있다는 말이
실감이 날 리 없었다.

　진화는 지금 거대한 파도에 휩쓸린 기분이었다.

　친부모라니.

　이전 생에서는 없던 일이었고, 상상도 해 보지 않은 일이
었다.

　하지만 진화는 뭔가 생각을 정리하기도 전에 황명을 받아
황도에 와야 했다.

　심지어 부모님까지 함께 황명을 받은 터였다.

황제가 무슨 생각을 하는지 모르는 상황에서, 진화의 온 신경은 부모님의 안전에 쏠려 있었다.

'역천제가 부활했다니! 할아버님이 어떻게 그를 찾으러 가셨는지는 모르겠으나, 역천마제가 부활했다면 광마제도 곧 깨어날 거다. 귀천성이 전쟁을 시작할 거야!'

다급하게 변화하는 상황과 진화를 조여 드는 위기감 속.

진화는 날카롭게 벼려진 칼날처럼 사방을 경계하고 있었다.

그런 진화의 모습을 어른들이 모를 리 없었다.

툭.

남궁경의 손이 진화의 어깨에 얹어졌다.

진화가 눈을 동그랗게 뜨고 남궁경을 보자, 옆에 있던 팽연화도 진화의 손을 잡았다.

"우리 아들, 걱정하지 마렴."

"그래. 무슨 일이 있어도 아비가 널 지켜 주마. 황제가 아니라 황제 할아비라도 널 건들 수는 없다."

어머니의 따뜻한 위로와 아버지의 듬직한 허세.

"……."

진화가 금세 촉촉하게 젖은 눈빛으로 부모님을 보았다.

그리고 그 모습을 조정호도 보고 듣고 있었다.

'정말로 황자님을 많이 아끼는군.'

사랑받고 커서 다행이다.

조정호의 입가에 미소가 맺혔다.

'아무리 그래도 사방이 금군들인데, 황제 할아비라니…….
남궁가주의 염려가 과한 것이 아니었어. 조심해야지.'

조정호는 진화와 함께 마차에 오르는 남궁경, 팽연화 부부
와 금군들을 뚫고 달려오던 남궁진혜를 훑어본 뒤, 더욱 힘
을 주어 입꼬리를 끌어 올렸다.

"일단 하남 조씨 장원으로 갈 것입니다."

조정호가 힘을 내어 일행을 이끌었다.

진화와 남궁경, 팽연화 부부는 곧바로 황궁에 들지 않고,
조정호를 따라 하남 조씨의 장원으로 갔다.

"정식 입궁까지는 조금 더 시일이 걸릴 것입니다. 입조 전
에 황궁 예법을 익혀야 하기 때문입니다. 자세한 이야기는
장원에 도착한 뒤에 나누시지요."

조정호의 설명에 남궁경, 팽연화 부부가 고개를 끄덕였다.

포구에서 하남 조씨 일문인 듯한 사람이 조정호에게 뭐라
이야기하는 것을 보았으니, 아마도 황제와 이야기가 된 듯싶
었다.

하긴, 황제를 만나고 황제의 아들임을 확인받는 일이 그렇
게 간단할 리가 있나.

다만 조정호가 진화와 부부에게 간단하게나마 이동 중에 설명을 하는 것은, 그들이 혼란스럽지 않도록 배려한 것이었다.

잠시 후.

금군의 호위를 받은 진화 일행이 하남 조씨 장원에 도착했다.

"와아!"

누군가의 입에서 탄성이 나왔다.

그도 그럴 것이, 황후와 사례교위의 친부이자 황제의 스승이라는 태사 조위례의 장원이었다.

애초부터 하남 조씨 일문은 이곳 하남과 홍농 일대를 아우르던 대호족이었으니.

낙양에 있는 하남 조씨의 장원은 황궁 다음으로 거대한 규모를 자랑하고 있었다.

장원 정문에는 황제가 직접 내린 현판이 걸려 있었다.

현학장원(賢鶴場院).

"어서 오십시오."

현학장원 가솔들이 일제히 허리를 숙여 인사를 했다.

당장 마중 나온 가솔들의 수만 해도 수백 명을 넘었으니.

진화와 남궁경, 팽연화 부부는 물론 남궁세가의 호위들과 적호단까지, 한꺼번에 초대하기에 부족함이 없는 곳이었다.

"모두 안으로 드시지요."

조정호가 놀라움을 금치 못하고 있는 손님들을 안으로 안내했다.

적호단과 남궁세가 무사들은 별채로 안내되고, 조 교위는 진화와 남궁경, 팽연화 부부를 안쪽으로 안내했다.

작은 문 하나를 넘어가자, 더 많은 사람들이 진화 일행을 기다리고 있었다.

특히 쪽빛의 청순한 문사의를 입은 노인이 눈에 띄었다.

근엄한 얼굴로 진화를 향해 눈물을 글썽이는 것이, 그가 바로 하남 조씨의 수장이자 진화의 외조부인 조위례인 듯했다.

"먼 길 오시느라 고생하셨습니다."

조위례가 남궁경, 팽연화 부부에게 정중하게 허리를 숙였다.

그의 뒤에서 수많은 하남 조씨들이 덩달아 허리를 숙였다.

"어이쿠! 별말씀을요!"

놀란 남궁경, 팽연화가 덩달아 허리를 숙였다.

설마 태사씩이나 되는 사람이 이렇게 인사를 할 줄은 몰랐던 터라, 당황한 기색이 역력했다.

하지만 조위례는 한참 동안 허리를 들지 못했다.

"은인들의 은혜를 어찌 다 갚을지 모르겠습니다. 감사합니다. 하남 조씨들이 절대 이 은혜를 잊지 않을 것입니다."

"아이고, 아닙니다!"

"은혜는 저희 부부가 받은 것이 더 큽니다."

"그리 말씀해 주셔서 더욱 감사합니다."

단지 겉치레로 하는 말이 아니라는 듯 조위례의 목소리에 물기가 배어 있어서, 양쪽 어른들의 고개가 점점 더 깊게, 깊게 내려갔다.

결국 남궁경이 힘을 주어 조위례를 일으키고서야 양쪽의 절이 끝이 났다.

그리고 조위례의 눈이 진화를 향했다.

"황자님, 황자님……."

"……."

진화는 저를 황자라 부르는 노인에게 어떤 말도 하지 못했다.

무표정하고 근엄한 얼굴.

하지만 역시나 눈빛과 목소리에 물기가 촉촉하고, 진화를 향해 뻗은 손끝이 파르르 떨리고 있었다.

결국 진화가 조위례의 손을 잡았다.

"황자님, 고생 많으셨습니다. 집에, 잘 오셨습니다."

집…….

진화의 마음에 조위례의 말 한마디가 깊게 남았다.

단단하게 굳은 땅바닥에 던져진 돌같이, 당장 어떤 변화를 만들지는 확신할 수 없었다.

다만 변함없이 근엄한 노인의 눈빛과 떨리는 손끝에서 전해지는 진심이, 진화의 경계심을 누그러뜨린 것만은 확실했다.

조위례는 가장 좋은 별채를 진화와 남궁경, 팽연화 부부에게 내주고, 그들은 물론 남궁세가 호위와 적호단에게까지 극진한 대접을 했다.

"모란만찬입니다. 이곳 하남의 가장 유명한 음식이지요. 계란채를 모란처럼 펼친 열여섯 가지 다른 국물 요리에 다시 열여섯 가지 고기 요리를 번갈아서 맛보는 것입니다. 실제 모란꽃을 장식으로 사용하지요."

"어머. 우리 진화의 이름도 꽃 중의 꽃이라는 의미의 화㈎ 자를 썼는데!"

조위례의 말에 팽연화가 적절하게 맞장구를 치며 화기애애한 분위기가 이어졌다.

"그렇습니까. 반가운 우연이군요. 황후께서도 함자에 같은 자가 들어갑니다. 하남의 꽃 중의 꽃이라, 났을 적부터 자태가 남달랐지요."

조위례는 조심스럽게 진화의 친모인 황후의 이야기를 꺼내며, 촉촉한 눈빛으로 진화를 보았다.

"이렇게 연이 이어지다니, 천륜이 달리 천륜이 아닌가 봐요."

"그리 말씀해 주시니, 감사합니다."

진화는 아직 친모의 이야기가 낯설었으나, 팽연화는 달랐다.

어쩌면 애지중지 키운 아들을 하루아침에 빼앗기는 상황이었건만, 팽연화는 오히려 조위례의 조심스러운 말들을 자연스럽게 맞장구를 치며 이어받았다.

조위례는 그런 팽연화에게 시시때때로 감사를 표했다.

팽연화가 시종일관 진화만을 살피며, 진화가 최대한 상황을 받아들일 수 있도록 애를 쓰고 있다는 걸 알았기 때문이다.

"밤중에 조용히, 황제 폐하와 황후마마께서 찾으실 겁니다. 두 분께서는 한시라도 빨리 황자님을 만나고, 은인들께 감사 인사를 전하고 싶어 하십니다. 다만 정식 입조까지 시간을 둔 것은, 말하기 좋아하는 이들이 황자님과 은인들을 불쾌하게 만들까 염려한 것이었습니다."

험담하기 좋아하는 이들이 황실 예법에 무지한 것을 이유로 진화와 남궁세가를 헐뜯는 것을, 황제가 반기지 않는다는 말이었다.

"밤중에 황궁에 들어가심을 불쾌하게 여기지 마시고, 부디 너그럽게 이해 바랍니다."

"이해합니다! 하고말고요."

"오히려 저희를 배려해 주셔서 감사합니다."

조위례의 말에 남궁경, 팽연화 부부는 물론 진화도 고개를 끄덕였다.

팽연화는 조위례의 조심스러운 말투에 들어 있는 미안함을 읽었고, 조위례는 흐뭇한 눈빛으로 그 또한 감사하다는 말을 덧붙였다.

진화는 조위례를 비롯해서 황실이 남궁경, 팽연화 부부를 말만 은인이라 부르는 것이 아니라, 실제로 많은 신경을 쏟고 있다는 것을 알 수 있었다.

갑자기 제 인생에 나타난 이물질 같은 존재들을 향한 진화의 경계심이 다시금 누그러졌다.

그렇게 황제의 부름이 있기 전까지.

남은 시간 동안 남궁경은 조정호를 따라 현학장원에 있는 교위들의 훈련을 구경하러 갔고, 팽연화는 조위례와 담소를 좀 더 나누기로 했다.

진화는 불편한 자리를 피해 익숙한 얼굴들이 있는 곳으로 왔다.

"어떻게 너희들까지 온 거지?"

"이렇게 한 조로 묶인 모양이에요. 당분간 적호단에 소속되어 함께 움직이게 되었어요. 그……쪽도, 복귀를 한다면 같이 움직이게 되겠죠."

진화의 물음에 당혜군이 이전과 같이 새침하게 대답했다.

그녀는 진화를 비롯한 갑 조와 함께 묶이는 것에 대해 한결같이 싫은 기색이 역력했다.

오히려 진화를 지칭할 때는 더 껄끄러워진 모습이었다.

진화는 그런 당혜군에게 신경도 쓰지 않고, 한쪽으로 시선을 주었다.

거기엔 간식으로 내어 온 경단에 혼이 팔린 현오가 있었다.

"응? 아아, 음, 그렇다고 마냥 숨어 있을 수는 없으니까."

역천마제의 부활 소식이 전해진 마당에, 가장 위험한 사람은 다른 누구도 아닌 현오였다.

혼현마제가 역천마제를 위해서 천살지체를 찾는 것이 다 알려진 마당 아닌가.

진화는 현오가 정의맹을 떠나온 것이 불안한 듯했다.

"마냥 숨어 있는 것이 나을 수도 있어."

"아니, 그리할 수 없네! 나도 나의 삶을 살아야 하지 않겠나. 놈들이 두려워서 피하고 싶지 않네. 부처님이 주신 삶을 소중히 해야지…… 숨어서 만두만 먹고 살 수 없네. 구운 고기와 삶은 고기, 이 맑은 고기탕까지 전부 먹고 살 것이란 말이네!"

"……."

비장하게 말해 봤자, 결국 이제는 만두만으로 만족할 수 없다는 이유가 분명했다.

진화와 일행이 식욕에 목숨을 거는 현오를 한심하게 보았다.

지금에 와선, 살생의 욕구를 식탐으로 옮긴 것이 소림의 뜻이 아닌 현오의 자의가 아닌가 싶었다.

"황도에 영 볼일이 없는 것도 아닐세. 여기에 그 유명한 백마사가 있지 않은가."

그곳의 불마대법 맛도 볼 것이라며, 현오가 씨익 웃으며 말했다.

"백마사가 유명해?"

"그럼. 중원 삼 대 관음의 성지가 아닌가."

"관음의 성지? ……저, 절에 그런 게 있어도 되는 건가?"

남궁구가 깜짝 놀라며 물었다.

그러자 현오가 펄쩍 뛰었다.

"대체 무슨 생각을 하는 겐가! 아미타불 관세음보살도 모르나!"

현오의 말과 함께, 일행이 조용해졌다.

아마도 몇몇 일행은 남궁구와 같은 생각을 하고 있었던 것이 분명했다.

"허어! 관음보살님, 이 색기 가득한 무식자들, 욕정에 눈먼 중생들을 용서하소서. 나무아미타불 관세음보살."

현오의 염불 소리에 일행이 더욱더 시선을 피했다.

"걱정 마시오, 남궁 공자. 그대가 황자가 되어 변모하더라도, 나의 충만한 욕정, 아니 연정은 결코 변치 않는다오."

진화는 나하연의 속삭임을 못 들은 척하며 별채를 나왔다.

내가 저들에게 무엇을 바라고 찾아왔단 말인가.

진화가 한숨을 쉬며 고개를 저었다.

황도에 와서 처음으로 크게 내쉬는 한숨이었다.

금영이 조용히 서신을 황제의 앞에 놓았다.

그것은 태사 조위례가 보내온 것이었다.

황자와 그의 현재 부모가 도착했다는 소식을 들었으니, 그들에 관한 말이 있을 터였다.

황제가 신중한 얼굴로 서신을 펼쳤다.

"황자는 오히려 경계심이 높고, 부모는 시종일관 황자를 살핀다라…… 부친은 경지를 넘은 고수에, 모친은 황실 여인 못지않게 사려가 깊고 현명하다. 두 사람 모두 본인들의 감정보다 황자를 우선하고, 세 사람 사이에 깊은 애정을 보여…… 허어!"

황자와 그 부모에 대한 조 태사의 평가가 적힌 서신이었다.

사람에 대한 평가가 정확하면서도 박한 면이 있는 조 태사의 보기 드문 고평가에, 적힌 내용이 반가우면서도 섭섭한 마음이 들었다.

세 사람의 정이 몹시 각별하다는 말이 유독 그러했다.

세 사람.

황제와 황후가 황자를 품에 끼고 그렇게 되길 바라고 또 바라 왔다.

그래서 십수 년 동안, 단 한 번도 황자가 죽었다고 생각하지 않고 찾아 왔다.

꿈에도 바라 마지않았던 내 새끼.

그런 내 자식이 다른 사람과 벌써 부자지애, 모자지애가 각별하다니, 아무리 황제라도 질투가 나지 않을 수 없었다.

하지만 섭섭함은 섭섭함이고, 꿈에 그리던 자식을 보는 일이었다.

"부모에게 각별할수록 황자의 경계심이 누그러진다라……. 고놈, 부모를 보러 오는 데에 무얼 그리 경계한 것이냐?"

황제의 입가에 미소가 걸렸다.

그때, 부드럽고 포근한 손길이 황제의 어깨를 감싸 안았다.

"신중하고 조심스러운 것이 폐하를 닮은 것입니다. 효심이 깊은 것마저도요."

황후가 다정하게 황제의 서운함을 달랬다.

"……고 녀석 어릴 적 기억하오? 인주를 찍은 날이었지. 아픔이 잦아들었어도, 제 성질머리를 다 부리고서야 잠이 들었던…….."

"그럼요. 그때도 폐하께서 '나를 빼닮았구나.' 하시며 웃으셨지요."

황자가 납치된 그날이었다.

가슴 깊이 상처로 남아 꺼내지 않았던 추억이었다.

처음으로 아들과 함께했던 추억을 꺼낸 황제와 황후는, 기쁨과 설렘을 숨기지 못했다.

"태사의 보는 눈은 누구보다 정확하니, 은인들에게 더욱 조심해야겠소."

"당황스러운 상황일진대, 진화만 본다 하지 않습니까. 필시 조심할 필요도 없이 마음이 통할 것입니다."

황제가 황후의 말에 동의한다는 듯 고개를 끄덕였다.

조 태사 또한 서신의 말미에 '황자를 위한다면 어떤 것도 기꺼워할 것이다.'라고 적었지 않은가.

황제와 황후는 마침내 걱정을 물리고, 환관을 불러 현학장원으로 사람을 보냈다.

"조용히, 황자와 은인들을 모셔 오라."

"명을 받드옵니다, 황제 폐하. 만세, 만세, 만만세."

늙은 환관도 기쁜 기색을 감추지 못하고 대전을 나갔다.

잠시 후.

진화 가족이 남궁 건천문을 넘었다는 소리에, 황제와 황후가 대전을 뛰어나갔다.

그리고 보이지 않는 그림자들이 궁 곳곳으로 흩어졌다.

황제, 당시의 왕이었던 한유수가 잃어버린 왕자를 찾기 위해 처음으로 한 것은 '등에 인주가 찍힌 아기'를 찾는 일이었다.

수많은 가짜들이 찾아왔고, 그 부모들을 모조리 죽였다.

왕자를 찾기 위해 무림의 일에 끼어들어 사병을 보내기도 했다.

그 당시 황제의 정적으로 낙인찍혀 풍전등화의 상황이었기에, 그로서는 상당한 위험을 감수한 일이었다.

그렇게 왕자를 찾아 헤매길 일 년, 오 년, 십 년.

인주는 그저 황실의 아기가 앞으로 오 년을 버티길 바라는 마음으로 찍는 것이라, 이제 그것으로는 찾을 수 없었다.

하지만 그럼에도 희망을 가졌던 것은, 왕비를 닮은 체질이었다.

왕자 또한 왕비를 닮아 역천지체를 타고났고, 간혹 성질을 부릴 때에 왕비처럼 눈동자가 특별한 빛을 내었기 때문이다.

그것이야말로 확실한 증거라 믿었다.

사례교위 조정호를 보낸 것도 그 때문이었다.

그런데 진화를 마주한 순간.

황제는 그런 것이 다 무슨 소용이었나 싶었다.

"아아……."

피는 못 속인다는 말이 있다.

한눈에 보아도 황후와 똑 닮은 얼굴이었다.

사내답게 굵은 골격과 눈썹 외에는 닮지 않은 구석이 없었다.

특히 백자같이 희고 맑은 피부, 앵화를 문 듯 붉고 도톰한 입술 그리고 흑수정처럼 반짝이고 있는 두 눈이 그러했다.

굵직한 골격과 산이 있는 눈썹조차 어디서 왔는지 뻔했다.

황후의 옆에서 남궁경만큼이나 큰 사내가 진화와 꼭 닮은 눈썹을·들썩이고 있었기 때문이다.

"아아, 아가…… 아가!"

무수히 상상했던 만남.

초조하게 기다리면서 웃는 얼굴로 맞이하리라 다짐했던 것이 무색하도록, 황후는 굵은 눈물을 펑펑 쏟으며 진화를 끌어안았다.

"……."

"아가! 아가!"

"정화! ……황자가 당황하지 않소."

"가가, 아가예요. 우리 아가예요!"

"그렇소. 우리 아들이오. 내 아들! 아아, 내 아들!"

결국 참고 있던 황제마저 진화와 황후를 끌어안았다.

천하를 가졌다는 용의 아들마저, 자식의 앞에서 용루를 참지 못했다.

남궁경, 팽연화 부부도 눈물을 흘렸다.

구중궁궐, 늙은 환관의 안내에 따라 숨이 막힐 듯 거대한 담을 걸어 들어온 황궁이었다.

어스름한 불빛이 있는 복도에는 숨소리 하나 나지 않았다.

엄숙한 분위기 속에 마침내 내전에 들어가자, '억' 소리가 날 정도로 화려한 내부의 모습에 살짝 주눅이 들어 있었다.

황제와 황후가 달려 나오듯 진화를 맞이할 때까지 말이다.

진화를 안고 울음을 터뜨리고 있는 황제와 황후의 모습에, 남궁경과 팽연화는 그들 또한 자식을 기다리고 있던 부모였음을 깨달았다.

내심 서운하고 야속했던 마음이 눈 녹듯 사라지는 듯했다.

남궁경과 팽연화는, 황제와 황후의 품에서 당황한 듯 자신들을 찾고 있는 진화에게 웃으며 고개를 끄덕여 주었다.

누가 보아도 똑 닮은 얼굴.

하지만 대화를 시작하고 난 뒤.

진화는 그들과 저가 닮은 것이 얼굴만은 아님을 알 수 있었다.

"저는 그저 남궁진화로 살고 싶습니다."

진화의 말이 있고.

그들 사이에는 침묵이 흘렀다.

황후는 물론 남궁경과 팽연화까지, 놀란 얼굴로 진화를 보았다.

진화에게 결정을 맡겨 두긴 했지만, 거기에 황자가 되지 않겠다는 선택지는 없었던 탓이다.

눈물의 상봉만을 생각했었다.

그리고 앞으로 남궁세가와의 교류에 대해 논의하면 그만이라 생각했는데……

당황한 황후는 애타게 황제를 찾았고, 남궁경과 팽연화는 기쁘면서도 어찌할 바를 모르고 황제와 황후의 눈치를 보았다.

황제는 가만히 침묵을 지키며, 그들 모두를 보았다.

그리고 마침내 진화를 보며 말했다.

"폐서인이 되고 싶다는 것이냐?"

"폐하!"

황제의 질문에 황후가 경악했다.

"폐서인이 되면 그리할 수 있습니까?"

"지, 진화야!"

진화의 물음에 남궁경과 팽연화가 다급하게 그를 불렀다.

하지만 정작 황제는 느긋하게 웃었다.

"적통 황자가 폐서인이 될 정도라면, 남궁세가는 역적으로 멸문지화 정도는 당해야겠지."

"……."

그 말을 끝으로, 황제와 진화가 말없이 서로를 보았다.

노려본다는 말이 옳을까.

대체 잃어버린 자식을 찾아서 둘이 싸우고 있는 전개를 누가 상상이나 했을까.

황후는 당장 기절할 듯 위태로워 보였다.

팽연화가 얼른 황후를 부축하며, 남궁경에게 눈짓을 했다.

-어, 어떻게, 등짝이라도 때릴까?

-우리 진화를 때리겠다고요?

-황제 등짝을 칠 수는 없잖소!

궁에 들어오며 환관에게 내내 주의를 받은 것이 '황제 폐하가 묻거나, 허하기 전에 입을 열지 마라'는 것이니.

남궁경도 답답할 노릇이었다.

그때, 황제가 자리에서 일어났다.

"잠깐, 단둘이 시간을 가지지."

"……예."

황제를 따라 진화도 일어섰다.

그리고 쫓아오는 환관들도 물린 채, 후원으로 나갔다.

황후와 남궁경, 팽연화 부부가 걱정스러운 눈으로 그들을 보았다.

"저 녀석이, 아니 황자님이 효자라서 그런 것입니다."

"진화가, 아니 황자님이 너무 갑작스러운 일이라 저러는 것이니, 너무 심려치 마시옵소서."

남궁경, 팽연화 부부가 남은 황후를 위로하듯 말했다.

그러자 그새 마음을 가라앉힌 황후가 천천히 고개를 저었다.

"후후. 이제 보니 어릴 적 보았던 성정이 잘못 본 것이 아니군요. 어릴 적과 꼭 같아요."

"예에?"

제가 기억하던 모습 하나를 발견해서 그런가.

영문을 몰라 하는 남궁경, 팽연화 부부에게 황후가 설핏 미소를 지었다.

저렇게 제 성질을 다 가지고 큰 것도 이 부부의 덕택이리라.

"고마워요. 참으로 감사합니다."

"아니, 아닙니다!"

"황공하옵니다."

뜬금없는 황후의 감사 인사에 남궁경, 팽연화 부부가 몸 둘 바를 몰라 했다.

진화 때문에 민망해진 상황이라 더 그러했다.

하지만 황후는 처음보다 한결 편안해진 얼굴이었다.

"그나저나 폐하께서 이기셔야 할 텐데. 지금 보니 황자도 만만치 않으니 걱정입니다."

황후가 애틋한 눈빛으로 후원 쪽을 보았다.

남궁세가의 멸문지화.

그 말을 입에서 내뱉었을 때 황제를 죽여야 옳았으나, 그런 생각이 들지 않았다.

저와 똑 닮은 눈썹과 눈빛 때문이었을까.

역적(逆賊)이라는 말 이전에 폐륜(廢倫)이라는 말이 떠오르는 것을 보면, 자신 또한 황제와 황후가 친부모라는 사실을 조금이나마 자각하고 있는 모양이었다.

게다가 분명 황제도 진심으로 한 말은 아닌 듯했다.

"진심은 아니다. 은인들을 죽일 만큼 박하지 않으니까. 다만, 짐은 그리할 수 있다는 걸 말한 것이다."

황제가 힘 있는 눈빛으로 진화를 보며 말했다.

그 모습을 보며 진화가 미간을 좁혔다.

"뭔가, 저를 회유해야 하는 입장 아니십니까?"

"짐은 약자의 입장에 익숙하지 않다."

"해서 하는 것이 협박입니까?"

"손쉽고 빠른 방법이지."

진화는 황제와 제가 생각보다 많이 닮았다는 걸 깨달았다.

진화가 덤덤하게 고개를 끄덕이자, 황제의 입꼬리가 슬쩍 올라갔다.

"너는 천자의 아들이다. 또한 황후에게서 난, 제국에 단둘뿐인 적통 황자다. 너를 찾기 위해 애를 썼고, 이렇게 너를 찾았으니. 이 또한 하늘의 뜻이 아니겠는가."

하늘의 뜻.

진화가 황제의 말을 곱씹었다.

제가 시간을 거슬러 온 것도, 수많은 운명을 바꾼 것도, 모두 하늘의 뜻을 거스른 것이 아니라면…….

참 다행이었다.

앞으로 귀천성을 멸하고, 남궁세가를 구하는 것도 하늘의 뜻이 닿은 것일 테니.

진화는 '남궁세가를 구할 수 있다면 나는 어찌 되든 상관없다.'는 처음의 마음가짐을 잊지 않았다.

"이름은 그대로 '진화'로 할 것입니다."

진화가 덤덤하게 말했다.

그에 황제도 덤덤하게 고개를 끄덕였다.

"좋다. 한진화로 하지."

"……!"

고개를 번쩍 들었다.

저도 모르게, 불충하게도.

진화가 놀란 눈으로 황제를 보자, 황제가 그제야 크게 웃음을 터뜨렸다.

"허허허허허! 이제야 아들의 얼굴을 보는구나."

"저, 정말, 그렇게 해도……?"

진화가 더듬더듬 묻자, 황제가 팔을 뻗어 진화의 손을 잡았다.

진화는 놀란 얼굴 그대로 제 손을 꽉 쥐는 황제의 손을 보았다가, 다시 황제의 얼굴을 보았다.

"네가, 내 아들이 무슨 일을 당했는지 안다. 아비가 지켜 주지 못하여, 몹시 미안하구나."

황제의 붉어진 눈에서 깊은 슬픔이 느껴졌다.

동시에 이글거리는 분노도 느껴졌다.

"너를 그리 만든 놈들이 아직도 무림에 있다지?"

"……."

진화가 천천히 고개를 끄덕였다.

황제의 속에서는 천불이 끓고 있었다.

금영의 조사로 알게 된 진화가 겪은 일을 생각하면, 당장이라도 그 역적 놈들을 모조리 불길 속에 던져 놓고 싶었다.

제 아들을 그리 만든 이들에게 복수도 하지 못한다면 천하가 무슨 소용이겠는가!

……심정은 그러했지만, 그럴 수 없는 것이 현실이었다.

황실이 무림의 일에 직접적으로 끼어들 수 없었다는 건국 때부터의 약속 때문만은 아니었다.

황제는 정당한 천자로서 중원의 주인을 자부하지만, 여전히 사방에는 반란군과 역적이 들끓고 있었다. 황제의 발아래

머리를 조아린 신하들조차 그가 틈을 보인다면 사병을 일으킬 것이었다.

복수심에 이성을 잃고 병력을 움직였다간, 천하도, 가족도, 겨우 찾은 아들도, 아무도 지키지 못할 것이었다.

그래서였다.

아들을 잃었던 그때처럼 여전히 무력하고 위태로워서, 황제는 억장이 무너져 내릴 것 같았다.

하지만 동시에 다른 마음도 들었다.

"복수라면 아비가 십 년이 걸려도 해 줄 수 있다. 아니, 반드시 그리할 것이다."

"십 년은 너무 늦습니다. 그 전에, 한시라도 빨리 놈들을 죽일 것입니다."

"······복수는 네 손으로 하고 싶다는 말이더냐?"

황제가 이글이글 타오르는 눈길로 진화에게 물었다.

진심을 확인하려는 듯, 야수 같은 눈빛이 진화의 눈을 깊이 들여다보았다.

"복수는 상관없습니다. 놈들을 죽여야, 저와 남궁세가가 안전해집니다."

"······그렇구나."

수백 번도 더 했던 다짐, 한 번 더 말하는 것이 대수랴.

진화의 눈빛에는 아무런 동요가 없었다.

하지만 황제는 그 눈빛에서 뭔가 읽은 것인지, 그대로 진화를 품에 안았다.

툭. 툭.

황제가 진화를 안고, 토닥거리듯 등을 쓰다듬었다.

"내 아들 한진화. 한진화로 살되, 무림에선 남궁진화로 살아도 좋다."

"……!"

진화의 몸이 떨렸으나, 황제는 아무렇지 않게 진화를 토닥였다.

"천자의 아들답게, 은혜도 잊지 말고 원수도 갚아 주거라. 아비가 무엇이든 해 줄 것이다!"

황제가 꽈악 힘을 주어 진화를 끌어안았다.

잠시 후.

진화의 손을 잡고 나타난 황제가 결정을 알렸다.

황자의 일이 끝나지 않았으니, 당분간 궁에 있다가 무림으로 돌아가 일을 마칠 것이라고.

황후는 아쉬워하였으나, 웃으며 그 결정을 반겼다.

오히려 남궁경, 팽연화 부부가 눈물을 터뜨렸다.

"아아……!"

무림에서 남궁진화로 사는 것 또한 허한다는 말에, 팽연화가 남궁경의 품에 무너졌다.

"황공하옵니다! 황공하옵니다!"

"폐하의 은혜가 하해와 같사옵니다!"

꼼짝없이 진화와의 이별을 예상하고 온 길이었다.

그런데 여전히 그들의 아들이어도 된다니.

남궁경과 팽연화가 눈물을 흘리며 바닥에 주저앉아 감사를 표했다.

황후가 눈물을 흘리며 그들을 일으키고, 당황한 진화가 팽연화를 부축했다.

그날 밤.

스르륵.

처형을 앞둔 죄인의 옥사 앞에 귀한 발걸음이 멈추었다.

달빛도 허락되지 않은 깜깜한 옥사로, 환한 횃불이 죄인의 얼굴을 비추었다.

피딱지가 덕지덕지 붙은 몰골을 한 오왕비, 곽경란이 눈꺼풀을 파닥이며 눈을 떴다.

"아!"

황후의 모습을 발견한 곽경란이 눈을 크게 떴다.

궁녀는 황후가 곽경란의 몰골을 자세히 확인할 수 있도록 횃불을 고루 비추었다.

고문이 있었던 것인지, 양손과 발에 멍과 핏자국이 선연했다.

그것을 다 확인한 황후가 천천히 입을 뗐다.

"네가 내 아들을 그렇게 했다지?"

"……."

곽경란이 아무 말도 하지 못하고 몸을 부들부들 떨었다.

그녀는 황후의 시선에서 도망가고 싶은 듯, 고개를 돌리며 안절부절못했다.

그 모습에 황후의 곁에 선 상궁이 엄한 얼굴로 나서려는데, 황후가 손을 들어 그것을 막았다.

그리고 냉담한 얼굴로 곽경란을 내려다보았다.

"너 때문에, 오늘 내 아들을 나누어 가졌다. 내 아들은 나누어 가져도 될 만큼 큰 사람이 되었더구나. ……과연 네 아들들도 그러할까?"

덤덤한 말투.

하지만 자신의 아들들에 관한 말에, 곽경란이 화들짝 놀라 황후를 보았다.

그때, 흑요석 같은 황후의 눈이 어둠 속에서 번뜩였다.

"너 때문에 내 아들을 나누었으니. 내 아들의 귀환을 환영하는 연회에서, 네 아들들을 찢어서 네 눈앞에 던져 주마! 내 그 말을 직접 해 주고 싶어서 들렀구나."

"허억! 안 돼! 자, 잠깐만!"

겁에 질린 곽경란이 철창살에 다가왔다.

황후는 할 말이 끝났다는 듯 냉정하게 돌아섰다.

"안 돼-! 아아아악! 안 돼---!"

곽경란의 비명만이 어둠 속에서 맴돌았다.

다음 날.

실종되었던 적통 황자의 귀환 소식이 온 황도에 퍼져 나갔다.

그리고 곧 진화의 정식 입조 날이 정해졌다.

천하의 주인은 황제이나, 그 아래로 무수히 많은 이무기들이 승천을 기다리고 있었다.

황제의 사촌과 형제들, 그리고 그들의 수많은 아들과 딸.

용의 피를 품고 황도에 웅크려 조용히 야망을 키우는 이들.

살아남아서 천하를 갖거나 영원히 땅속에 움츠려야 하는 가슴 뛰는 기로 앞에서, 그들에게 무엇보다 중요한 것은 바로 황제였다.

황제의 총애 혹은 황제의 죽음.

황제의 손짓 하나 받으려고 벌벌 떨면서도, 황제가 약해질 기미만 보이면 언제라도 준비해 둔 독니를 박아 넣을 자들이 바로 그들이라.

그들에게 황제의 일거수일투족은 모두 중요한 정보가 되

었다.

특히 황제가 간밤에 유력한 경쟁자를 불러들인 것과 같은 정보는.

"허! 황자라고? 이제 와서 황자?"

높디높은 고성이 코웃음을 쳤다.

"황후전 궁녀의 움직임을 보면, 황후께서도 간밤에 그 자리에 있었던 모양이더군요."

찻잔을 드는 손에도 비웃음이 걸려 있었다.

하지만 애초에 무시하고 비웃을 일이었다면 두 사람이 만나는 일도 없었을 것이다.

"갑자기 적통 황자라니! 황실에서는 어떤 증거도 보지 못했고, 그건 조정에서도 마찬가지입니다. 내 이것부터 문제 삼을 것입니다!"

머리부터 발끝까지 황금과 보석으로 치장한 여인이 단호하게 말했다.

높디높은 고성이 카랑카랑하게 방에 울려 퍼졌다.

마치 누군가 들으라는 듯, 하나도 겁나지 않는다는 듯, 자신감 가득한 목소리였다.

하지만 여인의 자신감이 영 근거가 없는 것은 아니었다.

여인이야말로 황후를 제외하고 제국에서 가장 귀한 여인 중 하나가 아니었던가.

호양공주(湖陽公主) 한외련이 매섭게 눈을 빛내며 눈앞에 차를 마시고 있는 사내를 내려다보았다.

"태자는 아무 걱정 마세요. 이 고모가 다 알아서 할 것이니."

"……."

호양공주의 말에, 사내가 찻잔을 내려놓으며 조용히 말을 아꼈다.

제국의 황태자 한유강.

그는 간밤에 전전에서 일어난 일을 가장 먼저 알아낸 사람이었다.

그리고 그는 아무것도 하지 않았다.

그의 눈치를 살피던 수족들이 호양공주에게 말을 전하고, 호양공주는 황태자를 대신해서 분노했다.

"황제 폐하께서 허투루 검증하진 않으셨을 겁니다."

"허! 피만 같으면 뭘 한답니까. 폐하도 그렇지요. 황실에 먼저 알려서 적통 황자에 걸맞은 자질부터 갖추게 해야지요. 제국의 적통 황자다운 품위도 없이 대소 신료들 앞에 선다면, 그만한 망신이 또 어디 있다고! 쯧쯧쯧!"

호양공주가 황실의 지긋한 어른들처럼 혀를 찼다.

그래 봐야 그녀의 나이 겨우 불혹을 바라볼 뿐이었다.

다만 현 황실에 어른이라 부를 수 있는 사람이 없으니, 황실을 대표하여 호양공주가 나선다고 한들 이상한 일은 아니었다.

"태자는 조용히 기다려 보세요. 이 고모가, 새로운 조카가 밖으로 나올 만한 자질이 있는지 먼저 시험을 해 볼 터이니."

만약 시험에 통과하지 못한다면, 입조는커녕 평생 황후의 치마폭에서나 놀아야 할 것이다.

"티끌만 한 허점으로도 목숨이 위험할 수 있는 곳이 이곳 황실이 아닙니까. 황실 어른으로서, 그 지엄함을 미리 알려 줘야겠군요."

호양공주가 붉디붉은 입꼬리를 여우 꼬리처럼 말아 올렸다.

황궁에서는 현학장원에 환관 하나와 상궁 하나를 보내 진화의 교육을 시작했다.

이미 황도에 알 만한 사람들 사이에선 소문이 퍼질 대로 퍼진 상태였다.

숨길 것도 없다는 듯 하루가 멀다 하고 황후궁의 사람들이 현학장원을 오가니, 이젠 모르던 사람들까지 관심을 가질 정도였다.

"어머머, 이렇게 귀한 비단을……."

"동쪽에서 물 건너온 것이옵니다. 색이 곱고, 윤기가 은은하게 흐르는 것이 특징이지요. 황후 마마께서 특별히 마님께 어울릴 만한 색으로 고르신 겁니다."

"이렇게 황송할 수가 있을까요. 이 고마움을 어찌 다 표현 할지!"

"입조식이 있는 날에 입으실 것도 황궁 침방에서 특별히 짓고 있으니, 기대하시어요!"

"고맙습니다, 정 나인."

"어, 어휴, 제가 짓는 것도 아닌데요! 헤헤."

팽연화가 따뜻한 눈으로 바라보자, 어린 궁녀가 얼굴을 붉 히며 수줍게 웃었다.

일찍이 사가를 떠나온 궁녀는, 황도에서 본 무서운 귀부인 들과 달리 따뜻한 눈빛으로 손길을 내밀어 주는 팽연화가 무 척 좋았다.

'이런 분이 우리 황자님을 키우셨으니, 황자님이 그렇게 곱게 자라신 것도 이해가 가지. 암!'

궁녀는 팽연화의 머리에 장식을 대었다가 뗐다가 하면서, 그녀에게 어울리는 장식을 찾았다.

"황금이 화려하긴 한데, 자칫 황제 폐하와 황후마마의 빛 에 가릴 수 있어요. 게다가 마님은 은과 청강석, 청옥이 잘 어울리시니 한(寒)색 위주로 꾸미는 것이 좋겠어요. 마침 남 궁을 상징하는 색이 푸른색이라면서요?"

"네. 그래서 천풍무의에 쓰는 은잠사를 침방에 드렸답니다."

"잘하셨어요. 지금쯤이면 귀부인들도 황후궁 침방이 움직이고 있다는 걸 알았겠지만, 혹시 모르는 이들이 뭐라 말을 할 때에는 그저 생긋 웃어 주시면 되어요. 얼굴 붉히지 마시고, 무시하세요. 그런 정보도 얻지 못한 한미한 자들까지 일일이 상대하실 필요 없으세요."

"명심할게요."

황후는 남궁경과 팽연화, 특히 팽연화에게 많은 정성을 기울였다.

본인의 상궁과 궁녀를 보내어 치장을 돕는 것은 물론 황궁의 예법이나 귀부인들을 상대하는 요령까지, 혹여 팽연화가 곤란해할 일이 없도록 관심을 기울였다.

그런데 진화의 입조식에 초대받은 사람은 남궁경, 팽연화만이 아니었다.

"어휴, 아침부터 웬 덕순 할멈 같은 사람이 들이닥쳐선!"

"누님, 죄송합니다."

"아니야, 아니야! 우리 진화가 덕순 할멈 같은 사람들에게도 사랑받는 게 죄는 아니지. 그 할망구들도 눈이 제대로 붙어 있다는 거니까."

남궁세가의 금지옥엽이자 진화의 사촌 남매인 남궁진혜도 입조식에 초대받았다.

남궁진혜는 진화의 일이라 차마 거절하지 못했다가, 황후궁에서 보내온 상궁을 피해 도망 나온 참이었다.

황실 예법을 익히느라 눈코 뜰 새 없었던 진화도 오랜만에 현학장원을 나왔다.

"휴우, 단주님이 제때 불러 주셨기에 망정이지. 오늘은 또 무슨 핑계를 대나 하고 있었다니까."

"그러셨습니까? 혹 황궁의 사람들이 과하다 싶으면, 제가 주의를 주도록 하겠습니다."

"에이, 아니야! 덕순 할멈 같다니까! 잔소리는 마귀 같은데, 할망구가 애정이 있어. 그래서 괜찮아."

남궁진혜의 말에 진화가 빙그레 미소를 지었다.

본가에서도 덕순 할멈에게 제일 많이 등짝을 맞는 사람도 남궁진혜였지만, 덕순 할멈을 제일 잘 따르는 사람도 남궁진혜였다.

이렇게 투덜거리는 남궁진혜의 모습에서, 진화는 오랜만에 정겨운 기억을 떠올렸다.

"적호단 전체가 사천당문 암호대와 훈련을 하는 건 오랜만이네."

"백마사의 승려들도 올 것이라 했습니다."

"살인시문 놈들은 황궁에서 털 만큼 털어 갔던데, 우리끼리 모여서 할 게 남았나?"

황도에 와서도 '맛있는 건 금군이 다 먹었다!'며 불만을 쏟았던 남궁진혜였다.

그녀는 갑자기 소집된 전체 훈련에 의아함을 표했다.

그때.

"꺄아아악! 살려 주세요, 나리! 살려 주세요!"

모습은 보이지 않았지만, 비명이 남궁진혜와 진화의 귀에 분명히 들렸다.

길 앞쪽에 사람들이 둘러 서 있는 것과 함께, 모르는 척 지나는 사람들의 불쾌한 표정이 눈에 들어왔다.

"뭐지?"

남궁진혜가 사람들을 뚫고 지나갔다.

진화는 무심한 얼굴로 그 뒤를 따랐다.

남궁진혜가 손으로 툭툭 치며 앞으로 나가자, 사람들이 우수수 자리를 비켜 주었다.

"어엇!"

"헉!"

"억! 뭐야?"

사람들은 생각지도 못한 고통에 놀라, 방금 지나간 여인의 손과 제 옆구리를 번갈아 보았다.

그리고 뒤따라오는 사람의 얼굴을 보고 그대로 굳어 버렸다.

"누님?"

남궁진혜의 뒤를 따라 들어온 진화는, 앞에 있어야 할 남궁진혜가 없자 고개를 두리번거렸다.

그러자 길 한가운데, 한 사내가 남궁진혜에게 손을 뻗고 있는 것이 보였다.

"누님!"

놀란 진화가 남궁진혜에게 다가갔다.

"아아아악! 이거 못 놔? 내가 누군 줄 알고 이러는 게야?"

정확하게는, 한 사내가 남궁진혜에게 팔이 잡혀서 비명을 지르는 중이었다.

안심한 진화가 남궁진혜에게 물었다.

"대체 무슨 일입니까?"

"이 새끼가 아이를 죽였어."

남궁진혜가 굳은 얼굴로 사내를 향해 말했다.

"귀한 분의 물건을 훔친 놈이다! 죽어 마땅하단 말이다!"

남궁진혜의 설명에 사내가 억울하다는 듯 소리를 질렀다.

진화가 고개를 돌리니, 한 여인이 어린아이를 품에 안은 채 울고 있었다.

한쪽 바닥에는 경단 몇 개와 사내의 것으로 보이는 검은 채찍이 있었다.

아마도 사내가 어린아이에게 채찍을 휘두른 것이 잘못된 듯싶었다.

"이거 놔라! 내가 누군 줄 알고 감히-! 당장 이 손을 놓고 무릎을 꿇지 않으면, 네년의 목을…… 꾸어어억-!"

사내는 끝내 말을 잇지 못했다.

남궁진혜가 남아 있는 오른손 주먹을 사내의 얼굴에 꽂아 버렸기 때문이다.

퍼어어억———!

사내의 몸이 한쪽 구석에 있는 평상 아래에 처박혔다.

"크흑!"

"나, 나리!"

정신을 잃은 듯한 사내가 울컥 피를 쏟자, 근처에 있던 일행으로 보이는 자들이 달려 나와 사내를 부축했다.

"에이, 퉤엣! 저걸 죽였어야 했는데……."

남궁진혜가 일행의 등에 업혀 떠나는 사내를 아쉬운 눈으로 보았다.

진화 역시도 아쉬운 눈빛으로 그들을 보고 있었다.

아마 남궁진혜가 그를 때리지 않았더라면, 진화가 그의 입과 머리를 갈라 버렸을 것이었다.

"운 좋은 새끼. 에이! 오늘도 협행 하나 했다 치지, 뭐."

돌아선 남궁진혜가 안타까운 눈빛으로 아이를 안은 여인을 보았다.

"거기! 더 억울한 일이 있으면 관아로 가 보고. 혹시 저놈이 찾아오면, 내가 현학장원에서 기다린다고 전해 주시오."

"감사합니다, 아가씨. 감사합니다."

남궁진혜의 말에 아이를 안고 있던 여인이 허리를 굽혀 절을 했다.

하지만 이미 아이가 죽어 버려, 남궁진혜는 영 개운치 않은 얼굴이었다.

그 많던 사람들이 죽은 아이에게 관심도 없다는 듯 흩어지고, 여인 역시 체념 가득한 표정으로 익숙하게 죽은 아이를 챙기는 모습이라니.

남궁진혜는 입이 쓴 듯 고개를 저었다.

"황도라더니, 전쟁터보다 나은 것이 없네."

남궁진혜의 목소리에 씁쓸함이 가득했다.

진화는 여인과, 아까 그 사내가 사라진 방향을 한 번 더 보았다.

그 사건이 있고, 그날 오후.

오랜만에 관도생들과 있던 진화에게 환관 하나가 다급하게 찾아왔다.

"호, 황자님, 큰일입니다! 대서전에서 진혜 아가씨를 잡으러 갔다고 합니다!"

"대서전?"

"호양공주마마의 처소입니다. 무슨 일인지 병사들까지 움직였습니다!"

환관의 말에 진화는 물론 같이 있던 관도생들이 놀라서 눈을 크게 떴다.

진화가 눈살을 찌푸리며 물었다.

"무슨 이유로?"

"대서전 가신의 목숨을 위태롭게 했다는 죄목인데, 어, 어찌할까요? 대부님이나 사례교위께 알려야 하지 않을까요?"

환관이 안절부절못하며 물었다.

그에 진화가 침착하게 물었다.

"그 사람이 사사롭게 누님을 잡아갈 권한이 있나?"

"예?"

놀란 환관이 바로 대답을 하지 못했다.

혹시 몰라 되물었는데, 진화의 눈빛이 몹시 진지했다.

"직책이 따로 존재하냐고 물었다."

"아, 아니, 그런 것은 없지만…… 호양공주님은 황제 폐하의 유일한 누이십니다! 대서전으로 끌려가면 관에서도 함부로 할 수 없습니다!"

황제 폐하가 인정하는 유일한 동복누이.

그 막대한 배경에 어느 누가 그녀에게 자격을 운운할 수 있겠는가.

그녀의 존재 자체가 자격이었다.

황도에서 그녀가 휘두르는 무소불위의 권력은 모두 황제가 눈을 감아 주기에 가능한 일이었다.

그래서 관아의 허가를 받지 않고 사사롭게 병사를 움직여도, 누구도 말을 할 수 없었던 것이다.

하지만 환관은 그 말을 진화에게 할 수 없었다.

자칫 황제의 과실로 들릴 수 있었기 때문이다.

그때, 한쪽에 있던 남궁구가 조심스럽게 물었다.

"저기, 대서전에 안 끌려가면 어찌 되는 겁니까?"

"예?"

이건 또 무슨 말도 되지 않는 질문이란 말인가.

환관은 답답해서 속이 탈 지경이었다.

황자님이 그의 생각보다 훨씬 황도의 사정에 어두우신 듯하니, 차라리 태사나 사례교위에게 직접 가는 것이 나았겠다는 후회가 이제야 들기 시작했다.

"고 내관."

진화가 이제야 걱정스러운 표정으로 환관을 불렀다.

"대서전의 병사를 죽이면 어찌 되는가?"

"황자님!"

환관은 기가 막힌 표정으로 진화를 불렀다.

하지만 진화의 표정은 진지하기 그지없었다.

"공주님!"

"그래, 그년은 잡아 왔느냐?"

수를 놓고 있던 호양공주가 느긋하게 물었다.

하지만 돌아오는 목소리가 주저주저했다.

"저 그것이……."

선뜻 대답이 없자, 호양공주의 입꼬리가 슬쩍 말렸다가 내려갔다.

"왜? 하남 조씨들이 길을 막았더냐? 감히 대서전의 행사를 막아?"

목소리는 날카롭게 쏘아붙이는 듯했지만, 물음 자체는 미리 준비한 듯 기대감이 가득했다.

기다렸다는 듯 쏟아진 호양공주의 물음에 무사는 자포자기 한 얼굴로 눈을 질끈 감았다.

"추포에 나섰던 병사들이 모두 당했습니다!"

"……뭐? 그게 무슨 말이냐!"

뒤늦게 무사의 말을 이해한 호양공주가 날카롭게 무사를 쏘아보았다.

이제야 정말로 평정심을 유지할 수 없었던지, 자리에서 벌떡 일어나 무사의 앞으로 다가갔다.

"똑바로 고하거라. 뭐가 어찌 되었다고?"

"계집이 무림 고수였습니다! 병사들이 손도 쓰지 못하고 당했습니다!"

"허!"

"저, 그리고……."

"또 무엇이냐!"

"가, 감히 자격도 없이 대낮에 정의맹 적호단 부단주를 공

격하였으니, 이 일에 대해 정식으로 항의를 할 것이라 전하
랍니다!"

"뭐라! 이이!"

파-앗!

얼굴이 벌겋게 달아오른 호양공주가 분을 참지 못하고 들
고 있는 자수를 집어 던졌다.

귀하디귀한 비주가 바닥에 흩어지는 것을 보며, 호양공주
가 이를 갈듯 신발로 그것들을 깔아뭉겠다.

"허! 이런 건방진 년이 있나!"

호양공주의 눈에 시퍼런 불길이 타올랐다.

"차비하거라! 황궁으로 갈 것이다!"

일이 생각과 틀어졌다.

하지만 이 기회에 황자의 앞에서 친누이처럼 각별하게 지
냈다는 그년의 목을 날린다면, 황자의 기를 죽이기에 부족하
진 않을 것이다.

'황실의 위엄과 공포를 뼛속 깊이 새겨 주마!'

호양공주가 붉은 입술을 매끄럽게 끌어 올리며, 화려한 마
차에 올라탔다.

곧바로 전전으로 뛰어들려는 호양공주를 젊은 환관이 막
아섰다.

"너!"

호양공주가 사납게 환관을 노려보았다.

하지만 환관은 신경도 쓰지 않는 듯, 엄한 표정으로 정면만을 보았다.

그리고 안을 향해 허리를 숙였다.

"폐하, 호양공주 드나이다."

환관의 알림이 있고, 안에서 허락이 떨어졌다.

"흥!"

호양공주가 이럴 줄 알았다는 듯, 제 앞을 막았던 환관을 향해 코웃음을 쳤다.

그리고 당당하게 가슴을 펴고 안으로 들어갔다.

사실 황족이라고 해서 아무 때나 황제를 찾을 수 있는 것이 아니었다.

특별한 용건 없이 아랫사람이 황제를 찾아오는 것은 예에 어긋나는 것이었기 때문이다.

여기서 '특별한 용건'이란 황제의 기준에 부합해야 하니, 아랫사람은 황제가 부르기 전에는 오지 않는 것이 나았다.

비로소 황권의 위엄이 바로 선 당금 황제에 이르러, 황제의 전전을 마음대로 찾을 수 있는 사람은 단둘뿐이었다.

한 사람은 당연히 황후였고, 다른 한 사람은 호양공주였다.

호양공주의 권력은 바로 이런 황제의 특별 대접에서 나온 것이었다.

"폐하―!"

전전 안쪽 문이 열리자마자, 호양공주가 황제를 부르며 뛰어 들어갔다.

하지만 그곳엔 황제만 있는 것이 아니었다.

"황, 황후마마를 뵙습니다."

자신의 궁을 나와 황제와 차를 나누고 있던 황후였다.

붉은 옷을 입고 모처럼 생기가 가득한 황후의 모습은, 세상에서 가장 아름다운 꽃과 같았으니.

"이런 공주, 황제께 먼저 예를 올려야 하지 않겠어요?"

황후는 이 황궁에서 호양공주의 무례함을 꼬집어 줄 수 있는 유일한 사람이었다.

"송구합니다. 황제 폐하를 뵙습니다. 만세, 만세, 만만세."

호양공주가 입술을 씹으며 인사를 올렸다.

'저년이 왜 갑자기 궁을 기어 나온 거야?'

호양공주는 황후의 앞에서 이렇게 고개를 숙이는 것이 몹시 자존심이 상했다.

그래서인지, 고개를 들었을 때 눈빛이 더 독해졌다.

"황후마마께서도 와 계시니. 마침 잘되었네요! 폐하, 제가 너무 황당한 일을 당하여 억울함에 이렇게 달려왔습니다!"

호양공주가 울먹이는 듯한 목소리로 말했다.

그런데 그때.

평소라면 '허허허' 웃으며 말해 보라고 했을 황제가 손을 들어 그녀의 말을 멈추는 것이 아닌가.

"마침 그 일로 너를 부르려고 했다. 네가 데려온 그 가신을 안으로 들이고, 다른 당사자들도 들이지."

"네? 다른 당사자요?"

당황한 듯 되묻는 호양공주를 두고, 황제의 곁에 있던 늙은 환관이 밖으로 외쳤다.

"모두 들라 하라신다."

늙은 환관의 말이 있고, 쪼르르 바쁘게 움직인 환관들이 전전의 문을 열었다.

환관들이 그녀가 데려온 가신을 부축해서 끌어다 놓았다.

그리고 호양공주가 어찌 된 영문인지 파악하기도 전에, 문 밖에서 젊은 환관의 목소리가 들려왔다.

"폐하, 황자님과 남궁 소저 드나이다!"

호양공주 때보다 훨씬 우렁찬 목소리가 전전에 울렸다.

"황자라니, 허억!"

의아한 얼굴로 입구 쪽으로 고개를 돌렸던 호양공주, 체통도 잊고 경악을 금치 못한 표정으로 굳어 버렸다.

"저, 저……!"

진화는 남궁진혜와 함께 전전으로 걸어 들어갔다.

남궁진혜가 구시렁댄 말처럼 목이 부러질 정도로 장신구를 많이 한 여자가 진화를 향해 손가락질하는 것도 보았다.

-분질러 줄까?

-……나중에요.

진화는 남궁진혜의 물음에 웃음이 나올 뻔한 것을 겨우 참았다.

대신 자연스럽게 미소를 지으며 황제와 황후에게 인사를 했다.

"황제 폐하를 뵙습니다. 만세, 만세, 만만세!"

"황후마마를 뵙습니다. 천세, 천세, 천천세!"

진화와 남궁진혜가 절도 있게 인사를 하고, 진화가 사르르 웃으며 먼저 말을 건넸다.

"부황, 모후, 간밤에 평안하셨습니까?"

"오오, 황자!"

"황자, 남궁 영애, 어서 와요!"

황후가 이곳에 와 있는 것은, 오로지 진화의 얼굴을 보기 위해서였다.

정식 입조식이 지난 후에야 진화를 궁으로 데려올 수 있었기에, 황후는 그 전에 진화의 얼굴을 볼 수 있는 기회를 놓치고 싶지 않았다.

어느새 완벽한 황실 예법을 보이는 진화의 모습에 황제와 황후에게서 훈풍이 부는 동안.

잠시 잊힌 호양공주는 진화와 황후의 얼굴에서 눈을 떼지 못하고 있었다.

'또, 똑같잖아!'

자식이 부모를 닮는 것은 당연한 일이건만, 호양공주는 좀처럼 충격에서 벗어나지 못했다.

'설마 황후와 같은 얼굴이 또 있을 줄이야! 저래서야 확인이고 뭐고, 말을 꺼낼 수 있을 리 없잖아!'

진화의 출신 검증을 핑계로 이런저런 여론을 만들려 했던 호양공주는, 그 생각을 전전 한구석에 처박아 버려야 했다.

그때, 황제가 친히 진화의 손을 잡고 호양공주를 가리켰다.

"네 고모가 되는 호양공주다."

"공……주요?"

진화가 이상하다는 듯 고개를 갸웃거렸다.

"정확히는 무위종사정부인이라 하는 것이 옳겠으나……."

"폐하!"

황제가 더 설명을 하려 했으나, 무례하게도 호양공주가 그 말을 막았다.

호양공주가 가장 싫어하는 말이었다.

황실의 필요에 따라 나이 많은 종사에게 시집을 간 것도 분한 마당에, 그 종사가 일찍 죽어 버리기까지 했으니. 대가 끊어진 무위종사의 집안에서 홀로 남겨진 과부가 호양공주의 처지인 것이다.

다만 그것에 대한 미안함과 남매지간의 정으로, 황제는 호양공주가 공주의 명칭을 쓰는 것과 거처를 대서전이라 부르는 것을 용인해 주고 있었다.

호양공주는 갑자기 나타난 황자를 망신 주기 전에 제가 먼저 약점을 들킨 사람처럼 얼굴을 붉혔다.

그리고 저를 빤히 보는 진화에게, 마지못해 먼저 입을 열었다.

"고모라 부르십시오."

"……그리하겠습니다."

순순히 고개를 끄덕이는 진화를 보며, 호양공주가 눈꼬리를 파르르 떨었다.

'일부러 늦게 대답한 것이야! 고모 소리는 하지도 않고 대답만! 괘씸한 놈!'

처음부터 좋지 않은 감정으로 출발한 관계였다.

호양공주는 진화의 모든 행동을 비꼬아 받아들였다.

물론 영 틀린 것도 아니었다.

"마침 황자와 저 계집까지 부르셨으니 잘되었군요. 저 황당무계한 계집이 제 가신을 저 지경으로 만들었습니다! 대체 얼마나 무도하고 안하무인 하면, 대서전에 물품을 사 오는 가신에게 주먹을 휘두른단 말입니까! 필시, 저를 무시한 것입니다! 황궁 밖에 홀로 외롭게 사는 여인이라 저를 무시한 것이 아니고 무엇이겠습니까!"

호양공주가 눈물을 쏟을 듯 울먹이며 말했다.

"아직 입조도 안 한 황자를 믿고 저 무림 계집이 방약하게 굴고 있으니, 앞으로는 얼마나 더 할지 염려되옵니다! 통촉하여 주시옵소서!"

호양공주는 무릎까지 꿇어 가며 가련한 여인처럼 외쳤다.

하지만 이런 일이 한두 번은 아니었는지, 황제의 눈빛은 무심하기만 했다.

오히려 진화가 어찌 나올지 궁금하다는 듯 곧바로 진화에게 시선을 돌렸다.

진화는 무릎을 꿇고 있는 호양공주의 옆을 지나 황제에게 서신을 건넸다.

잠시 스치듯 호양공주를 보는 눈길이, 황제와 꼭 닮아 있었다.

"관직도 없고 직책도 없는 일개 하인이 대낮에 무도하게도 죄 없는 폐하의 백성에게 채찍질을 하고 있었으며, 이를 막는 적호단 부단주에게 '사형'을 운운하였으니. 그 횡포와 월권이 도를 넘었습니다."

"그, 그 아이는 감히 대서전에 가는 물품을 훔쳤사옵니다!"

환관들에게 끌려 나왔던 대서전 가신이 억울한 듯 외쳤다.

하지만 이 또한 진화가 판 교활한 함정이었을 뿐이었다.

"방금 저자가 아이를 죽였다 실토하였나이다. 또한 적호단 부단주가 구한 것은 죽은 아이를 끌어안은 죄 없는 어미였습니다. 저자는 실수를 한 배고픈 아이를 법과 상관없이 함부로 죽인 것은 물론, 그 어미까지 죽이려 하였으니. 그 방자함이 경악스러울 정도입니다."

"그, 그건……!"

진화의 말에, 대서전 가신의 말문이 막혔다.

그리고 호양공주는 더 기함한 표정으로 진화를 보았다.

"서신은 정의맹의 공식 항의 서한입니다. 적호단 부단주가 오늘 폐하를 찾은 것도 이 서한을 전하기 위해서였습니다. 하인의 도를 넘은 횡포와 월권은 개인의 일탈이라 할 수 있지만, 대낮에 군병들이 움직여 적호단 부단주를 공격했나이다!"

진화가 보란 듯이 허리를 숙였다.

"신, 무림에 몸을 담고 있으나 폐하의 아들이옵니다. 건국조 때부터 무림과 했던 약조를 저버린 무도한 이들의 행사에, 부끄러움에 몸 둘 바를 모르겠나이다. 간청컨대 이 일에 대한 잘잘못을 명명백백 밝히시어, 황권을 바로 세우고 국법의 지엄함을 보여 주소서!"

"……허!"

태사인 조위례가 따로 적어 준 것이었을까.

노회한 조정 대신인 양 줄줄이 간하는 진화의 모습에, 황제와 황후의 얼굴에도 감탄이 서렸다.

흐뭇하게 웃고 있는 이는 남궁진혜 하나밖에 없었다.

호양공주는 정신줄을 놓은 듯, 진화를 향해 입만 빼끔거리고 있을 뿐이었다.

그때, 기다렸다는 듯 황제의 시선이 호양공주를 향했다.

"관무불가침은 건국조께서 무림의 공을 인정하며 엄숙하게 했던 약조이다. 한데 군병이 움직이다니, 이게 어찌 된 일이냐? 호양, 답을 해 보거라!"

"폐, 폐하! 오라버니!"

갑자기 제게 화살이 돌아오자 당황한 호양공주가 황제를 불렀다.

하지만 황제의 반응은 이전과 달랐다.

"어허! 이곳은 전전이다! 출가까지 한 네 예법이 어찌 아직도 그 모양이더냐!"

"하, 하오나 저 무림 계집이……."

탕-!

"호양!"

황제의 호통에, 호양공주가 몸을 떨며 바닥에 엎드렸다.

"폐, 폐하, 저는 그저 제 가신이 대낮에 공격을 당했다는 이야기를 듣고 시, 신고를 한 것뿐이옵니다! 토, 통촉하여 주시옵소서!"

아예 정신줄을 놓고 있었던 것은 아닌 듯.

호양공주가 그사이에 머리를 굴려 제 잘못을 쏙 빼냈다.

남에게 잘못을 덧씌우는 것이 본능인 양, 그녀는 순식간에 제 사람을 믿은 죄밖에 없는 순진한 여인이 되어 눈물을 흘렸다.

하지만 한편으로는, 상황이 어떻게 돌아가는 것인지 정신을 차릴 수 없었다.

가슴이 세차게 뛰는 것이 몹시 불길했다.

"그러한 일이 있은 줄은 꿈에도 몰랐사옵니다. 게다가 건국조의 약조라니, 제가 어찌 감히 그것을 어기려 했겠나이까."

"방금 전에 네 입으로 '무림 계집'이라 하지 않았더냐?"

"그, 그건, 정의맹의 사람인 줄 몰랐다는……."

탕―!

호양공주의 변명에 황제가 다시 탁자를 내리쳤다.

"호양, 너는 남궁세가 영애가 전전에 들었을 때 그녀를 알아보았다! 또한 추포에 나섰던 병사들 또한 '남궁진혜'라는 이름과 적호단을 알고 나섰다 했다! 그런데 네가 감히 내 앞에서 거짓을 말하려는 것이냐!"

"아아아! 폐하!"

황제의 노성에, 호양공주는 바닥에 머리를 조아렸다.

그리고 확실하게 느꼈다.

황제의 총애가 변한 것이다.

"아니옵니다! 아니옵니다! 오라버니, 통촉하여 주시옵소서! 가신들이 나간 일이라 저는 몰랐사옵니다!"

호양공주가 진실로 겁에 질려 울음을 터뜨렸다.

그동안에는 알고도 모르는 척 넘어가 주던 황제였다.

이렇게 따지고 드는 것은 처음 있는 일이라, 호양공주의 등줄기로 땀이 비처럼 쏟아졌다.

황제의 변심이 서러웠지만, 그보다는 두려웠다.

황제의 손에 죽어 간 형제들의 얼굴이 머릿속에 스쳐 지나 갔기 때문이다.

"호양, 내 그동안 혼자 된 네 처지가 안타까워 여러 방자 함을 알고도 모르는 척해 왔다. 그런 짐의 아량이, 감히 네 하인이 짐의 백성을 함부로 죽이는 무도함으로 이어졌음이 니! 앞으로 호양공주에게 가는 황실 내탕금을 다른 공주와 형평을 맞추도록 하며, 호양공주는 일체 바깥출입을 금하고 무위종사부에 석 달간 근신토록 하라! 앞으로 허락받은 일이 아니라면 황궁의 출입도 삼가라!"

황제의 말에, 호양공주의 심장이 내려앉았다.

동시에 고개를 번쩍 들었다.

황제가 친히 대서전이라는 말을 쓰지 않은 것으로, 그마저 도 허락을 거둔 것이다.

이는 곧 호양공주에게 주어진 모든 특권을 거두겠다는 말 과 같았다.

"폐, 폐하, 제게 이러실 수 없습니다! 어찌 제게! 천하에 혈육이라곤 폐하밖에 없는데, 황궁 출입도 금하라니요!"

"닥쳐라─! 사사롭게 군병을 움직이는 것이, 자칫 역모로 비칠 수 있다는 것을 모른단 말이냐!"

호양공주의 얼굴이 새파랗게 질렸다.

"여, 역모라니요! 제게 그런 생각은 추호도 없다는 것을
폐하께서 아시지 않습니까!"

"어리석은 것! 네게 뜻이 없다 하나, 네가 한 행위가 그러
한 것이다!"

"폐하!"

"더 말하지 않겠다. 짐이 자비를 베풀 때 그만하라."

얼음처럼 냉담한 눈빛.

황제와 눈이 마주친 호양공주는 제 심장이 얼어붙는 듯했
다. 차디찬 눈빛이 기다렸다는 듯 그녀를 향한 것을 보고, 호
양공주는 제가 버림받았음을 깨달았다.

'어째서…… 어째서…… 서, 설마, 태자?'

호양공주의 사치나 월권은 사소한 것이었다.

그런데도 황제가 호양공주를 버린 이유는 단 하나.

어머니가 없는 태자에게 든든한 배경이 되어 주던 호양공
주를 치워 버린 것이다.

'폐하께서 설마 태자마저 버리시려는 건가?'

호양공주의 눈이 하염없이 떨렸다.

그때, 조용히 황제의 처결을 지켜보고 있던 진화가 나섰
다.

"폐하, 저자의 처결은 정의맹에 넘겨주셨으면 합니다."

"저자를?"

"본래 무림의 생리라면, 자신을 모욕하고 검을 들이댄 이를 살려 두는 법이 없습니다. 적호단 부단주는 그 자리에서 저자는 물론 군병들까지 모조리 목숨을 거둘 수 있었으나, 황실의 권위를 생각하여 서신으로 허락을 구하고자 한 것입니다. 부디 그 충심을 생각하여, 군병들은 두더라도 감히 부단주를 모욕한 저자는 내주시길 간청하옵니다."

호양공주의 눈이 진화에게 돌아갔다.

감히 그녀의 앞에서 '가신의 목숨을 내 달라' 하는 것은 호양공주의 권위에 직접 망신을 주겠다는 의미였다.

호양공주는 서럽고 억울한 마음에 분노를 담고 진화를 노려보았다.

"흐음, 황자의 말이 옳다. 군병은 군율로 다스릴 것이나, 저자의 일탈은 무림에 맡기겠다."

"폐하─!"

"사, 살려 주십시오! 살려 주십시오! 공주마마! 폐하!"

놀란 호양공주가 황제를 쳐다보는 가운데, 무릎을 꿇고 있던 사내가 기겁하며 바닥에서 허우적거렸다.

감히 황제에게 다가가려다가 환관들에게 몸이 눌린 것이다.

"폐하, 신첩이 잘못했나이다. 부디 모든 죄는 신첩에게만 물으시옵소서!"

호양공주가 소리 높여 애원했다.

그러나 황제는 꿈쩍도 하지 않았다.

호양공주가 사내를 아껴서 구명을 청하는 것도 아닌, 제 위신을 지키려 나선 것이 뻔했기 때문이다.

"종의 잘못은 주인의 잘못이다. 하나, 주인이 벌을 받는데 죄를 지은 종이 벌을 받지 않는 법은 없다."

호양공주의 콧대를 눌러 놓으려는 황제가 그녀의 청을 들어줄 리 없었다.

그때 진화가 환관들을 물리고 사내에게 다가갔다.

진화가 사내의 어깨를 토닥거릴 듯, 손을 얹었다.

그러자 사내가 진화의 얼굴을 보며 양손을 싹싹 빌었다.

"화, 황자님, 제발 소인을 살려 주십시오!"

"……누님을 때리려고 올린 손이, 이쪽 손이었나?"

"네?"

조용히 묻는 목소리에, 사내가 저도 모르게 멍청하게 되묻고 말았다.

하지만 그때.

사내는 황자의 눈동자에 푸른 번개가 내리치는 것을 보았다.

"상관없지."

파지지지지직———!

진화의 손에서 나온 새파란 번개가, 사내의 온몸을 관통했다.

"끄아아아악-!"

처음 들어 보는 끔찍한 비명과 함께, 허연 해골이 비치도록 번개가 번쩍였다.

그리고.

쿵-!

창백하게 질린 피부에 새까만 거미줄을 새긴 사내가 바닥에 널브러졌다.

그런 사내를 두고, 진화가 천천히 몸을 일으켰다.

경악한 환관들.

놀란 눈으로 저를 보는 황제와 황후.

엄지를 치켜든 남궁진혜를 지나, 여전히 바닥에 앉아 있는 호양공주를 내려다보았다.

"황실의 어른으로서 앞으로는 모범을 보이시지요. 무림에선 작은 실수 하나로 목숨을 잃기도 한답니다, 고모님."

"히이익!"

진화의 눈동자에서 내리치는 푸른 번개를 보고, 호양공주가 귀신을 본 듯 기겁하며 뒤로 물러섰다.

황제의 총애를 받던 호양공주의 근신이 알려지고.

경악과 혼란, 놀라움이 혼재된 가운데, 새로운 황자의 입
조식 날이 되었다.

황제와 황후가 나란히 자리하고, 대소 신료들이 모두 전전
에 자리한 가운데.

붉은 제식 복장을 한 진화가 모습을 드러내었다.

누구 하나 숨소리를 내는 자가 없었다.

"오래전 잃어버린 짐의 황자를 이제야 찾았으니. 이보다
기쁜 날이 어디 있겠는가. 짐은 이제야 찾은 적통 황자 한진
화를 동해왕에 봉한다. 이를 종묘와 황실, 대소 신료에게 공
포하니, 정식 제를 올리고 사흘간 연회를 베풀겠다."

"황은이 망극하옵니다, 폐하. 만세, 만세, 만만세!"

"동해왕 전하, 천세, 천세, 천천세!"

진화를 본 신료들은 누구도 황제의 결정에 반발하지 않았
다.

"연회 전에, 감히 황자를 납치하는 데에 공조한 역당들을
벌하겠다! 전전의 앞에 죄인들을 대령하라———!"

다시 없을 것 같던 천세의 미인인 황후와 똑 닮은 외모 때
문만은 아니었다.

오히려 천하를 호령하는 용의 분노에 몸을 조아렸다는 것
이 더 옳을 것이다.

추상같은 용의 분노가 울리는 가운데.

전전 앞에는 이미 태복령의 일가는 물론 오왕과 왕자들까

지 모두 끌려 나와 있는 상태였다.

황족의 끄트머리는 비참한 자리였다.

누구도 기억해 주지 않는 황족이니 황실에서 내려오는 내탕금도 없었고, 황족의 체신 때문에 일을 할 수도 없었다.

지독한 가난의 굴레 속에서, 때때로 관리들과 호족들이 쌀 몇 자루 던지며 모욕을 주러 나타난다. 귀한 핏줄에 침을 뱉으며 한바탕 웃는 값으로 내주는 곡식이었다.

한유수는 그래도 운이 좋았다.

어느 날 나타난 자비로운 호족에게 기대어 글을 배울 수 있었고, 운 좋게 군을 일으킨 황족을 만나 공을 세울 기회를 얻었다.

비록 황족의 핏줄을 노린 호족과 강제로 혼인을 당하고, 군을 일으킨 육촌 형님에겐 대신 죽어 줄 그림자가 되길 강요받았지만 말이다.

그조차도 못하고 굶어 죽거나 조리돌림당하다 죽는 이들이 얼마나 많았던가.

차라리 전쟁터에서 명예롭게 죽을 수 있게 되었으니 다행이었다.

진창에서 굴렀지만 형제들을 지킬 수 있었다.

사랑하는 여인을 만났고 전쟁터에서 세운 공으로 제후까지 되었으니, 이만하면 운이 좋았다 생각했다.

황제가 친형제를 죽이고 수많은 사촌을 죽이고, 자신까지 죽이려 하기 전까지는.

한유수는 복수를 위해 검을 들었다.

그는 단 한 번도 자신을 위해 싸웠던 적이 없었다.

모두를 지키기 위해 싸웠고, 모두를 살리고자 했기에 살아남은 것이었다.

그래서 한유수는 황제가 되었다.

전전의 앞.

전전 앞 공터에는 이미 죄인들이 끌려 나와 있었다.

신료들이 먼저 나와 자리를 잡았다.

밖에는 이미 다른 황족들과 초대 손님들이 기다리고 있었다.

"어허!"

"저, 저기!"

대소 신료들 중 몇몇이 무릎 꿇려 있는 죄인의 얼굴을 알아보고 놀랐다.

집안의 위세를 믿고 주흥과 연회를 즐기던 태복령의 아들들을 알아본 것이다.

'태복령이라고?'

경악한 표정을 감추기 위해, 대소 신료들이 얼른 고개를 숙였다.

먼저 밖에서 기다리고 있던 황족들과 손님들은, 이미 숙연한 분위기 속에 숨소리도 조심하고 있었다.

전전 앞 공터 오른쪽에는 곽구윤의 형제와 아들을 비롯한 일가가 무릎 꿇려 있었고, 왼쪽에는 오왕과 이왕자, 삼왕자가 고개도 들지 못한 채 벌벌 떨며 서 있었다.

"황제 폐하와 황후 마마, 동해왕 전하 나오십니다!"

환관의 알림이 있고, 모든 사람들이 황제에게 예를 취했다.

"헙!"

"……!"

황족들과 귀빈들은 진화의 얼굴을 처음 보는 것이었기에, 곳곳에서 비명을 삼키는 소리가 들렸다.

가까이에서 진화의 얼굴을 본 황족들은, 진화에게서 눈을 떼지 못했다.

누가 보아도, 황도 한복판에 떨어뜨려 놓아도 황제와 황후의 아들이었다.

특히 황제와 황후가 그들의 옆자리에 진화를 앉히자, 태자를 비롯한 황자들의 얼굴이 오뉴월에 찬 서리를 맞은 듯 뻣뻣하게 굳었다.

궁녀들이 움직이기도 전에 황제와 황후가 진화의 발걸음

과 자리를 손수 챙기니.

황족들의 눈동자가 바쁘게 굴러가기 시작했다.

물론 붉은 옷을 차려입은 진화의 모습에 감탄하기 바쁜 이들도 있었다.

"와, 우리 진화…… 다 죽였네!"

"어쩜!"

"번쩍번쩍하네!"

남궁진혜와 팽연화, 남궁경 부부가 황족들을 제치고 진화와 가장 가까운 곳에서 기다리고 있었다.

황제와 황후, 새로 입조식을 치른 진화가 천천히 자리를 잡자, 사례교위 조정호가 앞으로 나섰다.

"죄인들을 대령하라!"

사례교위 조정호의 명에 따라, 금군들이 커다란 사각틀에 죄인들을 묶어 놓은 수레를 끌고 들어왔다.

끼익. 끼이익.

죄인들은 양손과 발이 활짝 벌어져서 나무 기둥 끝에 묶여 있었고, 고개를 돌릴 수 없도록 목에도 밧줄이 메어 있었다.

수레가 움직일 때마다 줄이 출렁거리며, 죄인들의 목과 팔, 다리를 잡아당겼다.

"저, 저런!"

"어머!"

전 태복령 곽구윤과 전 오왕비 곽경란의 처참한 몰골에 장내가 술렁였다.

한때는 황도 최고 부자로 손꼽히던 곽구윤과 귀부인들의 선도자라 불리던 곽경란이, 산발한 머리와 온갖 고신의 흔적을 담은 몸으로 사각틀에 묶여 나타난 것이다.

"아아! 아아아—!"

곽구윤과 곽경란이 사각틀에 묶인 채 요동쳤다.

그들의 맞은편에 있는 가족들을 이제야 본 것이다.

헝겊으로 입이 막혀 소리를 지를 수도 없었던 곽경란이, 온몸을 요동치며 고개를 돌리려 했다.

황후의 느긋한 눈길이 곽경란과 마주쳤다.

"으으으으!"

금군에 의해 줄이 당겨지며, 곽경란이 마구 꿈틀거렸다.

사례교위 조정호가 황제의 전교를 들고 앞으로 나섰다.

"죄인 곽구윤과 곽경란은 들으라! 죄인들은 사사로운 이익을 위해 역적과 내통하여 궁궐 담을 넘게 하고, 이에 모자라 황자님의 납치에 공모하였다. 또한 황자님의 목숨이 위태로울 것을 알면서도 황제의 눈과 귀를 속이고 이제껏 역적들과 손을 잡고 부귀영화를 탐하였다!"

"으! 으으으—!"

"역적과 공모한 자들은 마찬가지로 역적이다. 게다가 이후 사실이 드러날 것이 두려워 직접 황자님의 목숨을 노리고 진실을 은폐하려 했으니, 그 죄가 명명백백하게 드러난 바! 지엄한 국법에 따라 역적의 처결은 삼족을 멸한다!"

"으으으! 으으으윽!"

사례교위가 읽어 내는 황제의 교서에, 곽구윤이 눈물을 흘리며 가족들을 보았다.

"아, 안 돼! 우리는 죄가 없습니다! 살려 주십시오! 살려 주십시오!"

곽구윤의 일가가 소리를 지르며 바닥에 엎드려 빌었다.

그러나 사례교위는 아무것도 듣지 못하는 석상처럼 다음 구절을 읽어 내릴 뿐이었다.

"오왕은 이 같은 사실을 모르고 있었다고 하나, 황족의 몸으로 죄인을 왕비로 맞아 가정을 이루었으니. 불충의 죄를 물어 오왕부를 폐하고, 오왕은 폐서인하여 한평으로 유배한다!"

"화, 황은이 망극하옵니다."

오왕이 바닥에 머리를 박으며 절을 올렸다.

한평은 겨울에 입김마저 얼어 버릴 듯한 추위로 유명한 산으로, 황족들을 소리 없이 죽일 때 보내는 유배였다.

그러나 지금 같은 때에는 그저 살아남았다는 사실에 감사

해야 할 것이다.

"가담 사실이 없고 황족임을 감안하여, 오왕부의 다른 이들에게는 십 년 유배형을 내린다. 단, 죄인의 아들들에게는 마찬가지로 죄를 묻는다!"

사례교위의 말이 떨어지기 무섭게, 금군들이 오왕의 뒤에 숨어 있던 이왕자와 삼왕자를 끌어냈다.

"으으으으———!"

곽경란의 비명과 같은 신음이 왕자들을 향했다.

"아, 아바마마! 아바마마!"

"폐하, 살려 주십시오! 폐하!"

금군들이 왕자들을 끌어내어 밧줄로 묶고, 곽구윤의 일가가 있는 곳으로 던졌다.

또다시 황족들과 대소 신료들이 술렁였다.

설마 황족인 왕자들까지 이렇게 할 줄은 몰랐던 것이다.

그러나 따지고 보면 폐서인과 천한 죄인의 자식이니, 처결이 틀린 것은 아니었다.

"금군들은 죄인들의 머리와 눈을 잡고 일족의 죽음을 똑똑히 지켜보게 하라! 일족의 죽음을 지켜보게 한 뒤, 죄인들을 능지처참할 것이다!"

"황명을 받드옵니다. 황제 폐하, 만세, 만세, 만만세!"

금군들이 명을 받들고, 뒤늦게 황족들과 대소 신료들도 절을 하며 명을 받들었다.

죄인들의 처결에 대해 대소 신료들에게 한마디도 묻지 않은 것은 현 황제의 치세에 처음 있는 일이었다.

이 일로 황제의 분노가 얼마나 큰지 눈치챈 황족들과 신하들은, 짧은 사이에 입을 다물기로 결정한 것이다.

"죄인들을 마족태살형(馬足跆殺刑)에 처하라!"

사례교위의 말에 고개 숙인 채로, 황족들과 신료들의 눈이 휘둥그레졌다.

이미 전전 앞에서는 말 울음소리가 들렸다.

히이이이잉———!

마족태살형은 미쳐 날뛰는 말의 발굽에 짓밟혀 죽게 하는 것으로, 운이 좋으면 일찍 죽을 것이나 운이 나쁘면 피를 토하고 온몸에 뼈가 부서질 때까지 고통을 맛보게 되는 형벌이었다.

"아아악! 살려 주십시오! 살려 주십시오!"

바닥에 묶인 죄인들이 공포에 질려 소리를 질렀다.

하지만 곧 십여 마리의 말이 공터로 뛰어들고, 그 주변을 금군들이 검을 들고 지키니.

"아아악——!"

"안 돼! 안 돼——!"

히이이이잉————!

타각! 타각! 타각—!

비명과 말 울음소리, 말발굽 소리가 소름 끼칠 정도로 크게 울려 퍼졌다.

공포에 질려 도망치는 이들이 금군의 검에 쫓겨 다시 안으로 들어가거나, 금군의 검에 베인 채 안으로 던져졌다.

"으으으——!"

"아아아아아————!"

곽구윤과 곽경란은 자식과 가족들의 몸이 말발굽에 부러지고 짓이겨지는 광경에서 고개도 돌리지 못하고 고스란히 지켜봐야만 했다.

그들 모두 목에서 피가 나도록 울음을 울었다.

잠시 후.

획—! 휘휙—!

마부장들이 흥분한 말들의 목에 밧줄을 걸었다.

그리고 한 밧줄에 몇 사람씩 매달려 말들을 진정시켜 데리고 나갔다.

남은 공터에는 처참하게 밟혀 죽은 시체들만이 가득했다.

"아아아아아——! 아아아아!"

곽구윤이 넋을 놓은 듯 멍하니 그 광경을 바라보고, 곽경란은 죽은 왕자들의 시체를 향해 소리를 질렀다.

"……."

금군들이 나서서 시체들을 실어 나르고 바닥에 깔린 멍석을 치울 때까지, 전전 앞에는 기묘한 침묵이 맴돌았다.

황제와 황후가 뭐라 이야기를 주고받고, 황제가 환관에게 말을 전했다.

잠시 후, 사례 교위가 황제의 명을 전했다.

"죄인들의 능지처참은 연회 마지막 날에 집행한다!"

좋은 날 더는 피를 보지 않겠다는 황후의 자비 덕분이라 했지만, 누구도 그것이 자비라 생각하지 않았다.

자식과 가족들이 죽는 광경을 지켜본 곽구윤과 곽경란은 이미 지옥에 팔 할 정도 발을 들인 것과 같지 않을까.

금군들에 의해 수레에 실려 나가는 그들은 완전히 넋이 나간 얼굴들이었다.

황제가 일어나 좌중들을 둘러보았다.

모두 숨을 죽이고 고개를 조아렸다.

"아직 역도들이 무림에 남았다고 하는군. 동해왕 한진화를 파군대장군에 명해, 감히 짐의 아들을 해하려 한 역도를 처단하게 하겠다!"

"황명을 받드옵니다. 황제 폐하, 만세, 만세, 만만세!"

황제의 말에 진화가 앞으로 나와 허리를 숙여 포권하며 황명을 받았다.

오직 적통 황자들만이 황제 앞에 무릎을 꿇지 않아도 되었으니.

모든 이들이 진화의 그런 모습을 지켜보았다.

"또한 사례교위 조정호는 조정에 남아 있는 역도의 무리를 발본색원하여, 다시는 이 같은 무도한 일이 없어야 할 것이다."

"황명을 받드옵니다."

사례교위 조정호가 진화의 옆에서 부복하였다.

마치 약속된 것과 같은 일련의 상황은, 황족들과 대소 신료들 사이에 거대한 파문을 만들었다.

황제의 총애가 변했다!

앞으로의 판도가 달라질 것이라는 걸 읽지 못한 사람은 아무도 없었다.

동시에 잔인한 피바람이 아직 끝나지 않았다는 엄중한 경고도.

"오늘은 짐의 황자가 돌아온 기쁜 날이니, 모두 즐겁게 연회를 들도록 하지."

"황은이 하해와 같사옵니다. 황제 폐하, 만세, 만세, 만만세!"

황제의 말에 모든 이들이 부복했다.

방금까지 시체가 가득하던 전전 앞 공터에 악사들과 아름다운 무희들이 그 자리를 메우며, 음악과 함께 연회가 시작되었다.

마치 한편의 희극처럼.

사람들은 아무 일도 없었던 듯 술과 음식을 즐겼다.

이제까지 있던 공포의 공기가 연기처럼 사라진 듯하였다.

다만, 몇몇 황족과 신료는 창백하게 질린 얼굴로 갈피를 잃은 눈동자를 바쁘게 움직였다.

잔인한 광경과 잔인한 연회.

그리고 그보다 더 잔인한 사람들을 보며, 팽연화가 떨리는 목소리로 진화를 불렀다.

"진화야……."

귀빈으로 초대를 받은 팽연화는 걱정스러운 눈빛으로 진화의 왼손을 잡았다.

진화는 그런 팽연화에게 웃으며 괜찮다는 듯 고개를 끄덕여 보였다.

이번에는 황후가 진화의 오른손을 잡았다.

"아무 걱정 마세요. 이 어미가 지켜 줄 것입니다."

황후가 정면을 향해 미소를 지으며 진화의 오른손을 잡았다.

다시는 놓치지 않겠다는 듯 힘주어 잡는 그 손이 파르르 떨리고 있음에, 진화가 조용히 손을 마주 잡아 주었다.

"와, 숙부, 황궁도 한따까리 하는데요."

"그러게. 좀 곱게 죽여 주긴 했지만, 일반 백성들이니까."

"그래도 아까 그 영감탱이랑 마귀 같은 여자는, 우리가 처리하면 안 될까요? 한 삼천 번 포를 뜰 때까지 살려 두려면 칼질을 잘해야 하는데…….."

"글쎄다. 나중에 황제 폐하한테 말이라도…… 으-따!"

황제가 그들의 대화를 듣기 전에, 팽연화가 남궁경의 옆구리를 꼬집었다.

"스-읍!"

팽연화의 눈초리에, 남궁경과 남궁진혜가 음식으로 눈을 돌렸다.

어두운 석굴.

석굴 한복판에, 한 남자가 붉은색 머리를 산발한 채 눈을 감고 잠이 든 듯 앉아 있었다.

사내가 입은 검은 도포에는 붉은 눈의 황호가 사방을 경계하듯 눈을 부릅뜨고 있었으니.

적발(赤魃)의 홍안금호(紅眼金虎)라면, 당금 무림에 모르는 사람이 없었다.

권마(拳魔) 태금호(太金虎).

귀천성 마제 중 한 사람이나 그 전에는 사패천주의 두 번째 제자였다.

귀천성의 무림 정복에서 활약한 것보다, 사패천을 배신한 뒤 온 사파에 쫓기고 있는 것으로 더욱 유명한 인물이었다.

그 권마 태금호가 대낮에 석굴에서 편히 쉬고 있었던 것이다.

한참 시간이 흘렀을까.

석굴에서 떨어지는 물방울 소리와 함께, 자는 줄 알았던 권마가 눈을 번쩍 떴다.

휘이이익―――!

순식간에 옆으로 손을 뻗은 권마가 뭔가를 잡아채 던졌다.

휘이익― 탁.

권마의 손에 던져진 것은, 검은 복면을 쓴 사람이었다.

검은 복면인은 아무 일 없다는 듯 바닥에 부복했다.

"네가 견자현인가?"

"권마제 태금호 님을 뵙습니다."

권마의 물음에, 검은 복면인이 복면을 벗으며 인사했다.

복면인은 평범한 점원의 모습으로 소리마제를 보필하던 자였다.

"소리마제가 죽었다."

"알고 있습니다."

"팔현성의 한 자리가 비었다. 혼현마제는 네가 그 자리에 앉을 자격이 있다더군."

권마 태금호의 말에 견자현의 눈동자가 떨렸다.

숨기려 했지만, 견자현의 눈빛에 기대와 흥분, 열망이 가득했다.

그 눈빛을 본 권마가 견자현의 앞으로 뭔가를 던졌다.

철컹.

요란한 쇳소리가 석굴에 울려 퍼졌다.

권마가 던진 물건을 확인한 견자현의 눈이 번쩍 뜨였다.

"그건⋯⋯!"

"새로운 암림혈귀갑이다. 혼현마제가 소리마제 문악이 남겨 둔 역천대법을 완성했다."

"⋯⋯!"

권마의 말에 견자현의 얼굴이 경악으로 물들었다.

하지만 이내, 흥분과 설렘, 기대로 벅차올랐다.

"소리마제의 암림혈귀갑을 회수해 와라. 그것에 남아 있는 혈정이라면, 새로운 암림혈귀갑을 완전하게 만들 수 있을 것이다."

"그, 그럼?"

"완전한 암림혈귀갑을 얻는다면, 네가 새로운 마제가 될 것이다."

"아아!"

권마의 말에 견자현이 탄성을 참지 못했다.

기다리고 기다리던 일.

꿈에서도 바라 마지않던 자리가 그의 눈앞에 떨어졌다.

견자현이 떨리는 손으로, 권마가 던져 준 새로운 암림혈귀갑을 쓰다듬었다.

그리고 암림혈귀갑에 내기를 불어 넣자.

차라라락———!

검은 사슬들이 견자현의 팔을 타고 올랐다.

"윽!"

뾰족한 침이 파고드는 고통에 견자현이 신음을 내었다.

하지만 검은 사슬은 멈추지 않고 견자현의 몸을 감싸기 시작했다.

"끄으으!"

차라라라라락! 차락!

마침내 견자현의 양팔과 목 뒤에, 암림혈귀갑이 자리를 잡았다.

뼈를 뚫는 듯한 고통을 견디고 나니 견자현은 온몸에 힘이 넘쳐흐르는 것 같았다.

견자현은 자신의 양팔에 연결된 암림혈귀갑을 보며 희열을 감추지 못했다.

그때, 그것을 지켜보고 있던 권마의 목소리가 매섭게 날아들었다.

"소리마제는 그것의 힘에 취해 방심하다 죽었다."

잠깐 권마의 존재조차 망각하고 있었던 듯, 견자현이 움찔

놀라 권마를 보았다.

붉은 눈이 견자현의 속을 꿰뚫듯 지켜보고 있었다.

"주군께서 깨어나셨다. 팔현성에 들고 싶거든, 대업이 시작되기 전에 합류해야 할 것이다."

"명심하겠습니다."

권마의 충고에, 견자현이 순순히 감사를 표했다.

온몸에서 펄떡이는 기운을 느끼며 견자현의 자신감도 함께 차올랐다.

'대업이 시작되기 전에 팔현성이 된다! 내가! 내가 새로운 마제가 된다!'

그 전에 소리마제의 암림혈귀갑 안에 남은 혈정을 회수해야 했지만, 지금 견자현에게는 어떤 것도 어려워 보이지 않았다.

황실의 연회는 별것이 없었다.

밤이 늦도록 배가 터질 정도로 많은 술과 음식을 마시고 먹고, 악사와 무희, 재주꾼의 공연을 즐긴다.

그리고 늦게까지 잠을 자고 일어나 몸단장을 하고 다시 연회에 참석한다.

사흘간의 허무한 반복.

하지만 황실에선 연회도 전쟁이었다.

"황제폐하와 황후폐하께서 동해왕을 찾으신 것을 축하하기 위해 관도공주께서 공연을 준비하셨다고 합니다."

"호오. 관도공주가? 보여 보라!"

붉은 옷을 입은 관도공주 한유홍이 쌍검을 쥐고 검무를 추기 시작했다.

무인 기질이 강한 황제는 검무를 좋아했다.

그래서 관도공주의 어미인 허미인은 딸에게 혹독하게 검무를 가르쳤고, 그 덕에 관도공주는 황제가 가장 아끼는 딸이 되었다.

허미인과 그녀의 아들 초왕 한유영이 황제가 흡족해하는 모습을 보며 웃음을 감추지 못했다.

"에이, 저게 뭐야? 엿장수도 아니고."

"쉿!"

남궁경의 말에 팽연화가 급히 주의를 주었다.

하지만 남궁경의 말을 황후가 이미 들은 후였다.

"호호, 괜찮아요. 확실히 무림인들이 보기엔 저 검무가 별로 아슬아슬해 보이지 않겠군요."

"뭐, 우린 죽이지 않을 거라면 휘두르지 않으니까요."

남궁경은 검에 관해서는 한없이 진지한 사내라.

술이 올라 호탕하게 웃던 사내는 어딜 가고, 어느새 날카롭게 예기가 서린 무림인의 얼굴을 하고 있었다.

그 모습에 황후가 놀란 눈을 뜬 것은 물론, 황제도 관심을 돌렸다.

"좋지! 무인에게 검이란 짊어진 인생의 무게와 같은 것이지. 결코 저렇게 가벼울 수가 없지."

평생을 전장에서 살았던 황제 또한 남궁경의 말에 동의한다는 듯 고개를 끄덕였다.

누군가를 지키기 위해 평생 검을 들었던 사내들은, 말을 하지 않아도 통하는 것이 있는 듯했다.

황제와 눈빛을 교류하던 남궁경이, 이내 장난기 가득한 미소를 지었다.

"흐흐흐, 폐하, 저렇게 간지러운 거 말고, 진짜를 한번 보고 싶지 않습니까?"

"진짜?"

"검을 보면 사람이 보이는 법이지요. 진화가 살아온 남궁이 어떤 곳인지 보고 싶지 않으십니까?"

"허어! 거절하지 못할 제안이군!"

남궁경의 말에 황제가 눈빛을 반짝였다.

황후 또한 '진화가 살아온 남궁'에 대해서는 알고 싶은 얼굴이었다.

남궁경이 심드렁하게 술을 마시고 있던 남궁진혜의 옆구리를 쿡 찔렀다.

"심심하지? 한바탕 놀고 올래?"

남궁경이 관도공주가 한창 검무를 추고 있는 무대를 가리켰다.

그러자 남궁경의 말을 알아차린 남궁진혜가 눈빛을 반짝였다.

"어머니……."

"괜찮아. 설마 네 아버지가 황궁까지 와서 쫓겨날 짓을 하시겠니? 호호호."

진화가 불안한 눈빛으로 팽연화를 찾자, 팽연화가 진화를 안심시키며 슬쩍 남궁경에게 경고의 눈빛을 보냈다.

남궁경이 움찔하며 다급하게 남궁진혜를 찾았지만, 그녀는 이미 계단을 훌쩍 뛰어 내려가고 없었다.

"하하하하! 황실에서 공주님의 멋진 검무를 보여 주셨으니, 답례로 이 남궁진혜가 남궁의 검무를 보여 드리겠습니다!"

남궁진혜가 우렁찬 목소리로 나서며 단상으로 뛰어올랐다.

그리고 씩씩하게 걸리적거리던 양 소매를 찢어 버렸다.

찌이이익——!

"저, 저!"

정숙해야 할 여인이 팔을 훤히 드러내는 모습은 처음이라, 황족과 대소 신료 들이 놀라 눈을 치켜떴다.

남궁진혜는 그들을 향해 씨익 웃어 보인 후, 본격적으로 새파란 기사를 피워 올렸다.

쉐에에에에엑————!

남궁세가에서 가장 강력한 검법은 제왕무적검이었으나, 가장 화려한 검법은 뭐니 뭐니 해도 창궁무애검법(蒼穹無涯劍法)이었다.

검 끝으로 시시각각 달라지는 구름의 변화를 그리고, 검로로 바람의 움직임을 표현하며, 온몸으로 창공의 청명, 광활함을 대변하니.

푸른 기사를 따라 남궁세가가 꿈꾸는 창공이 꿈처럼 펼쳐졌다.

"누님……!"

진화가 놀란 눈으로 남궁진혜를 보다, 남궁경을 보았다.

남궁경이 다 안다는 듯 웃어 보였다.

"내 새끼가 주인공인 자리인데 끼어들기는 용납 못 하지. 암."

아니, 그게 아닌데.

진화가 안절부절못하며 남궁진혜와 남궁경을 번갈아 보았다.

하지만 결국, 우쭐거리듯 웃고 있는 남궁경의 모습에 마주 웃고 말았다.

제아무리 아름다운 미녀가 하늘하늘한 옷을 입고 유연하게 허리를 꺾은들, 하늘보다 맑게 피어오른 기사와 그 안에서 진짜 검사가 그리는 검로보다 아름다울 수 있을까.

남궁진혜의 창궁무애검법 시연이 끝나자 사람들의 박수 소리가 우레와 같이 터져 나왔다.

사흘간의 연회에서 가장 큰 박수 소리였다.

"허허허! 우리 황자가 유년을 함께한 남궁세가의 검이 저토록 아름답다니! 하늘의 청명함과 남궁의 기상, 곧은 신념이 느껴지는구나."

황제와 황후 또한 이런 광경은 처음 보는 듯 크게 기뻐했다.

그와 동시에 순식간에 낯빛이 흙빛이 된 이들도 적지 않았다.

특히 밤새도록 연습해서 검무를 추고도 잊힌 관도공주는 궁녀들에 가려 울음을 터뜨렸다.

귀빈 원씨는 분한 표정을 가리느라 어색하게 웃고 있는 미인 허씨를 비웃듯 크게 웃음을 터뜨렸다.

"아바마마, 남궁세가는 무림 제일 세가로, 영애의 검무가 공주에 비할 바가 아닌 듯합니다. 실로 남궁의 의기의천이 고스란히 느껴지는 절기에, 새로 개안을 한 듯합니다."

동평왕 한유창이 때를 맞춰 황제의 심기를 헤아렸다.

"오, 삼황자가 보기에도 그러하더냐?"

황제의 물음에 동평왕 한유창이 고개를 끄덕이면서, 파르르 떨리는 입꼬리를 잘 숨겼다.

그는 며칠 전까지는 이황자라 불렸으나, 지금 이 순간 자연스럽게 삼황자가 된 처지를 받아들여야 했다.

"그러하옵니다, 아바마마. 소자들이 보기에도 참으로 그러하였사옵니다. 남궁세가 영애에게 따로 상을 내리심이 어떠하신지요?"

다른 황자들도 뒤늦게 나섰다.

황제의 기분에 아첨하려 너 나 할 것 없이 남궁세가와 남궁진혜를 칭찬하기 바빴으니.

"허허허, 그렇지! 보아라, 연회를 빛내 준 남궁세가 영애에게 따로 비단 백 필을 내리겠다."

"황은이 하해와 같사옵니다. 황제 폐하, 만세, 만세, 만만세!"

태자 한유강과 허미인 소생의 황자들을 포함하여, 모든 사람들이 황제의 결정을 기쁘게 받아들였다.

태자를 제외하고 모두 한 단계씩 내려간 자연스러운 호칭까지 '모두' 말이다.

진화의 눈이 기쁘게 웃고 있는 황제와 황후를 향했다.

황후가 걱정할 것 없다는 듯, 진화의 손을 잡으며 아름답게 웃어 보였다.

그날 밤.

연회 마지막 날을 앞두고, 황후가 다시 한번 옥사 앞을 찾았다.

황후는 자신을 보고 놀란 금군들의 입을 단속하고, 잠시 주변을 물렸다.

곽경란은 내일 있을 처형을 준비하듯, 머리부터 발끝까지 나무 기둥에 묶여 있었다.

사박. 사박.

비단이 땅을 스치고 지나는 소리에, 곽경란이 감고 있던 눈을 움찔거렸다.

"자식을 잃고도 잠을 자고 있었구나."

황후의 목소리에 곽경란이 눈을 번쩍 떴다.

핏발이 다 터져 나간 붉은 눈이 횃불처럼 이글거리며 황후를 노려보았다.

"크윽! 너! 너—어!"

"자식을 잃고 어떠한지 확인을 하러 왔다."

황후가 덤덤하게 곽경란을 살폈다.

인두로 지진 자국에서 진물이 흘렀다.

망치에 뭉개진 발가락.

부러진 손가락뼈.

벗겨진 피부에 잡아 뜯긴 손톱.

고작 며칠 만에, 눈 밑이 움푹 팰 정도로 초췌한 얼굴에 온몸에 남아 있는 고문의 흔적이 눈에 띄었다.

"죽어서도 용서하지 않을 거다! 죽어서 원귀가 되어 널 저주할 거라고!"

곽경란이 비명을 지르듯 악을 썼다.

하지만 황후는 그녀의 말을 듣는 둥 마는 둥 관심이 없다는 태도였다.

"그거참 비참하네. 죽어서 될 것이 원귀밖에 없다니."

"야아아아아———!"

분에 찬 곽경란의 고함에, 그녀의 몸에 남은 흔적을 살피던 황후가 고개를 번쩍 들었다.

붉은 횃불 속에서도 혼자 서늘한 얼굴이 시릴 정도로 차가웠다.

"살아서도 하찮았던 천것이, 죽어서 원귀가 된다 한들 달라질까."

"하! 네년은 늘 그랬어! 동무가 어쩌고 하면서, 날 보는 눈은 늘 똑같았어. 천한 마부의 딸! 마구간지기의 핏줄! 그래서야! 네년을 죽이고 싶었는데, 그게 안 되어서 네 아들을 죽이려 한 거라고! 다 너 때문이야——!"

곽경란의 눈에서 피눈물이 흘러내렸다.

분노와 원망, 오랜 세월 쌓인 열등감이 광기 어린 형태로 황후에게 향했다.

그러나 황후는 그조차도 눈 하나 깜짝하지 않고 받아 냈다.

개미가 원망한들, 범이 걸음을 멈출쏘냐.

달빛을 받으며 오연하게 고개를 든 황후가 곽경란의 광기를 내려다보았다.

"모두 너 때문이다. 네 일족과 네 아들들이 비참하게 죽고, 지아비가 폐서인당해 내쫓긴 것 모두, 네년의 그 분수를 모르는 방자함이 만들어 낸 결과다."

"너어—!"

곽경란이 피를 토하듯 소리를 질러도 소용없었다.

"내일 모두가 지켜보는 가운데 네년 아비가 고통스럽게 죽어 가는 꼴을 지켜보아라. 속물적이고 순박했던 태복령이 어미도 없이 아끼며 키운 딸 때문에 그리 가는구나."

"아니야! 아니야——!"

"걱정 마라. 네 죽음도 수월하진 않을 터이니. 내가 말했지 않으냐, 너와 달리 나는 진짜 힘이 있다고."

"아아악! 아아아악! 흑흑흑흑——!"

바닥에서 기어올라, 그래도 왕부를 다스리는 왕비까지 되었다.

하지만 모래 위에 쌓아 올린 성은 바다의 노여움 한 번에 쉽게 흩어져 버렸다.

"네 죽음은 지켜보지 않을 것이다. 그때나 지금이나, 네 모든 것이 하잘것없어서 동하지 않는구나. 그럼 잘 가거라."

황후는 소리 내어 오열하는 곽경란의 울음소리를 들으며

냉정하게 돌아섰다.

어떤 복수를 한들, 아들을 잃어버린 세월은 되돌아오지 않을 테니.

황후는 이제 다시는 곽경란을 떠올리지 않을 것이다.

"이것으로 되겠소?"

황제가 옥사를 돌아 나오는 황후를 걱정스러운 얼굴로 맞았다.

황후는 황제의 품에 안기며 천천히 고개를 끄덕였다.

"황자가 우리 곁에 돌아왔습니다. 그것이면 됩니다."

"그렇지. 황자가 우리에게 돌아왔소. 내, 이번에는 반드시 지켜 주리라!"

황제의 마음이 심장 소리와 함께 전해졌다.

곽구윤과 곽경란의 형이 집행되었다.

황실의 처형인은 곽구윤의 가슴과 넓적다리를 오백 번 벗겨 내며 그를 죽였다.

곽경란은 곽구윤보다 오랫동안 형이 집행되었다.

한때는 왕비였던 여자의 능지처참이라, 이번 연회에서 가장 큰 볼거리가 되었다.

특히 처형인은 곽경란의 팔다리부터 시작해서 가슴과 배에 이르기까지, 무려 천 번이 넘게 살점을 떼어 내었다.

사람들은 훤히 드러난 곽경란의 젖가슴과 넓적다리를 조롱하며 잔인한 광경을 오랫동안 즐겼다.

그 자리에 황제와 황후, 이황자인 한진화는 나오지 않았다.

모든 형벌이 끝이 나고, 남은 징벌이 집행되었다.

바로 오왕부에 있던 사람들의 귀향살이가 시작된 것이다.

"한평에서 십 년이라니!"

"망할 왕비 때문에 우리가 왜 이 꼴을 당해야 한단 말입니까! 우린 왕비와 아무 상관이 없는데요!"

"닥쳐라-! 어서 움직이지 못할까!"

오왕이 폐서인되었으니, 오왕부에 남아 있던 후궁들과 다른 자식들부터 가깝게 그들을 모시던 궁인들까지 모두가 금군에 의해 끌려 나왔다.

평소 앙숙처럼 지내던 양주목사는 일말의 여유도 주지 않고 그들에게 하얀 서인의 옷을 입혀 한평으로 압송했다.

"아가씨, 아가씨! 흑흑흑!"

"……."

양 상궁, 아니 다시 양선이 된 제갈지현의 시비가 울음을 터뜨리며 제갈지현의 처지를 슬퍼했다.

하얀 옷을 입고 봇짐을 손에 든 제갈지현은, 제 처지가 너무 기가 막혀 말을 잃었다.

"이봐, 이쪽이다."

"……놔."

제 팔을 잡아끄는 병사의 거친 손길에, 제갈지현이 살기를 번뜩이며 병사를 노려보았다.

여기 이 병사들을 모조리 죽여 버릴까.

그러면 이 끔찍한 악몽이 끝이 날까.

'내가 왜 여길 택했는데! 내가 제갈세가를 버리고 왜 오왕부로 왔는데—!'

제갈지현은 어느새 굳게 문이 걸어 잠긴 오왕부를 돌아보았다.

분노와 원망이 가슴에 들불처럼 끓어올랐다.

하지만 결국 그 불길에 상처 입는 것도 제 자신이었다.

"결국, 그리 선택하는 것이냐?"

"앞으로 제 인생은 제가 선택할 것입니다."

안타까운 눈빛으로 저를 보던 제갈가주에게 당당하게 말했었다.

내가 갈 때가 되니 아쉬워하는구나, 우쭐한 기분에 취한 순간이었다.

그런데…….

퍼-억!

"네년은 뒤에서 따라와!"

소빈이 제갈지현의 어깨를 밀치며 앞서 나갔다.

지나가는 궁녀들마저 표독스럽게 제갈지현을 노려보는 것이, 오왕부 내에서 완전히 입지를 잃어버린 것과 동시에 죽은 왕비를 대신해서 화풀이 대상이 되어 버린 제갈지현의 처지를 말해 주는 듯했다.

제갈지현의 눈에 불꽃이 튀었다.

그리고 순식간에 궁녀들의 등으로 손을 휘둘렀다.

쉐에에엑-!

퍽! 퍽! 퍽!

"까아아악-!"

"아악!"

궁녀들은 물론 소빈마저 제갈지현의 손에 맞아 바닥을 굴렀다.

하얀 소복이 금세 흙으로 더럽혀졌다.

"네년, 대체 이게 무슨 짓이야!"

소빈이 잔뜩 붉어진 얼굴로 제갈지현을 노려보았다.

제갈지현은 다시 소빈의 앞에 서서 그녀를 내려다보고 있었다.

"이왕자비 이전에 제갈지현이다. 제갈세가의 직계라고."

서슬 퍼런 제갈지현의 눈빛에 소빈은 얼어붙은 듯 입을 열지 못했다.

오왕부의 대부분은 왕부에서 세력을 이루던 이들이었다.

하지만 이제 그것들을 모두 **빼앗겼으니**, 당장 춥고 배고픈 한평에서 살아남을 일이 걱정이었다.

그나마 친정 집안이 남아 있는 제갈지현만이 한평에서 버틸 곡식과 옷을 얻을 수 있는 형편이라.

'아버지께서 이렇게 그냥 두시진 않을 거야. 제갈세가로 돌아간다! 반드시!'

제갈지현은 양선을 데리고 오왕부 사람들의 맨 앞에 서서 걸었다.

역시나 폐서인이 되어 흰옷을 입은 채 걷고 있던 한문혜가 그 광경을 쓸쓸한 눈으로 지켜보았다.

천하의 제갈세가라 한들, 한겨울 북풍보다 거센 황제의 분노를 이겨 낼 순 없을 것이다.

십 년.

자존심만으로 견디기엔 무척 고된 세월이 될 것이다.

진화와 남궁경, 팽연화는 연회 후에 황궁에 머물게 되었다.

남궁경과 팽연화는 '은인지황(恩人之皇)' 양주대부와 양주대

부부인이라는 호칭을 하사받았다.

명예직에 불과한 명칭이었으나, 황제의 은인이라는 것만으로 누구도 그들을 함부로 대하지 못할 것이다.

대부라는 호칭은 대사농을 지낸 조위례나 구국의 영웅인 하후대장군에게나 주어지던 존칭이라.

일개 무림인들에게 떨어지기엔 너무 과한 칭호에 대해 대소 신료들의 반대가 있을 법도 했지만, 누구 하나 나서는 이들이 없었다.

진화가 황후궁에 있는 건희전을 처소로 받았기 때문이다.

건희전은 황제의 처소와 가장 가까울 뿐 아니라 동궁에 버금갈 정도로 규모가 큰 곳이라. 애초에 원자가 태어나면 원자의 처소로 정해지는 곳이었다.

태자가 있긴 하지만 배경이 위태롭고, 새롭게 원자의 궁을 받은 적통 황자가 등장했으니.

사람들은 새로운 동해왕을 향한 황제의 총애가 어디까지 갈지 계산하느라 분주했다.

부담스럽다는 시선이 진화를 향했다.

황제의 총애를 받는 적통 황자가 왜 궁에 있지 않고 적호단의 처소에 와 있는지.

"너, 아니 황자, 아우! 황자, 너는 할 일도 없냐?"

호칭 문제로 고심하던 팽치가 버럭 화를 내며 물었다.

진화는 그런 팽치를 이상하다는 듯 보았다.

"이게 제 일입니다. 무림에서는 남궁진화. 동의장으로서 관도생들과 함께 당분간 적호단에 합류하기로 배정받았으니, 잘 부탁합니다."

진화의 인사에, 부담스럽다는 듯 진화를 보고 있던 적호단 조장들이 맞절을 하듯 고개를 숙였다.

"개판이네. 집안 꼴 잘 돌아간다."

"……장가오시렵니까?"

"닥쳐!"

팽치의 단호한 거절에 진화가 아쉬운 듯 입맛을 다셨다.

"헛소리하지 말고 잘 들어! 임무다!"

팽치의 말에 적호단에 금방 긴장감이 맴돌았다.

진화 또한 눈을 빛내며 팽치의 말에 집중했다.

"앞으로 우리 적호단이 남궁세가에서 가져온 소리마제의 암림혈귀갑을 운반해야 한다."

팽치의 분위기가 평소와 달랐다.

남궁세가가 소리마제를 죽이고 귀천성의 귀물을 손에 넣었다는 건 이미 알려진 이야기였다.

하지만 그게 이곳에 있다는 건, 적호단도 처음 듣는 이야기였다.

황도에 오기 전 그들이 받은 임무는 분명 소리마제의 장부를 회수하는 것이었기 때문이다.

"장부는 이미 부단주가 전서를 통해서 정의맹에 전하고 있을 거다."

진혜가 재미도 없는 황궁 연회에서 사흘이나 자리를 지킨 이유였다.

남궁진혜는 황궁에 있는 장부를 필사하여 정의맹에 전서로 보내며, 지금 그 마지막 작업을 진행 중이었다.

"우리가 운반하는 건, 암림혈귀갑이다."

팽치의 목소리가 서늘하게 가라앉았다.

"역천마제가 깨어났다는 말이 돌자마자, 역천비록을 운반하던 무단들이 죄 습격을 당하기 시작했다. 이게 우연이라고 생각하는 멍청이는 없겠지?"

팽치가 숨죽인 맹수처럼 눈을 빛내며 물었다.

"놈들이 올 거다."

"……."

팽치의 단언에, 침묵이 흘렀다.

누군가 마른침을 삼키는 소리가 크게 울렸다.

그때, 진화가 물었다.

"사냥 준비를 하는 겁니까?"

나아갈 진進 재앙 화禍 : 애물단지

황궁은 크게 북궁과 남궁으로 나뉘었다.

남궁에는 전전과 명당이 있어서 나랏일을 보는 곳이었고, 북궁은 내궁이라 불리며 황족들의 처소가 있는 곳이었다.

내궁에서도 따로 궁이라 칭해지는 곳이 있었는데, 바로 장추궁과 창신궁, 동궁이었다.

세 궁은 각기 황제와 황후, 태자의 처소였다.

후궁인 원귀빈과 허미인은 각각 염녕전과 영수전을 받아서, 다른 황자, 공주와 함께 지내고 있었다.

그렇게 머무는 처소 하나도 일일이 격과 위상에 맞추어 서로 미묘한 균형점을 이루고 있던 곳에, 동해왕 한진화가 떨어졌다.

진화의 처소가 황후궁 안에 마련된 것까지는 별문제가 없었으나, 문제는 따로 받은 처소가 '건희전'이라는 것이었다.

벌써 '전'이라니.

태자의 동궁보다는 낮으나, 아직 후궁전에 있는 다른 황자들과는 비교할 수 없을 정도로 높은 대우였다.

게다가 건희전은 대대로 원자가 동궁으로 가기 전에 머무는 처소로, 동궁과 건희전이 한 번에 채워진 적은 매우 드문 일이었다.

그 어느 때보다 황태자 한유강을 향하는 눈이 많아졌다.

동궁.

평범한 체격에 날카로운 이목구비, 조금 창백한 얼굴.

사내는 심각한 얼굴로 문서를 읽고 넘기고 있었다.

황궁의 많은 젊은 관리들이 하는 일이었다.

태자 한유강은 황금색 용포만 아니었다면, 황궁을 드나드는 젊은 관리와 전혀 다를 것 없어 보이는 사내였다.

황궁 곳곳이 건희전의 이야기로 시끄러운 때에, 태자는 궁에 틀어박혀 업무에 집중하고 있었다.

사람들의 이야기에 신경을 쓰지 않는 것이 아니라 소란에서 잠시 멀어진 것이었다.

'바람이 불어닥칠 땐, 잠시 몸을 낮추고 기다리는 것이 상책이라.'

태자는 그리 배웠다.

하지만 이번 바람은 그의 생각대로 동궁 밖을 겉돌다가 금방 사라질 것 같지 않았다.

"전하, 초왕 드셨사옵니다."

밖에서 들리는 환관의 목소리에 태자의 얼굴이 순간적으로 일그러졌다.

하지만 곧 얼굴을 펴고 점잖은 목소리로 말했다.

"들라 하라."

태자의 허락이 떨어지고, 곧 헌헌한 소년 장부가 안으로 들어왔다. 나이에 비해 큰 키와 체격, 허미인을 닮은 듯 하얀 피부에 유순한 눈매.

이전까지 황제의 총애를 받던 삼황자, 아니 사황자 한유영이었다.

"사황자가 이 시간에 웬일인가?"

"그저 안부차 들렀습니다."

"초왕이 안부차 동궁에 들렀다라⋯⋯."

태자가 의아하다는 듯 말을 끌었지만, 초왕 한유영은 그저 순하게 웃어 보였다.

'고약한 뱀 새끼! 어린놈이 벌써 사갈처럼 움직이는구나!'

태자는 속으로 욕지거리를 삼키며, 환관에게 차를 찾았다.

"동생이 우형의 안부차 왔다는데 차 한잔은 내주어야지. 마시고 갈 거지?"

태자의 물음에 사황자의 얼굴이 살짝 굳었다.

일전에 '동궁에서 차를 마신 삼황자가 배탈이 나서 축신 연회에 참석하지 못했다.'는 이야기가 떠오른 탓이다.

그 일로 태자가 일부러 삼황자에게 독차를 주었다는 소문이 파다했었다.

사황자가 떨떠름한 얼굴로 태자를 보자, 태자가 느긋하게 웃으면서 차를 권했다.

"좋은 용정차다. 머리를 맑게 해 주지."

일부러다. 그 소문이 후궁전에서 퍼져 나갔다는 것을 알고, 일부러 차를 내온 것이 확실했다.

사황자가 비틀어지려는 입을 찻잔으로 가렸다.

"참, 용정차는 양주에서 유명한 특산품이 아닙니까. 건희전에서 보낸 것입니까?"

"그렇다네."

"이런. 아니, 네? 정말 건희전에서…… 아하하, 그랬군요. 조, 좋은 차입니다."

설마 '그렇다.'는 대답이 나올 줄은 몰랐던 모양이었다.

태자는 당황스러움을 감추지 못하는 사황자를 보며 고소를 머금었다. 사실 사황자의 기대대로, 용정차는 건희전에서 온 것이 아니었다. 차는커녕, 이황자는 봉작을 받고서 단 한 번도 동궁에 인사를 오지 않았다.

'건방진 놈! 처소를 받고서도 인사를 안 와?'

설마설마해서 기다렸는데, 건희전을 받고서도 인사를 오지 않을 줄이야.

알아보니 오늘도 궐 밖에 무림의 일로 나갔다고 했다.

일부러 무시를 하려고 하는 것이 아니라 아예 잊어버리고 있는 것이니, 태자는 그게 더 울화가 치밀었다.

'제 놈은 뒤가 든든하다 이거지. 대소 신료들 누구 하나 무례를 논하는 놈이 없으니! 이런 때에 고모님이라도 있었으면 괜찮았을 것을. 에잇!'

잔소리가 귀찮은 혹이지만 쓸 만했는데…….

태자는 호양공주의 부재에 아쉬움을 삼켰다.

"조정에서 이황자에게 건희전은 조금 과하다는 이야기가 슬슬 나오고 있습니다. 형님께선 어찌 생각하시는지요? 건국 이래, 건희전과 동궁에 한꺼번에 주인이 있은 적은 없지 않습니까?"

"그만큼 아우를 찾은 부황과 황후마마의 기쁨이 크신 거겠지."

영악하고 가소로운 새끼 뱀.

이제 지학을 겨우 넘긴 주제에 태연히 도발을 시도하는 사황자를 보며, 태자가 조용히 입매를 끌어 올렸다.

"그나저나 후궁마마들께서 기뻐하셨겠군. 여전히 염희전과 온실전이 비어 있지 않은가. 이제 누가 거기에 신경이나 쓸까마는."

"그······!"

내궁에 비어 있는 두 개의 전.

원귀빈 소생의 황자들과 허미인 소생의 황자들, 특히 삼황자와 사황자가 그것들을 노리고 있음을 모르는 이들이 없었다.

염희전과 온실전의 화려함도 화려함이지만, 황제의 총애가 자신들에게 있다는 걸 보여 주고 싶었던 것이다. 하지만 결국, 건희전에 비하면 모든 곳이 한낮의 달빛처럼 초라했다.

태자는 진화의 등장으로 초라해진 삼황자와 사황자의 처지를 꼬집은 것이었다.

영악한 사황자 또한 그걸 모를 리 없었다.

'저는 동궁에 틀어박혀 웅크리고 숨은 주제에!'

사황자가 사나운 눈빛으로 태자를 쏘아보았다.

그리고 억지로 입꼬리를 비틀었다.

"저희야 늘 처지가 그러하지 않습니까. 다만 태자 전하께선 걱정이 좀 되시겠더군요. 황궁 안팎으로 폐하께서 동궁 담장을 내려 앉힌다는 소문이 파다하니."

태자의 눈꼬리가 파르르 떨렸다.

"······그런 소문이 있었나? 이런이런, 자네도 그러하이. 사황자나 되면서 그런 불측한 소문에 휘둘려서야 되겠는가."

"하하, 그렇지요? 제가 아직 어려서 그런가 봅니다. 저는 그저 태자 전하가 걱정이 되어서요."

"마음은 고맙군."

"뭘요."

태자와 사황자가 웃는 얼굴로 서로를 마주 보았다.

하지만 조금 더 여유 있는 쪽은 사황자였다.

사황자야 처음부터 허미인의 치마폭에서 보호를 받아 왔지 않은가.

동궁의 담장을 내려 앉힌다는 것은, 궁을 전으로 격하시킨다는 말이었다. 그는 곧 태자를 다시 황자로 격하할 수 있다는 말이었으니.

이제까지 정당한 경쟁자가 없어서 장자를 태자로 책봉했으나, 이제 적통 황자가 나타났으니 제대로 된 시험이 필요하다는 말이 조정 밖에서 슬슬 나오고 있다 하였다.

'그 어떤 선례에도 태자를 다시 격하하는 일은 없었어!'

태자는 굳건하게 버틸 자신이 있었다.

다만 동궁의 담장이 흔들리면, 밖에서 부는 세찬 바람은 태자 혼자 견뎌야 할 것이었다.

"그럼 소제는 이만 물러가지요."

"멀리 나가지 않겠네."

형제를 노리는 새끼 뱀이 태자의 속을 진탕시킨 채 물러났다. 받은 만큼 돌려주긴 했으나, 영 속이 개운치가 않았다.

그러나 잠시 후.

잔뜩 구름 낀 동궁에 한 줄기 빛처럼, 반가운 손님이 찾아왔다.

"전하, 좌장군 표서량 들었사옵니다!"

환관의 목소리에, 태자의 얼굴에 화색이 돌았다.

"어서 드시라 하라!"

높아진 목소리.

태자는 자리에서 일어나 한달음에 좌장군을 맞았다.

"외숙!"

"태자 저하, 제가 없는 사이 황궁이 소란스럽더군요."

장군이 아니라 산적이 더 어울릴 법한 사내가 검고 풍성한 수염 사이로 날카로운 이를 드러내며 웃었다.

태자는 하늘에서 내려온 동아줄을 움켜잡듯 좌장군의 손을 마주 잡았다.

"어찌하여 이제 오셨습니까!"

"묘족 놈들이 어찌나 끈질긴지, 좀 늦었습니다. 한데 옥안이 어찌 그러십니까? 제가 없는 사이, 누가 감히 우리 태자 저하를 서운케 하였습니까?"

태자의 응석에 좌장군이 그를 달랬다.

어려서부터 태자에겐 잡고 매달릴 수 있는 어른이 그밖에 없었으니. 이제까지 불안을 혼자서 버티던 태자가 기다렸다는 듯 속내를 털어놓았다.

"하아. 이황자 놈이 건희전을 받았습니다. 신료들이 그것을 두고 저들 마음대로 입방아를 찧고 있고요!"

"저런. 그런 불측한 놈들은 신경 쓰지 마십시오. 늘 그렇듯, 바람처럼 사라질 놈들입니다."

"이황자는 뭐가 바쁜지 이제까지 인사도 없이 또 궁 밖으로 나갔습니다. 차라리 이대로 궁 안의 일에는 신경을 꺼 줬으면 좋겠더군요!"

"특이하게도 무림인이라지요? 흐흐흐, 조금 무례한들 어떻습니까? 아무 걱정 마십시오. 모든 것은 우리 태자 저하의 바람대로 될 것입니다."

태자의 밑도 끝도 없는 말에도 불구하고, 좌장군은 모든 것을 다 알고 있다는 듯 말을 받았다.

태자는 그 모습을 전혀 이상하게 생각하지 않았다.

그는 본래 군문에 두루두루 발이 넓어 모르는 정보가 없었기 때문이다.

"외숙, 뭔가 아는 것이 있습니까?"

"이제 돌아온 제가 뭘 알겠습니다. 다만, 무림은 위험한 곳입니다. 언제, 어디서 목숨을 잃을지 전혀 알 수가 없지요."

"아…… 그야, 뭐……."

뭔가를 기대했던 태자는 약간 김이 샌 얼굴이었다.

"허허허, 우리 태자 전하는 그저 이 담장 안에 안전하게 계시면 됩니다. 천자의 자리는 하늘이 내리니, 모든 것은 하늘이 만들어 줄 것입니다."

"예. 외숙이 계시니 제 마음이 든든합니다."

별것 없는 원론적인 말이었지만, 그 말을 한 사람이 좌장 군이라서일까.

태자는 한결 편안해진 얼굴로 고개를 끄덕였다.

한편.

그 시각 진화는 호위도 물린 채 남궁구, 남궁교명과 함께 폐가가 된 건물 앞에 서 있었다.

한낮의 저잣거리 한복판이라, 지나다니는 인적이 꽤 많았 다.

"여기가 살인시문이 있던 자리라고?"

"금군이 박살을 내기 전까지는 멀쩡한 이층 건물이었다고 합니다."

진화와 남궁교명은 소리마제의 살인시문이 저잣거리 한복 판에 있었다는 사실이 여전히 놀랍기만 했다.

하지만 이곳에 있는 것은 살인시문만이 아니었다.

"백주의, 저잣거리 한복판에서 당당하게 장사를 하는 암 살문들이라…… 황도는 여러모로 놀랍군."

남궁구가 주변을 돌아보며 감탄했다.

그때, 남궁구의 뒤에서 한 청년이 걸어 나왔다.

"이래 봬도 꽤 성황리에 영업 중이지요."

날렵한 체격에 발소리 없는 걸음걸이.

큰 키가 걸리기는 하지만 암살자가 분명했다.

남궁구와 남궁교명이 자연스럽게 진화의 앞을 막았다.

"황도의 암살자는 복면도 안 쓰나 봐?"

남궁구가 청년을 경계하듯 말했다.

개구쟁이 소년처럼 주근깨가 인상적인 청년이 코끝을 찡그렸다.

"전 고객 접객 담당이라서요."

청년의 말에 남궁구가 깜짝 놀랐다.

"하오문에 그런 것도 있어?"

"하하하, 워낙 진상들이 많아서 말입니다."

청년의 시선이 남궁구를 향했다.

위아래로 훑어보는 시선이, 딱 진상 고객을 보는 듯 달갑지 않았다.

"이황자님, 아니, 창천화룡 남궁진화 님과 청수신검 남궁교명 님을 뵙습니다. 정도 무림을 떠들썩하게 한 신진고수를 이렇게 보는군요."

청년은 보란 듯이 남궁구를 쏙 빼놓고 진화와 남궁교명에게 웃어 보였다.

"저는 하오문 군조라 합니다. 문주님께서 기다리고 계시니, 안으로 드시지요."

군조가 살인시문 바로 맞은편에 있는 하오문으로 진화 일행을 안내했다.

버젓이 간판까지 달린 그곳을 보며, 진화 일행은 다른 세상을 만난 듯 격세지감(隔世之感)을 느꼈다.

다만 남궁구는 제 앞을 가린 군조 때문에 간판도 뒤늦게 볼 수 있었다.

남궁구가 군조의 뒤통수를 보며, 고개를 갸웃거렸다.

"왜 날 싫어하는 것 같지?"

남궁구가 남궁교명에게 속삭이듯 물었다.

그러자 남궁교명이 이상하다는 듯 남궁구를 보았다.

"널 좋아하는 사람도 있나?"

"야!"

남궁구가 남궁교명에게 눈을 흘겼다.

"농담 아니라 진짜로. 아무리 봐도 초면이 확실한데, 왜 시비 거는 것 같지?"

남궁구가 억울한 눈빛을 담아 물었다.

그러자 남궁교명도 조금 진지한 얼굴로 답했다.

"초면부터 네가 별로인가 보지. 농담 아니라 진짜로."

"……이러기냐?"

남궁구가 섭섭하다고 칭얼거리든 말든, 남궁교명은 신경도 쓰지 않고 진화의 뒤를 따랐다.

"정신 차려. 여기 하오문이다. 경계 늦추지 말라고."

남궁교명의 경고 섞인 말에, 남궁구도 구시렁거리기를 멈추고 진지한 표정으로 걸어 들어갔다.

이전에야 사파의 온갖 시정잡배들이 모인 곳이라는 오명을 쓰고 있었지만, 지금에 와서 하오문은 사패천의 일곱 사문 중 하나였다.

하오문이 하는 일은 정보 수집과 첩보, 암살 등으로 이전과 달라진 것이 없었지만, 사패천의 비호 아래 세를 확장하면서 이제는 무림에 내로라하는 암살자들이 많이 등장했다.

하오문주 서하(西蝦) 채명지도 그중 하나였다.

"이황자 저하를 뵙습니다."

"동해왕이라 해야 옳습니다. 다만 무림에선 남궁진화로 살고 있습니다. 처음 뵙겠습니다."

진화가 마음에 들지 않는 호칭을 수정하며, 공손하게 인사했다.

"호호호, 그럼 남궁진화로 편히 대하겠습니다. 제가 하오문주 채명지입니다."

하얀 얼굴에 초승달 같은 눈썹, 가늘고 긴 눈, 앵두 같은 입술.

진화의 인사가 마음에 든 듯, 고전화에서 튀어나온 듯한 가녀린 중년 미부인이 진화와 일행을 향해 미소를 지어 보였다.

하지만 방심은 금물이었다.

눈앞에서 경쾌하게 웃는 중년 미부인이 사파 무림에서 다섯 손가락 안에 드는 살수였으니 말이다.

"살인시문의 잔당에 대한 정보가 있다고 들었습니다."

"보기보다 성격이 급한 공자였군요. 바로 준비한 것을 보여 드리지요. 군조야."

다짜고짜 본론으로 들어가는 진화에, 하오문주가 옆에 서 있는 군조를 불렀다.

그러자 군조가 장식장에서 두루마리를 하나 꺼내 왔다.

그 모습에 남궁구가 두루마리를 받으러 손을 뻗었다.

그런데…….

툭.

"……!"

군조가 남궁구의 코앞에 두루마리를 떨어뜨린 것이 아닌가.

"군조야!"

하오문주가 놀라서 타박하듯 불렀지만, 군조는 황당한 눈으로 저를 보는 남궁구에게 태연하게 고개를 까닥였다.

"송구합니다. 실수입니다."

전혀 실수처럼 들리지 않는 말투였다.

"허!"

남궁구가 기가 막힌다는 듯 바람 소리를 내었다.

그리고 바닥에 떨어진 두루마리를 보았다.

그때.

스으으으윽……!

두루마리가 저절로 움직이듯 진화의 앞으로 딸려 갔다.

"……!"

남궁구는 물론 하오문주와 군조도 놀란 눈으로 진화를 보았다.

특히 군조의 눈동자가 크게 흔들리고 있었다.

진화는 태연하게 그들의 시선을 받으며, 두루마리를 집어 들었다. 그리고 두루마리를 펼치며 말했다.

"두 번째 실수는 참지 않을 것입니다."

지나치듯 하는 말에, 군조의 얼굴이 파랗게 질렸다.

확실한 실력 행사와 함께 조용하게 울린 경고.

"송구합니다. 아이가 아직 정파인들을 상대하는 것에 익숙하지 못하답니다."

하오문주 역시 모골이 송연했지만, 티 내지 않고 적당히 웃어넘겼다. 그리고 그녀의 시선이 잠깐 남궁구에게 닿았다.

남궁구는 진화가 제 마음을 살펴 준 것으로, 남궁교명에게 으스대고 있었다.

"살인시문의 잔당이 용정 석굴에 있다고요? 함정이나 유인일 가능성은요?"

"현재로선 십이 할. 함정이 확실하다고 생각하고 있습니다."

적의 함정이 확실하다.

그렇게 말하면서 하오문주는 진화의 반응을 살폈다.

실력은 명약관화(明若觀火). 하지만 그릇은 어떠한가?

하오문주의 눈길에도 진화는 어떤 흔들림도 없었다.

"당가암혼대와 적호단이 움직일 것입니다. 길 안내를 부탁하지요."

과연.

하오문주가 진화를 향해 싱긋 웃어 보였다.

"길 안내는 오늘 실수의 벌로, 군조가 직접 맡을 것입니다."

"문주님!"

군조가 놀라 큰 소리를 내었다.

"이래 봬도 소문주로 있는 아이이니, 믿을 수 있을 겁니다."

"……그리하지요."

진화는 마음에 안 드는 기색을 풀풀 풍기며 그녀의 말을 받았다.

실력과 그릇은 나무랄 데 없으나, 뒤끝도 그에 못지않았으니. 하오문주가 군조에게 내리는 벌이었다.

마치 용이 똬리를 튼 듯한 산맥의 형세에, 용의 입을 나타내고 있다고 해서 붙여진 이름, 용문산.

용문산에는 용의 입에 물린 여의주 모양으로 둥글고 깊은 석굴이 있었는데, 사람들은 그것을 용정석굴이라 불렀다.

문제는 용정석굴이라 불리는 그것이 사실은 하나의 굴이 아닌, 깊이도 크기도 제각각인 수십 개의 동굴이 모여 있는 군집이라는 것이었다.

누구도 용정석굴의 모든 석굴을 다 알지 못했고, 지금도 매해 새로운 석굴이 발견되고 있었다. 게다가 언제부터인지 낙양 사람들 사이에 이상한 소문이 퍼졌다.

석굴 안에 범이나 요괴 같은 식인귀(食人鬼)들이 있어서, 석굴에 들어온 사람을 잡아먹는다는 것이었다.

얼마나 오래전부터 돈 소문인지 알지 못했다.

다만, 그때 이후로 용정석굴을 찾는 사람들의 발걸음이 뚝 끊겼다. 그리고 용정석굴은 이 지역의 사람들조차 제대로 알지 못하는 미지의 땅이 되었다.

"암살자들에겐 천혜의 환경이죠, 어둡고 선선한데, 비밀스럽기까지 하니까."

군조가 앞장을 서며 말했다.

오늘은 군조도 하오문의 묵빛 무복을 갖춰 입었으나 여전히 복면은 쓰지 않고 있었다.

"살인시문에서 오래전부터 용정석굴을 은거지로 쓰고 있다는 소문이 있었습니다. 실제로 지난 소란 때에 금군이 본 거지를 털기 전에 문파 암살자들이 모조리 용문산으로 사라졌고요. 우리 문도가 뒤를 쫓았는데, 돌아오진 못했죠. 우린 시체가 남긴 흔적을 읽고, 놈들이 용정석굴로 도망쳤다고 확인했고요."

군조는 하오문의 대표해서 적호단과 당가암혼대에게 용문산을 안내하고 있었다.

군조의 곁에는 적호단주 팽치와 부단주 남궁진혜, 당가암혼대주 당성문이 있었다.

"시체가 남긴 흔적으로, 놈들이 용정석굴로 간 것을 확신할 수 있나?"

당가암혼대주의 말에, 군조가 뒤를 돌아보며 싱긋 웃었다.

"죽을 때 죽더라도, 의뢰금의 대가는 치러야죠. 나머지는 영업비밀입니다."

군조의 말에 적호단주와 남궁진혜, 당가암혼대주가 눈살을 찌푸렸다.

암살자들이 의리나 정이 없다고 하지만, 동료의 목숨보다 돈을 중시하는 태도를 면전에서 확인하니 영 심기가 불편했던 것이다. 하지만 정의맹이 사패천 소속의 하오문에 기대하는 바도 그것이었다.

중간에 배신하지 않고 의뢰비를 준 만큼 그들을 제대로 안내하는 것.

그래서인지 적호단주나 당가암혼대주 모두 별다른 말 없이 군조의 뒤를 따라 산을 올랐다.

그들의 뒤로 적호단과 당가암혼대 무인들이 움직이고, 적호단에 소속되어 함께 움직이게 된 진화 일행도 그 뒤를 따라가고 있었다.

"대붕(大鵬) 군조. 하오문주가 데려온 양자인데, 하오문 내에서는 백 년 만에 났다 어쩐다 말하는 기재예요."

일행 중 그나마 사패천의 사정에 밝은 당혜군이 군조에 대해 설명했다.

이틀 전 하오문에서 군조를 만난 진화와 남궁구, 남궁교명을 제외하면, 모두 사파의 신진고수는 처음 보는 것이었다.

진화와 남궁구, 남궁교명도 군조에 대해 하는 것이라곤 남궁구를 싫어한다는 것뿐이었다.

"실력은 어때?"

나하연이 눈을 빛내며 물었다.

진화 일행 면면이 명문 정파의 직계나 후계들이었다.

자신들과 비슷한 위치의 사파 후기지수라니 경쟁심이 동하는 눈치였다.

"글쎄. 어쨌든 사패천 내에서는 오호이봉(五虎二鳳)이라 불리는 신진고수 중 한 명이야."

당혜군도 자세히 아는 것은 없다는 듯 말했다.

그때, 남궁구가 코웃음을 쳤다.

"흥! 사패천에 있는 일곱 문파의 후계들에게 공짜로 내준 자리잖아. 후계자에 남자가 다섯이고, 여자가 두 명이라는 뜻일 뿐, 실력을 증명하는 건 아니지 않아?"

남궁구의 말에 일행이 놀란 눈으로 그를 보았다.

남궁구가 경박해 보이긴 해도, 누군가에 함부로 적개심을 드러내는 것은 처음 있는 일이었기 때문이다.

"보게. 진화, 이틀 전에 저자와 구 사이에 무슨 일 있었나? 뭔 일이 있었기에 구가 저렇게 화가 났나?"

현오가 은근슬쩍 진화에게 물었다.

그러자 진화의 시선이 군조와 남궁구를 향했다.

안내 중에도 간간이 남궁구에게 뜨거운 눈빛을 보내는 군조와 그걸 애써 무시하고 있는 남궁구.

"……화가 난 게 아니야. 새우 새끼가 철없이 날뛰다가 잡아먹힐까 봐 걱정하는 거야."

진화가 한숨을 쉬듯 말했다.

다만 현오는 진화의 말뜻을 전혀 알아듣지 못했다.

"새우? 걱정? 그게 무슨 말인가?"

현오가 더욱 알 수 없다는 얼굴을 했다.

그러자 남궁교명이 어쩔 수 없다는 듯 은밀하게 속삭였다.

"저자가 구를 진상 고객 취급 했다. 구 녀석은 그냥 당하면 억울하니, 진짜 진상이 되기로 한 모양이다."

"아아!"

남궁교명의 설명이 있고서야 현오가 납득이 간 듯 탄성을 내었다.

주변에 있던 팽가 형제와 나하연, 당혜군도 고개를 끄덕이며 납득하고 있었다.

진화는 남궁구에 대한 동료들의 깃털처럼 가벼운 평가에, 처음으로 동정을 담아 남궁구를 보았다.

일행이 이런저런 이야기를 나누며 긴장을 푸는 동안.

어느새 용정석굴 근처에 도착했다. 적호단과 당가암혼대가 조용히 몸을 낮추고 기척을 숨겼다.

'어찌하시겠습니까?'

군조가 눈으로 적호단주와 당가암혼대주에게 물었다.

그러자 적호단주가 군조에게 비키라는 듯 손짓을 했다.

어쩌면 이제 뒤로 빠지라는 것인지도 몰랐다.

군조가 슬쩍 물러서자마자, 당가암혼대원들이 용성석굴 주변으로 흩어졌기 때문이다.

'뭘 하려는 거지?'

군조가 의문을 담은 눈으로 흩어지는 당가암혼대원들을 보았다. 딱히 안력을 집중하거나 심각하게 관찰할 필요도 없었다.

펑————!

펑펑펑펑펑———!

군조의 눈이 동그랗게 커지는 것과 동시에, 용정석굴 전체에 굉음이 울려 퍼졌다.

당가암혼대원들이 일제히 용정석굴에 있는 동굴들을 향해 독연을 던졌기 때문이다.

"적호단 삼 조, 사 조는 뒤를 막아라!"

동굴 안으로 독연이 새어 나오는 모습을 확인하는 것과 함께, 적호단주의 명을 받은 단원들이 빠르게 움직였다.

그리고 기다리길 잠시.

사람은 숨을 쉬어야 살아지는 생물이었다. 독연이든 뭐든, 언제까지고 숨을 참을 수는 없는 노릇이었다.

결국 굴 안에서 독연을 들이마시고 뿜어내는 작은 기침 소리, 동굴을 빠져나오는 독연의 양과 형태.

모든 것이 당가암혼대주의 눈에 걸려들었다.

잠시 후, 당가암혼대주의 눈빛이 번뜩였다.

'저기, 저기. 저기, 저기.'

당가암혼대주의 손짓이 있자마자, 남궁진혜와 적호단이 벌떡 일어섰다.

진화와 일행도 마찬가지였다.

적호단으로 움직인 경험은 부족하지만, 하나같이 무림에서 내로라하는 신진고수였다.

적호단주는 진화와 일행을 나누어 적호단에 적응하게 하기보다, 그들을 별도의 조로 묶어서 적호단과 함께 움직이도록 했다.

진화와 함께 빠르게 앞으로 나가는 남궁구의 모습에 군조
가 눈을 가늘게 떴다.

'함께 움직여도 되겠습니까?'

군조가 진화 일행을 가리키며 물었다.

그의 역할을 어디까지나 안내.

이후로 무상 노동을 제공하겠다는데, 적호단주의 입장에
선 굳이 말릴 이유가 없었다.

적호단주가 고개를 끄덕이자, 군조가 빠르게 진화 일행의
뒤를 쫓았다.

그리고.

쉐에에에엑----!

퍼---엉!

군조가 눈을 크게 떴다.

'뭐 이런 막무가내 공격을!'

아무리 놈들이 숨은 동굴을 찾았다지만 다짜고짜 검기부
터 날리며 시작하는 남궁진혜와 적호단의 모습에, 군조가 당
황한 듯 그 모습을 보았다. 그간 정파인들을 만나 보지 못한
것은 군조 또한 마찬가지였으니.

군조는 자신이 생각했던 명문 정파의 고지식한 무인들의
모습이, 시작부터 산산조각이 나는 느낌이었다.

퍼――억!

바닥을 밟자마자 튀어 오르는 쇠 정을 뛰어넘으며, 남궁진혜가 날아드는 철퇴는 주먹으로 부수었다.

"포로는 없다. 전부 죽여라!"

소리마제를 죽인 마당에, 정의맹에게 살인시문의 잔당들은 불을 끄고 남은 그을음과 같은 존재일 뿐이었다.

귀천성과 암살문이라는 특이점을 생각하면, 사로잡아도 알아낼 것은 없고 남겨 두면 내내 가시처럼 정의맹 무인들을 위협할 존재들.

"쥐새끼 같은 놈들! 여기 숨으면 모를 줄 알았냐!"

남궁진혜를 필두로 석굴로 들어간 적호단은 숨어 있던 살인시문 암살자들을 사냥하듯 죽여 나갔다.

석굴에는 쇠 정이나 철퇴, 미로진과 같은 함정이 있었지만, 적호단과 그 뒤를 따라 합류한 당가암혼대는 거침없이 석굴을 뚫어 갔다.

진화 일행도 마찬가지였다.

진화 일행이 들어서자마자 사방으로 사슬들이 움직이며 그곳에 박힌 쇠 정이 움직였다.

"아, 저!"

암살자들이 사용하는 함정 중 익숙한 것을 발견한 군조가 앞으로 나서려 했다.

하지만 사슬을 보자마자 일행은 자연스럽게 뒤로 빠져 있었고, 당연한 듯 앞으로 나선 진화는 망설임 없이 사슬 중 하나를 잡아챘다. 그리고 진화의 손에서 파란 불꽃이 튀었다.

파파파팟——!

천뢰제왕검법 필거심뢰——!

파—앗! 처러렁-! 철렁철렁!

지진이 인 듯 동굴이 흔들리며, 바닥과 벽, 천장에 숨겨진 쇠사슬이 요동을 쳤다.

움직이는 사슬과 날아드는 철퇴들 사이에 숨어서 공격을 준비하던 암살자들이었다.

하지만 그들이 잡고 있던 그것은 끊어진 생명줄처럼 그들을 바닥으로 처박았다.

온몸을 떨며 경련하는 암살자들도 그렇지만, 놀라서 떨어져 나온 암살자들은 모두 남아 있는 일행의 먹잇감이었다.

"메뚜기 사냥도 한철이지!"

남궁구가 눈을 빛내며 뛰어들고, 팽가 형제와 나하연이 그 뒤를 따랐다.

그들을 뛰어나온 암살자들에게 망설임 없이 질풍 같은 검과 철퇴보다 강력한 주먹을 휘둘렀다.

남궁교명과 현오는 쓰러진 이들까지 놓치지 않고 하나하나 목숨을 끊었다.

당혜군은 도망치는 암살자들의 사혈(死穴)을 향해 은화대침을 쏘았다.

철저하고 무자비한 학살.

군조는 암살자들이 정말로 한낱 벌레처럼 사냥당하는 광경에 할 말을 잃었다.

만약 이들이 하오문이었다면.

귀천성 무인이나 정파인이 하오문을 이렇게 공격했다면, 문도들은 과연 살아남을 수 있었을까.

갑자기 등골이 얼어붙는 느낌이었다.

파지지지직—!

번뜩이는 뇌전을 담은 진화의 천뢰장이 한쪽 동굴 벽을 부쉈다. 다른 길을 통해 도망가던 암살자들이 진화와 눈이 마주쳤다.

석굴 속에서도 흑요석처럼 반짝이는 눈이 사르륵 접혔다.

"어딜 가는 거지? 이곳이 네놈들의 지옥이다."

콰과광——!

그들의 발 앞으로 푸른 번개가 떨어졌다.

길을 가다가 번개를 맞는다면 황당함을 느낄까.

아니다.

거대한 자연에 대한 경외와 두려움 속에 심장이 멎어 갈 것이다.

진화가 푸른 번개를 휘두르며 암살자들을 향해 뛰어들고, 이내 새빨간 핏방울과 함께 살이 타들어 가는 고통을 이기지 못한 이들의 비명이 한참 울려 퍼졌다.

군조는 멍하니 그들의 학살을 지켜보고 있었다.

콰광——!

쾅! 쾅!

용정석굴이 무너질 듯 굉음이 계속되었다.

그리고 그 소리가 그쳤을 땐, 시큼한 혈향과 죽음의 냄새가 용문산에 가득 퍼졌다.

적호단과 당가암혼대는 각자의 피해 상황을 파악하고, 남아 있는 흔적은 없는지 조사에 나섰다.

"이제 살인시문의 잔당 놈들을 모두 죽였으니, 그나마 암림혈귀갑을 옮기는 것의 위험이 조금 줄지 않겠습니까?"

"글쎄."

남궁진혜의 말에 적호단주가 여전히 심각한 얼굴로 미간을 좁혔다.

그에 남궁진혜가 의아한 듯 물었다.

"뭔가 이상한 것이 있습니까?"

"……일이 너무 쉬웠어. 놈들이 뭔가 다른 준비를 하고 있는 것 같단 말이지."

적호단주의 말에, 남궁진혜도 어느 정도 동의하는지 고개를 주억거렸다.

"느낌이 쎄해."

적호단주의 말에 남궁진혜가 눈을 크게 떴다.

적호단 내에서는 '귀천성에 관한 적호단주의 쎄-한 느낌은 거의 예언과 같다.'는 말이 있을 정도로 정확성을 자랑했기 때문이다.

진화도 적호단주의 그 예민한 촉은 들어 알고 있었다.

필시 암림혈귀갑을 운반할 때에 뭔가가 있을 것 같은 불안감.

진화도 적호단주와 같은 것을 느끼고 있었다.

그때 남궁진혜가 덤덤한 얼굴로 말했다.

"상관있습니까? 소리마제도 죽은 마당에."

남궁진혜의 말에 적호단주와 진화가 그녀를 보았다.

"놈들이 전부 팔마제처럼 강한 것도 아니고, 팔마제도 사람인데 죽지 않는 것도 아니지 않습니까. 이참에 한 놈 더 때려잡죠."

"허! 미친놈."

남궁진혜의 말에 적호단주가 기가 찬다는 듯 코웃음을 쳤다. 하지만 적호단주의 얼굴은 이미 미소를 짓고 있었다.

남궁진혜를 보는 진화의 눈도 그와 같았다.

남궁진혜의 말이 맞았다.

정의맹보다 강했던 건, 역천마제와 팔마제였다. 그리고 이전 생과 달리, 이번에는 벌써 두 명의 마제가 죽었다.

"누님의 말씀이 다 맞습니다."

"그치?"

진화가 남궁진혜의 말에 웃으며 맞장구를 치자, 남궁진혜가 신이 난 얼굴로 진화의 머리를 쓰다듬었다.

남궁진혜는 계속 진화와 함께할 수 있다는 것만으로 만족스러운 모습이었다.

그건 진화도 마찬가지였다.

서로를 보며 웃고 있는 그림같이 다정한 남매를 보며, 한쪽에서 혀를 차는 소리가 들렸다.

"……곱게 미친놈들."

적호단주가 조용히 욕지거리를 뱉었다.

생각을 달리한들, 불길한 예감이 사라지는 것은 아니었다.

황궁에 돌아온 진화는 곧장 황후의 처소에 들렀다.

꽃이 만개한 정원 한가운데, 진화를 기다리던 사람들이 웃으며 진화를 반겼다.

"오, 아들!"

이제는 앞에 앉은 황제와 황후가 편해진 것인지.

남궁경은 그들의 앞에서도 서슴없는 호칭으로 진화를 불렀다.

"아버…… 부황을 뵙습니다. 만세, 만세, 만만세."

꽃처럼 환하게 웃으며 남궁경에게 손을 흔들려던 진화는, 뒤에 있는 환관의 기침 소리에 얼른 손을 내리고 허리를 숙였다.

주름이 자글자글한 노인이 어찌나 기력이 좋은지.

고작 며칠 만에 진화의 머릿속에 황실 예법을 쑤셔 넣은 환관은 이제 기침 소리만으로 진화를 움직이는 경지에 이르렀다.

황제를 비롯한 어른들이 그 모습을 즐겁게 보았다.

"오냐, 아들아. 우리끼리 있을 때는 편히 부르라 하고 싶지만, 동시의 잔소리는 아비도 어쩔 수 없구나."

"끄으으음. 황공하옵니다, 폐하."

환관 동시(東視)가 불편한 표정으로 허리를 숙였다.

그러는 동안, 황후와 팽연화가 진화를 그들의 사이에 앉혔다.

"갔던 일은 잘되었니?"

"예. 남은 잔당은 일망타진했고, 남아 있는 흔적을 조사했지만 별로 나온 것은 없었습니다."

"그래? 다치지 않아 다행이구나."

황후는 질문에 진화가 성심성의껏 답했다.

황후는 조곤조곤 답을 하는 진화의 모습을 하나도 놓치지 않겠다는 듯, 진화의 손을 쓰다듬으며 그의 얼굴에서 눈을 떼지 않았다.

팽연화가 말한 대로 수줍음이 많았다. 손길 한 번에 금세 붉게 달아오른 귀 끝이 못 견디게 사랑스러웠다.

이 모습을 모르고 살다가 다른 사람에게 듣게 된 처지를 생각하면 가슴이 미어졌지만, 황후는 '이제라도 찾게 된 것이 다행이다.' 생각하며 마음을 다잡았다.

"다른 사람들은, 진혜는 괜……찮고?"

"누님은 늘 대단하십니다."

팽연화의 물음에 진화가 눈을 반짝였다.

이번에도 남궁진혜가 좋은 활약을 한 모양이었다.

하지만 팽연화가 묻는 것은 그런 것이 아니었다.

"그으래?"

팽연화가 말을 늘어뜨리자, 진화가 그 의미를 눈치채고 시선을 내리깔았다.

그리고 작게, 팽연화가 원하는 답을 내주었다.

"이번엔 청구서가 날아가지 않을 것입니다."

"호호호, 그래, 다행이구나. 네 큰아버지께서 좋아하시겠어."

팽연화가 유쾌하게 웃었다.

그 모습을 황후가 부러운 눈으로 보았다.

진화가 황후를 대할 때와 팽연화를 대할 때의 차이였다.

진화는 황후가 묻는 말에 있는 사실대로 성실하게 대답했지만, 팽연화에게는 저가 좋았던 것만 답했다.

세상에서 가장 고귀한 자리에 앉은 황후였건만, 팽연화에게 저가 기쁘고 좋았던 것만 전달하고 싶은 진화의 마음이 사무치도록 부러웠다.

그때, 분위기를 깨듯 남궁경이 툴툴대듯 말했다.

"어차피 귀천성 놈들 소굴인데, 그놈들이 손해배상을 요구할 일이 있겠어? 신나게 때려 부쉈겠지. 안 봐도 뻔−하다!"

남궁경은 또 들소같이 날뛰었을 남궁진혜를 타박하듯 말했지만, 표정에는 질투가 덕지덕지 붙어 있었다.

이번 정의맹 임무에 끼어들 명분이 없어서 빠졌던 것이 아직도 아쉬운 모양이었다. 그런 남궁경의 모습에 팽연화는 물론 황제와 황후가 고소를 참지 못했다.

진화가 의아한 듯 쳐다보자 황후가 진화의 귓가에 속삭였다.

"영애가 양주대부와 꼭 닮았다지? 남궁가주께서 속을 끓이신다고. 후후후."

"아······."

진화가 놀란 눈으로 황후를 보았다가, 팽연화를 보았다.

팽연화가 눈을 찡긋해 보였다.

아마도 그간 남궁세가나 가족들, 진화 그리고 무림의 일에 대해 팽연화가 많은 것을 알려 준 모양이었다.

"크흠! 황후마마, 무림인은 귀가 밝다니까요."

한쪽에서 남궁경이 볼멘소리를 이어 갔다.

"어머, 그런가요?"

"하하하! 황후의 말이 틀린 것도 아니지. 영애의 기상이 호방한 것이, 딱 자네를 닮았으이. 남궁가주가 서운해할 만도 하겠어."

"아이고, 형님까지 이러시깁니까?"

"호호호!"

남궁경을 놀리는 황제나 발끈할 듯 수그러드는 남궁경.

그리고 그 모습을 유쾌하게 바라보는 황후와 팽연화.

진화는 그들의 모습이 마치 남궁세가 본가에서 가주 내외와 부모님이 함께할 때의 모습을 보는 것 같았다.

실제로 황제와 남궁경은 서로 호형호제(呼兄呼弟)를 하고 있었다.

지존의 위치에 있는 황제, 황후와 말보다 행동이 빠른 남궁경 사이에서 팽연화가 애를 많이 쓴 덕분이었다.

어른들의 심기를 헤아리느라 진화가 불편하지 않도록.

오로지 진화를 위해 제국의 지존이라는 황제와 황후, 남궁 제일검 남궁경 내외가 한 줌씩 욕심을 내려놓은 것이었다.

그 마음을 알아차린 진화가 황후와 팽연화의 손을 동시에 꼭 잡았다.

사방에서 놀라고 흐뭇한 시선이 느껴져서, 귀가 뜨끈해지는 느낌이었다.

그렇게 황제 내외와 남궁경, 팽연화와 한적한 시간을 보내고. 다음 날이 되자마자 진화는 다시 궁을 나갈 준비를 했다.

"크흠!"

환관 동시가 무시무시한 눈빛을 쏘아 보내고 있었지만, 애써 무시했다.

환관 동시는 환관들의 우두머리라 할 수 있는 일곱 태감들 중 하나인 만큼 궁궐 안에 신망이 높고 눈과 귀가 많은 인물이었다.

황제는 그런 인물을 기꺼이 진화에게 내려 주었고, 환관 동시 또한 유일한 적통 황자를 모신다는 사명감과 자부심으로 진화를 대했다.

하지만 이건 뭐. 기본적인 황실 예법을 익힌 후로는 계속해서 밖으로만 나돌니!

환관 동시는 그가 이황자의 환관이 된 것인지, 건희궁의 지박령이 된 것인지 알 수가 없었다.

그건 다른 궁인들도 마찬가지인 듯, 건희궁을 나서는 내내 진화의 등에 진득한 미련의 눈빛이 떨어지지 않았다.

"간단한 일이니 일찍 들어오지."

"황송하옵니다, 저하."

진화가 궁인들의 눈치를 보다 슬그머니 말하자, 환관 동시와 궁인들의 얼굴이 그제야 밝아졌다.

그때, 황후궁을 나가자마자 기다렸다는 듯 낯선 목소리가 들렸다.

"또 나가는 모양이군."

"……태자 전하를 뵙습니다."

연회 내내 저를 힐끔거리던 많은 황족들 중 하나였다. 다만 그가 입은 용포를 본 진화가 공손하게 고개를 숙였다.

"궁에 들어온 지 아직 익숙지 않을 터인데, 외유가 이리 잦아서…… 이래서야 황궁에 적응이나 할 수 있겠는가? 참으로 염려가 되는군."

태자 한유강은 진화의 인사를 받는 둥 마는 둥, 궁을 나가며 무복을 입은 진화의 행색을 훑어보았다.

염려가 된다는 표정과 말투와 달리, 눈빛에는 적의가 가득했다.

진화는 이전 생부터 제게 다짜고짜 초면에 적의를 보내는 인물들을 많이 겪어 보았다.

눈빛이 건방져서, 양자라서, 양자 주제에 남궁세가라서, 무공이 뛰어나서, 제가 세울 수 없는 전공을 세워서…….

모두 같잖은 이유들이었다.

진화가 입꼬리를 사르륵 말아 올렸다.

"제가 외유가 잦은 편이 좋으신 것 아니었습니까?"

"뭐라?"

태자의 눈썹이 움찔했다. 하지만 진화는 아랑곳하지 않고 태자에게 한 걸음 더 다가섰다.

태자의 뒤에 있던 환관이 뭐라 소리를 치려 했지만, 진화와 눈을 마주치자 입만 벙긋거리고 말았다.

단련된 무인의 기세를 감히 환관 따위가 받아 낼 수 있을 리 없었다. 그건 태자 또한 마찬가지였다.

"읏!"

진화의 기세와 맞붙은 태자가 걸음을 주춤거렸다.

진화의 화려한 얼굴만 보고 있다가, 진화가 가까이 서니.

태자는 그제야 진화가 자신을 내려다볼 정도로 키가 크고 체격이 단단하다는 것을 깨달았다.

"동궁전 궁인들이 건희전 주변을 알짱거리더군요."

"그, 그런 적 없다!"

그래도 제국의 황태자라는 것인가.

무공을 익힌 적 없는 범인의 몸으로도 태자는 진화에게 굽히지 않으려 안간힘을 썼다.

하지만 그건 진화가 배려할 때의 이야기였다.

"소제, 무림인이라 귀가 무척 밝답니다. 불안한 쥐 새끼처럼 부산거리니, 편히 잠을 청할 수 있어야 말이죠. 소제의 황궁 적응이 염려되신다니, 배려 부탁드리지요."

"그런 적……!"

파지직-.

푸른 번개가 번쩍이는 눈동자를 마주하고, 태자는 더 이상 말을 잇지 못했다.

진화가 궁에 있는 것은 오로지 남궁세가와 부모님, 그리고 황제와 황후를 위해서였으니. 거기에 다른 황족들이 끼어들여지는 단 하나도 없었다.

궁을 나온 진화는 남궁구와 함께 다시 하오문을 찾았다.

적호단주와 남궁진혜를 대신해서 하오문과의 거래를 마치기 위해서였다.

적의 습격이 예견된 터라, 적호단주와 남궁진혜는 곧 정의맹으로 암림혈귀갑을 운반할 작전을 짜느라 바빴다.

마침 황자이자 관도생으로 이뤄진 한 개의 조를 이끌며 조장과 같은 위치에 있는 진화가 존재했으니.

적호단주는 이때다 싶어서 진화에게 귀찮은 대외업무를 떠맡겨 버렸다.

남궁진혜는 전서 작업은 이제 질렸다며 남궁교명도 눌러앉혔다. 어차피 진화도 떠나기 전 하오문에 한 번 더 들를 생각이긴 했다.

"함정이 십이 할. 문제는 그 정보를 누가 흘렸는지 확실하지 않다는 건데…….”

하오문에서 준 정보였다.

확실한 정보였고, 함정인 것까지 모두 알고 있었다.

그럼에도 용정석굴 공격을 감행한 것은 그만큼 자신이 있어서였다.

“정보 출처 조사를 하오문에 의뢰해도 되는지 모르겠군. 처음 정보를 가져왔을 때부터 추적했을 텐데 아직도 알아내지 못했다면, 끈이 끊긴 거 아닌가?”

남궁구가 뭔가 마땅치 않다는 듯 말했다.

그때, 계단을 내려온 군조가 끼어들었다.

“단서를 가지고 출처 추적을 하기도 전에 급하게 덤빈 쪽은 정의맹이지요.”

남궁구를 향해 변함없는 적의 가득한 눈빛에, 남궁구도 덩달아 입꼬리가 삐뚜름하게 올라갔다.

“아, 그렇게 겁이 많아서 전투 후에 도망치듯 사라진 거였나?”

“저는 본래 행동이 재빠른 편입니다.”

남궁구의 말을 군조가 여유 있게 받아쳤다.

하지만 남궁구는 그날 전투를 보고 넋을 잃었던 군조의 모습을 떠올리며 코웃음을 쳤다.

“흥, 도망이 빠른 거겠지.”

“이쪽은 빠른 정보가 생명이라서요.”

"그런 것치고는 아직도 정보 출처를 못 찾았던데. 혹시 그 정보도 그냥 엿들은 거였나? 방금처럼."

"들으라고 떠든 것 아니었습니까?"

"손님의 대화는 들어도 모르는 척하는 것이 접객의 기본이지."

"주인의 집에서 객이 주인을 험담하는 것도 예에 어긋나지요."

남궁구와 군조가 한 치도 물러서지 않고 말싸움을 이어 갔다. 그러면서 서로의 눈을 마주 보고 눈을 깜빡이지 않는 싸움도 함께하고 있는 듯했다.

그런 둘을 보며 한숨을 쉰 진화가 하오문주의 집무실로 들어갔다.

그때까지도 남궁구와 군조는 눈싸움을 계속하고 있었다.

"흐, 흥! 정파는 역시 말로만 예를 중시하는 곳이군요. 허락도 없이 상대 문주의 집무실을 들어가다니. 막무가내인 것이 주군이나 수하나. 하긴, 의외로 정파가 더 피도 눈물도 없더군요. 핏줄의 정도……!"

"그만."

군조의 말을 남궁구가 끊어 버렸다.

이제까지와 전혀 다른 기세.

순간 날카로운 바람이 지나간 듯, 군조는 제 목을 만질 뻔했다.

"입 다물어. 남궁이 아무리 자비로워도 첩자를 살려 둔 적은 없어. 모르는 척하고 있을 때 자극하지 마."

얼음처럼 차가운 목소리.

남궁구의 눈빛은 그보다 더 차갑게 가라앉아 있었다.

"하오문이 남궁세가에 대해 입을 벙긋하는 순간, 우리 아버지 손에 죽어. 아니면…… 뒤에 도련님 손에 죽거나."

"……!"

남궁구의 말이 칼날처럼 군조의 심장을 꿰뚫자마자, 등 뒤에서 느껴지는 살기에 군조의 심장이 쿵- 하고 내려앉았다.

순식간에 식은땀이 비처럼 쏟아지고, 군조는 차마 고개를 돌리지 못했다.

하오문주의 집무실 안에서 진화의 살기가 여전히 군조를 위협하고 있었기 때문이다.

하오문주의 집무실 안에는 하오문주가 난처한 듯 진화를 향해 웃어 보였다.

"정이 깊은 아이인데, 아직 철이 안 들어서 탈이죠."

하오문주는 농담을 섞어서 분위기를 풀어 보려 했다. 하지만 한겨울 북풍처럼 차디찬 진화의 눈빛은 꿈쩍도 하지 않았다.

"구의 말대로다. 오늘은 거래를 마무리할 겸 경고를 하러 들렀다. 당신이 알고 있는 남궁세가의 정보가 사패천에 흘러가는 순간, 당신은 구에게 다시 상처를 입히게 될 거다."

차라리 죽인다고 협박하는 것이 나았을까.

진화의 경고가 하오문주의 가슴을 비수처럼 찔렀다.

진화는 하오문주의 상처받은 눈빛을 외면했다.

고압적인 말투도 바꾸지 않았다.

지난번엔 친우의 어머니에게 예의를 차린 것이라면, 이번엔 친우의 약점이 되는 하오문주를 억눌러야 했기 때문이다.

"남궁세가에 위협이 되는 건, 그게 무엇이든 치워 버릴 거다. 하지만 구 또한 남궁이다. 나는 구가 다치지 않길 바라. 그러니 처신을 잘하길 바라지."

서하(西蝦) 채명지.

서쪽의 암고래라는 그녀의 별호에서 진득한 미련이 느껴지는 순간, 진화는 그것을 날카롭게 잘라 버리기로 마음먹었다.

그런 진화의 결심을 알아차린 채명지의 안색이 창백하게 굳었다. 하지만 곧 천천히, 아들의 어머니로서 고개를 숙였다.

"……구를 잘 부탁드립니다."

채명지는 진화의 말을 기꺼이 받아들이며, 아들과의 작별 인사를 목 안으로 삼켰다.

스산한 분위기를 풍기는 밤의 산속.

용정석굴은 얼마 전 큰 전투가 있고 시체조차 치워지지 않아서 죽음의 냄새가 주변에 가득했다.

코를 찌르는 죽음의 냄새.

풀벌레 소리 하나 들리지 않는 고요함.

적막이 흘렀다.

시체의 냄새가 코를 찌르는데, 시체를 뜨는 벌레 하나, 짐승 하나 보이지 않는 괴이한 광경이었다. 그리고 한낱 미물조차 자리를 피하게 만드는 사특함이 용정석굴 내부에 가득했다. 산처럼 쌓여 있는 시체 사이로, 검은 사슬이 부지런히 꿈틀거렸다.

꿀렁꿀렁.

시체의 피와 영혼을 삼키는 듯, 검은 사슬이 탐욕스럽게 움직였다.

"크흐흐흐! 이것으로 혈정을 찾으러 갈 만큼의 힘을 모을 수 있겠어!"

차르르르르.

시체들 사이로 불길한 웃음소리가 퍼지고, 검은 사슬이 함께 기뻐하는 듯 출렁거렸다.

중원을 지배하는 제국의 주인이라 해도 흘러가는 세월을 붙잡을 순 없다.

결국 진화가 정의맹으로 귀환해야 하는 때가 된 것이다.

'어머니, 아버지……'

부모님을 떠올리라고 하면 당장은 팽연화와 남궁경밖에 떠오르지 않았다. 하지만 어느새, 팽연화와 남궁경을 떠올린 후에 황금색 옷을 입은 황제와 황후가 떠올랐다.

짧지만 함께 지내보니, 자신이 그들과 상당히 많이 닮았다는 것을 알 수 있었다.

외모뿐 아니라 성격적으로 마음속에 그어 놓은 선이 분명하다는 점이 그러했다.

선 안의 것을 지키기 위해 목숨을 건 진화는, 황제와 황후가 그 선을 넘어 자신을 배려하는 모습이 놀랍기만 했다.

'이상하군.'

그동안 무림의 일로 시간을 할애하면서도 아쉽다고 생각하지 않았는데.

막상 떠나며 인사를 나눌 때, 아쉬움을 감추지 못하는 황제와 황후를 보자니 미안하고 아쉬워졌다.

이상한 마음이었다.

"전에 말씀 올린 대로, 놈들은 절대 멈추지 않을 것입니다. 놈들이 있는 한, 안전한 곳은 없습니다. 오히려 저를 끌어내기 위해 무슨 짓을 할지 모릅니다. 그러니 하루라도 빨리 놈들을 없애야 합니다."

진화가 아쉬움에 눈물을 보이는 황후와 팽연화의 손을 잡고 말했다.

황후는 자신을 보는 진화의 눈빛에서 이제 제법 따뜻한 온기가 느껴지는 것에 감사했다.

하지만 그래서 더 안타깝고 아쉬웠다.

조금만 더 같이 있을 수 있었다면…… 황후는 그 말을 눈물로 대신했다.

"다치지 말렴. 무엇보다 네가 우선이다."

황후와 팽연화가 당부하고 또 당부했다.

그리고.

퍼—억!

가슴이 부딪힐 정도로 세게 황제가 안아 왔다.

"내 아들, 아주 어린 너를 안고 나서 너를 잃어버렸는데, 이제는 다 큰 너를 내 손으로 보내 줘야 하는구나."

"……."

"너를 믿는다. 네 손으로 복수를 이루고 돌아올 것이라 믿는다. 비록 양주대부처럼 검을 휘둘러 너를 도울 수는 없다만, 기억하거라. 너의 아비는 제국의 황제다. 너를 위해서라면 천하라도 움직일 것이다."

"……감사합니다."

진화가 살짝 놀란 얼굴로 황제의 진심을 받아들였다.

마지막으로 남궁경이 씨익 웃어 보였다.

"또 보자, 아들!"

"예, 아버지."

남궁경의 짧은 인사에 마음이 한결 가벼워졌다.

"그럼, 다녀오겠습니다."

진화가 부모님들을 향해 공손하게 인사했다.

그리고 진득하게 따라붙는 환관 동시와 건희전 궁인들의 배웅을 받으며 궁을 나섰다.

"잠깐! 게섰거라!"

내궁을 나가는 건교문 앞.

누군가 진화의 걸음을 막아섰다.

"어떻게 갈 때까지 황실 어른들에게 인사를 오지 않을 수 있지? 게다가 하직 인사도 않고 궁을 나가려 하다니! 이래서 천박한 무인들 틈에 자란 출신은 속일 수 없다고 하는 거지. 내 넓은 아량으로 참고 기다렸으나, 더는 안 되겠구나. 지금 당장……!"

"꺼져."

툭.

진화는 제 앞을 막아선 이름도, 얼굴도 모르는 여자를 지나쳐 걸어갔다.

그녀가 누구인지 앞으로도 알고 싶지 않았다.

"저, 저, 야아———!"

여자가 뒤에서 꽤액 소리를 질렀지만, 진화는 신경도 쓰지 않았다.

"다녀오십시오, 저하."

건희전 궁인들이 진화의 뒷모습을 향해 깊이 고개를 숙였다.

진화의 모습이 다 사라지고 나서야 건희전 궁인들이 고개를 들었다.

그리고 돌아가는 길.

환관 동시의 눈길이 여자를 향했다.

"열양공주마마께서야말로 황실 예법을 새로 배우셔야겠습니다. 큰일 하러 떠나시는 동해왕 저하의 길을 막으시다니. 오늘의 일은 황후궁에 고할 것입니다."

"흥, 네놈이 감히 본 공주를 협박하는 것이냐? 황후마마께 고하면 뭐! 내 어머니 또한 황자를 셋이나 낳은 귀빈이시다! 그 뒤에 상수 원씨 가문이 있고! 저 불손한 놈이 당연히 하직 인사를 드리고 가야 할 분이라고!"

열양공주가 기세등등하게 환관 동시를 노려보았다.

하지만 늙은 환관의 눈에는 참새가 가슴 털을 부풀린 것처럼 가소롭기 짝이 없었다.

"허어! 마마, 황궁에선 윗전을 들먹인 만큼 대가가 크게 돌아오지요."

환관 동시가 조용히 충고했다.

하지만 상대는 환관 동시의 조언을 알아듣지 못했다.

"이 늙은 환관 따위가 그래도!"

열양공주의 팔이 환관 동시의 **뺨**을 칠 듯 올라갔다.

하지만 끝내 **뺨**을 내리치지는 못했다.

늙은 환관이 두 명의 황제를 모시고, 궁궐의 수천 궁인들의 수장인 일곱 태감 중 하나라서가 아니었다.

그저 여유롭게 저를 내려다보는 주름진 눈에 겁을 먹은 것이었다.

"그래, 어디 황후전에 고해 봐! 나는 이 무례를 폐하께 고할 것이니!"

열양공주가 이를 갈며 돌아섰다.

땅을 내리치는 듯 품위 없이 걷는 발걸음을 보며, 환관 동시가 혀를 찼다.

"쯧쯧쯧, 윗전을 들먹이면 대가가 커진다 충고했거늘……."

그동안 자식 없이도 내명부를 장악하고 황후궁의 권위를 잃지 않았던 황후였다.

하남 조씨의 가주 조위례는 여전히 황제의 스승이었고, 오라비인 조정호는 사례교위로서 황도의 군권을 장악하고 있었다. 게다가 하남 조씨 일문은 그들의 금력만으로도 능히 전쟁을 이끌고 남을 정도였으니.

가문의 힘이라면 가주가 현직 전농으로 있는 상수 원씨 가문도 뒤질 것은 아니나, 하남 조씨의 힘은 황제의 총애가 필요한 것이 아니라는 데에 큰 차이가 있었다.

조용히 황궁 궁인들을 장악한 황후와 하남 조씨의 힘.

상수 원씨 출신에 아들을 셋씩이나 낳은 원귀빈이 황후에 오르지 못한 이유인 동시에, 원귀빈 소생의 동평왕 한유창을 두고 폐서인을 모후로 둔 한유강이 태자가 된 이유였다.

언제든 끌어내릴 수 있으니까.

'저 물정 모르는 년이 어딜 감히 우리 저하를…… 쯧쯧.'

제일 결정적인 조언을 빼먹은 환관 동시가 콧김을 뿜으며 황후궁으로 갔다.

"어휴. 저 애물단지들."

팽치가 화려한 꽃마차를 보며 한숨을 푹 쉬었다.

아직 닫히지 않은 마차 안에는, 남궁진혜가 진화를 앉혀 놓고 기뻐하고 있었다.

"저 마차가 남궁세가 거라고?"

"소공자님 전용 마차입니다."

"허!"

남궁교명은 저 화려한 마차가 처음에는 남궁진혜를 위해 만들어졌으나 어쩌다 진화가 사용하게 된 경위를 몰랐다.

팽치는 그저 저런 마차를 만들었다는 것 자체가 기가 막혔다.

"그래, 뭐가 어찌 됐든 누가 봐도 귀중품이 들어 있게 생겼네."

팽치가 고개를 저으며 시선을 돌렸다.

저 화려한 마차는 결국 적의 공격을 집중시키기 위한 대책 중 하나일 뿐이었다.

빨간 꽃무늬와 오색 빛깔 장식이 달린 마차를 낚싯대에 끼운 지렁이 같은 존재라 생각하자 한결 마음이 편해 왔다.

"출발한다!"

적호단이 정의맹으로 출발했다.

양청현까지 육로로 반나절.

길고 긴 반나절이 될 것이다.

마차 하나와 함께 산을 넘던 적호단이 중간에 멈추었다.

해가 중천에 올라서, 잠시 휴식을 취하며 점심을 먹기 위해서였다.

단원들이 능숙하게 사방을 경계했다.

육로는 산을 끼면서 여러모로 불편하고 긴 일정이었고, 숙련된 무인들도 체력이 무한정은 아니라 지칠 수밖에 없었다.

하지만 모든 불편에도 불구하고, 적호단이 수상에서 적과 싸우는 것보다는 나았다.

마차 문이 열리고, 남궁진혜와 진화가 마차에서 내렸다.

'이곳입니까?'

'아아.'

진화와 눈이 마주친 팽치가 작게 고개를 끄덕여 보였다.

점심을 먹기 좋게 널찍한 공터.

사방에 숨은 나무가 적고, 양쪽의 길이 넓게 뚫려 있었다.

적을 기다리기 좋은 장소였다.

진화는 보란 듯이 마차의 문을 꼼꼼하게 닫고, 하남 조씨에서 정성껏 마련해 준 점심 보자기를 열었다.

상하지 않고 간단히 먹기 좋게 대나무 안에 넣은 찰밥.

둥근 찰밥 안에는 짭짤하게 간이 된 고기 조림이 가득했다.

절이지 않은 고기가 귀한 때라, 적호단 단원들이 한 통씩 들고 희희낙락했다.

그렇게 소소한 점심시간이 지나는 즈음.

스스스스슷———!

"……!"

'음.'

남궁진혜와 진화의 눈초리가 매섭게 변하고, 이내 팽치와 눈을 마주쳤다.

팽치의 신호를 받은 적호단원들도 아무렇지 않게 찰밥을 입에 넣으며 옆에 놓아둔 검을 확인했다.

스스스슷—.

덜컹! 쿵! 쿵!

순식간에 마차의 문이 열리고 안에 있던 나무 상자가 밖으로 끌려 나갔다.

"적이다!"

채─앵!

적호단원들이 본격적으로 검을 들고 사방을 경계하고, 제일 먼저 나선 남궁진혜가 나무 상자가 끌려 들어간 방향을 향해 검기를 날렸다.

"타아아앗!"

쉐에엑─!

퍼───엉!

새파란 검기가 날아가자마자, 폭발음과 함께 사방으로 나무 파편이 흩어졌다.

나무 상자의 안이 빈 것을 알고 남궁진혜의 검기를 향해 던진 듯했다.

그리고 사방에서 검은 사슬이 마차를 향해 날아갔다.

쉐에에에───!

"어딜 감히─!"

카─앙! 좌자자자작─!

남궁진혜가 검을 휘둘러 검은 사슬을 감았다.

그리고 다른 손으로 사슬을 움켜잡았다.

꽈─득.

온몸의 근육이 잔뜩 부풀어 오르며, 남궁진혜가 사슬을 잡아당겼다.

"뛰어나와라, 이 쥐새끼 같은 놈아−!"

촤아아아악−−−−!

남궁진혜에게 잡힌 검은 사슬이 크게 출렁거렸다.

동시에 남궁진혜를 향해 날아드는 다른 사슬들은, 진화의 검에 모두 잘려 나갔다.

새파란 번개가 순식간에 사슬들을 끊었다.

파지직.

촤아아앗−!

남궁진혜와 팽팽하게 대치하던 사슬이 위태위태하더니, 결국 뜯어졌다. 남궁진혜 또한 그대로 튕겨 나갔다.

"큭!"

"누님!"

진화가 놀라 남궁진혜를 불렀다.

남궁진혜가 얼굴을 구기고, 찝찝하게 끈적이는 손을 폈다.

"피?"

"부단주−!"

"아, 제 피 아닙니다! 내 피가 아니야."

남궁진혜가 팽치에게 큰 소리로 대답하고 놀란 진화에게 고개를 흔들어 주었다.

그리고 다시 한번 손에 묻은 것을 확인했다.

"씨……펄. 이거 뭐야? 쿵쿵, 피 맞는데?"

남궁진혜가 미간을 구겼다.

붉은 갈색을 띠면서 찐득하고 끈적이는 촉감.

비릿한 피 냄새와 함께 고약한 썩은 내가 풍겼다.

진화가 어둠 속을 노려보았다.

그리고 양손 가득 번뜩이는 뇌전을, 검은 사슬이 날아온 곳을 향해 던졌다.

파지지지직———!

퍼———엉!

천뢰장의 여파로 나무가 쓰러지고, 검은 인영들이 튕겨 나왔다.

그와 함께.

촤아아아아아——!

어두운 숲 안에서 검은 사슬들이 한 번에 쏟아졌다.

검은 사슬과 함께 숨어 있던 검은 무복의 암살자들도 함께 튀어나왔다.

챙챙——!

"앞에 조심!"

챙——!

적을 기다리고 있다고 생각했는데, 어느새 포위되어 있었던 것인가.

어둠처럼 보였던 것이 사실은 암살자들의 검은 복면이 아니었나 싶을 정도로, 많은 수가 쏟아졌다.

두 배가 넘을 정도로 많은 수.

"뭉쳐! 튀어 나가지 말고!"

다행히 적호단은 다수를 상대로 하는 전투에 익숙해져 있었다.

그들은 당황하지 않고 개인의 무력 우위를 지키며, 조별로 뭉쳐 암살자들의 공격을 잘 막아 냈다.

그리고 더 이상의 적이 없다 판단되자마자, 적호단의 움직임이 달라졌다.

"가자—!"

"예!"

적호단주의 목소리에, 적호단원들이 우렁차게 대답했다.

애초에 적호단은 정의맹 본부에 머물며 적을 대비하기 위해 결정된 무단이었다.

전쟁 때엔 정의맹에 침입하는 다수의 적을 몰살시키기 위한 훈련을 하고, 유사시엔 요인의 호위를 경호를 맡았다.

즉, 사람이든 땅이든 무언가를 지키며 싸우는 데에 특화되어 있다는 것이다.

적호단주 팽치가 암살자들 사이를 오가며 적호단을 움직이자, 조별로 묶인 그들이 하나의 진이 되어 상대를 집어삼키기 시작했다.

"거기로 튀면 반칙이지!"

쉐에에에엑————!

하얀 검기가 안으로 파고드는 암살자의 등을 때렸다.

적호단에 속해 있기는 하지만 그들과 같은 호흡을 자랑할 수는 없었기에, 남궁구를 비롯한 관도생들은 따로 움직였다.

남궁구와 일행은 그간의 전투 경험들을 살려 적호단의 움직임에 방해가 되지 않도록 효율적으로 움직였다.

그 자신들은 알지 못했지만, 생각보다 호흡이 척척 맞았다.

쉐에에엑——! 푹! 푹!

복잡한 혼전의 상황을 남궁구가 질풍처럼 헤집고 나면, 남궁교명이 뒤를 이어 확실하게 정리했다.

또한, 당혜군이 암살자들의 움직임을 통제하면 나하연과 팽가 형제가 뛰어들어 벌레를 눌러 밟듯 암살자들의 온몸을 부서뜨렸다.

그리고 마지막으로 남은 이들은 현오의 몫이었다.

"하하하하! 죽어라! 죽어라, 관세음보살이 기다리신다———!"

퍽! 퍽! 퍽!

현오가 들고 있는 것은 분명 염주였는데, 손아귀에 감아 주먹을 휘두를 때마다 암살자들의 머리가 확실하게 터져 나갔다.

진화는 눈이 붉어지지 않았는데도 잔뜩 흥분한 현오를 보며, 백마사에서 무슨 일이 있었는지 묻지 않기로 했다.

"이 새끼가 숨어 있으면 못 찾을까 봐––!"

쉐에에엑–––!

퍼어억! 픽! 픽!

남궁진혜가 아직 모습을 드러내지 않은 검은 사슬의 주인을 향해 검기를 날렸다.

숨어 있을 만한 곳은 모두 부수겠다는 듯, 눈앞을 막고 있던 나무들을 모두 쓰러뜨렸다.

그때.

스스스스슷–––!

"누님!"

불길한 움직임을 읽은 진화가 남궁진혜의 허리를 잡고 뛰어올랐다.

파–––팟!

그들이 있던 자리에서, 검은 사슬이 땅을 뚫고 솟아올랐다.

사슬 끝에 달린 서슬 퍼런 송곳이 허공을 찔렀다.

동시에 빈틈을 노리듯 공중으로 뛰어오른 진화와 남궁진혜를 노리고 다른 사슬이 쏘아졌다.

촤아아아––––!

파팟–!

진화는 마치 독니처럼 저를 향해 날아드는 두 개의 사슬을 끊어 내며 남궁진혜와 함께 뒤로 물러났다.

"새로운 암림혈귀갑이 이전의 것에 뒤지지 않는군요."

"……그래?"

진화의 말에 대답한 것은 남궁진혜가 아니었다.

휙!

놀란 진화와 남궁진혜가 뒤로 고개를 돌렸다.

남궁세가의 꽃마차 위에서 한 사내가 진화를 내려다보고 있었다.

"네가 이전의 암림혈귀갑을 본 적이 있구나."

사내가 진화를 향해 탐욕스러운 눈빛을 번들거렸다.

사내의 등에는 수백 마리의 뱀이 똬리를 튼 듯 검은 사슬이 사방으로 꿈틀거리고 있었다.

이전에도 보았던 광경.

그리고 이전에도 보았던 붉은 기운.

기다렸던 적의 등장에 진화의 입꼬리가 저절로 스르륵 올라갔다.

"과연 보기만 했을까?"

진화가 도포를 벗고 사내에게 등을 보였다.

"……!"

진화의 등에 검게 웅크린 무언가가 매달려 있었는데, 사내는 그것을 한눈에 알아보았다.

"소리마제의 것이 여기 있다. 와서 가져가 보아라."

진화가 자신만만한 얼굴로 사내를 도발하자마자, 사내의 등 뒤에 있던 검은 사슬이 일제히 진화를 향해 쏘아져 나왔다.

동시에 진화가 마차를 향해 뛰어올랐다.

광대가 불거질 정도로 마른 몸에 기괴한 짐승처럼 붙어 있는 검은 암림혈귀갑.

짙은 혈향과 함께 불길할 정도로 지독한 사기.

하지만 사내는 소리마제가 아니었다.

아니, 사내가 또 다른 마제라도 상관없었다.

'착각하지 마라. 네놈들은 역천마제가 아니야!'

진화의 눈에서 새파란 번개가 번쩍였다.

눈부신 푸른빛은 진화의 검을 타고 사내를 향해 뻗어 나갔다.

쉐에에에엑─────!

퍼───엉!

진화의 도발에 놀란 사람은 사내만이 아니었다.

"저 진짜 미친놈들!"

남궁진혜에게 암림혈귀갑을 마차에 몰래 실어 놓겠다는 것만 들었지, 설마 진화가 그것을 직접 몸에 지니고 있을 줄은 몰랐던 팽치였다.

파지지지직────!

펑! 펑! 퍼───엉!

허공에서 푸른 번개가 번쩍이더니, 남궁세가가 자랑하던

꽃마차에 불이 붙었다.

팽치가 아연실색한 얼굴로 그 광경을 보았다.

조용한 협곡.

하늘에서 대붕이 내려왔다.

아니, 대붕이 아닌 사람이었다.

하얀 피풍의를 머리부터 둘러쓴 인영이 깊은 협곡의 안으로, 안으로 들어갔다.

빛 한 점 들지 않는 곳을 천천히 걸어 들어간 인영은, 마침내 조금 떨어진 곳에서 스스로 은은한 빛을 뿜어내는 단상을 발견했다.

인영이 단상을 향해 걸어갔다.

서두르지도, 느긋하지도 않은 걸음.

신비로운 옥빛 단상에는 한 노인이 죽은 듯이 잠을 자고 있었다.

"광마제 구훤, 이제 일어나야 하지 않겠는가."

인영은 광마제 구훤을 친근하게 부르며, 그의 머리를 향해 천천히 손을 뻗었다.

떨칠 진振 꽃 화花 : 역사를 바꾸려는 자들

퍼———엉!

화르르르륵–!

순식간에 커진 불길에 얼굴이 뜨끈했다.

남궁세가가 자랑하던 화려한 꽃마차는 마침내 두 동강이 나서 시원하게 불타올랐다.

채—앵!

챙챙챙———!

불길 너머로 검은 사슬 속에서 검을 부딪히고 있는 진화의 신형이 보였다.

적호단주는 선택을 해야 했다.

'저 새로운 적을 진화 혼자 죽일 수 있느냐. 누가 도와줘야

한다면 남궁진혜와 저, 둘 중 누가 나을 것인가. 아니, 진화가 저자를 죽이는 데에 누가 가장 도움이 될 것인가.'

남궁진혜와 적호단주, 둘 다 단단한 신체와 힘을 앞세운 근거리 공격을 선호했다.

순식간에 제 수준까지 치고 올라온 남궁진혜의 무재는 놀라운 것이었지만, 아직까지는 적호단주의 무력이 조금 더 나았다. 하지만 그 차이가 적호단의 지휘를 넘겨주고 움직일 정도인가 생각하면, 그것은 아니었다.

'남궁진화의 적은 소리마제의 후인으로 추정되는 자. 그렇다면……!'

짧은 순간이지만 빠른 판단이 필요한 순간.

적호단주는 선택했다.

"부단주, 뒤로 빠져서 잔챙이들 정리해! 남궁구, 남궁교명, 남궁진화를 도와라!"

"충-!"

적호단주의 명에, 남궁진혜가 빠르게 적호단에 합류했다.

남궁진혜가 들어옴으로써 적호단의 공격 범위가 훨씬 넓어지면서, 순식간에 남궁구와 남궁교명이 빠져나간 자리를 메꾸었다.

그리고 남궁구와 남궁교명은 진화에게 쏟아지는 검은 사슬을 향해 움직였다.

챙-! 챙! 챙챙--!

검은 사슬과 검이 부딪히면서 불꽃이 틔었다.

인간의 눈으로는 감히 좇아가기 힘든 속도로 쏟아지는 독침과 같은 사슬.

한계를 넘어서 읽어 내는 날카로운 기감이 진화의 눈에 볼 수 없는 것을 보여 주었다.

거기에 남궁구가 합류하면서, 남궁구의 검이 진화에게 가는 검은 사슬의 반절을 막아 주었다.

쉐에에엑---!

남궁교명의 창궁대연검법 파해일몰(破海溢沒)이 암림혈귀갑을 움직이는 사내를 향했다.

공기가 남궁교명의 기운에 공명하며, 거대한 파도처럼 사내를 밀어내듯 덮쳤다.

우우웅-!

온몸이 밀려나는 듯한 느낌에 사내가 뒤로 뛰어올랐다.

사내, 견자현이 남궁교명을 보며 눈을 빛냈다.

'과연 남궁인가!'

남궁세가의 직계도 뭣도 아닌 후기지수의 검에 뒤로 물러날 줄은 생각도 못 했다.

이제야 그렇게 대단해 보였던 소리마제가 남궁세가에서

죽임을 당했다는 사실이 실감 났다.

하지만 이내 입꼬리를 말아 올렸다.

자신감 넘치는 눈빛도 그대로였다.

'암림혈귀갑을 가지고도 소리마제, 아니 문악이 죽임을 당했던 건, 그가 방심했기 때문이야! 왜 안 그렇겠어? 이렇게 힘이 넘치는데!'

"으하하하하! 재밌군, 재밌어!"

견자현이 터져 나오는 웃음을 참지 못했다.

누군가와 정면에서 싸우는 것이 이토록 즐거워질 줄이야!

손가락을 까닥거리는 정도로도 무림의 고수들과 당당하게 맞설 수 있었다.

아니, 싸우면 싸울수록, 암림혈귀갑의 사슬을 움직이면 움직일수록, 속에서 힘이 끓어올랐다.

"이런 걸 가지고도 졌다니. 소리마제 그 늙은이가 너무 오래 살아서 멍청해진 것이 분명해!"

견자현은 이전보다 더 빠르게 사슬을 움직여 진화와 남궁구, 남궁교명을 공격했다.

챙! 챙! 챙! 챙---!

정의맹이 자랑하는 후기지수들이 사슬 감옥에 갇힌 듯 한 발자국도 움직이지 못했다.

그 모습을 보며 견자현이 다시 한번 웃음을 터뜨렸다.

"가소롭구나, 참으로 가소롭구나! 하하하하하!"

미약에 취한 듯 고양감이 솟아올랐다.

마음만 먹으면 그 대단한 적호단도 가뿐하게 가지고 놀다가 언제라도 죽일 수 있을 것같이 자신감이 넘치는데, 어떻게 도취되지 않을 수 있겠는가!

"정신을 잃어버릴 정도로 매혹적인 힘이야. 하지만 나는 소리마제와 다르다! 나는 암살자로서 암림혈귀갑의 힘을 완전히 이끌어낼 수 있다고─!"

견자현의 두 눈이 붉게 빛났다.

번뜩이는 살기가 진화와 남궁구, 남궁교명을 향했다.

휘이이익───!

견자현이 빠르게 움직이기 시작했다.

쉐에에엑───!

진화가 검기를 날려 보았지만, 견자현은 온몸을 던지듯 회전하며 가뿐하게 그것을 피했다. 그리고 그 자신이 표창이 된 듯 진화와 남궁구, 남궁교명 사이를 파고들었다.

획! 획! 획!

쉐에에에에엑──!

"피해─!"

진화와 남궁구, 남궁교명이 몸을 날려 흩어졌다.

곧게 날아가는 검은 사슬이 있는가 하면, 손으로 던진 듯 호선을 그리며 내리꽂히는 것도 있었다.

견자현은 수십 가닥의 검은 사슬 하나, 하나를 자신의 손처럼 자유롭게 움직였다.

팟팟팟팟———!

진화와 남궁구, 남궁교명이 있던 자리에 사슬이 박히면서 땅이 깨지고 흙먼지가 튀었다.

뿌연 먼지를 뚫고 어느새 새로운 사슬이 진화와 남궁구, 남궁교명을 쫓았다.

획—! 획!

파—앗!

"큿!"

남궁교명이 제 코앞에 날아든 사슬을 간신히 막으며 뒤로 밀려났다.

쿠—웅.

남궁교명이 뒷발을 지탱하고 있던 땅이 힘을 견디지 못하고 꺼지면서, 남궁교명의 무릎이 휘청거렸다.

끼이이익——!

검은 사슬 끝의 송곳이 남궁교명의 코앞까지 닿을 듯 아슬아슬했다.

스르륵.

숨겨 둔 꼬리를 살랑거리는 듯, 견자현의 등에 있던 암림혈귀갑에서 사슬 하나가 더 내려왔다.

"흐흐흐!"

견자현의 눈이 남궁교명을 향해 번들거렸다.

쉐에에엑————!

남궁교명의 목을 향해 검은 사슬 하나가 비수처럼 날아갔다.

"교명아, 피해–!"

남궁구가 급하게 검기를 날렸다.

남궁교명이 몸을 던지듯 자리를 피하고, 남궁구의 검기가 비수처럼 날아가던 사슬의 송곳을 때리며 방향을 틀었다.

동시에 진화의 검이 견자현을 때렸다.

카————앙!

귀를 찢을 듯한 날카로운 금속성이 울리고.

"허!"

남궁교명이 황당하다는 듯 숨을 뱉었다.

이제까지 그들을 괴롭히던 검은 사슬들이 주인에게 돌아가, 마치 거북의 등껍질처럼 뭉쳐서 진화의 검기를 막아 낸 것이다.

파지직————!

남은 미련처럼 진화의 뇌전이 한번 번뜩이고는 이내 사라졌다. 그리고 검은 사슬이 풀리면서 견자현이 여유롭게 모습을 드러내었다.

암살자가 가진 최고의 무기는 결국 은밀한 움직임과 빠르고 치명적인 공격이었다. 하지만 은밀한 움직임은 턱없이 가벼웠고, 빠르고 치명적인 공격은 다음 기회를 찾기 힘들었다.

최고의 무기가 곧 최악의 약점이 된 것이다.

귀천성의 귀물인 암림혈귀갑이 암살자인 소리마제에게 주어진 것은 바로 그 때문이었다.

암림혈귀갑은 암살자에게 가벼운 몸을 막아 줄 방패이자 수십 개의 비수가 수백 번의 치명적인 공격 기회를 만들어 내는 천고의 병기였으니까.

그것은 무엇보다 지치지 않는 힘과 내력을 주었다.

"하핫! 아하하하하하——!"

진화의 뇌전까지 막아 낸 암림혈귀갑의 능력을 확인한 견자현이 참을 수 없는 만족감에 파안대소를 터뜨렸다.

그리고 이제는 마음 놓고 작정한 듯 진화를 향해 검은 사슬을 쏘아 보냈다.

쏴아아아아아아——!

수십 가닥의 사슬이 한 번에 날아가는 소리가 마치 거대한 이무기의 울음소리처럼 들렸다.

"도련님—!"

"소공자님!"

남궁구와 남궁교명이 다급하게 진화를 불렀다.

투명하리만치 맑은 눈동자가 앞에 보이는 광경을 그대로

비췄다.

진화는 사내와 검은 사슬에서 눈을 돌리지 않았다.

그리고 이제야 그의 움직임이 익숙해졌다.

'검은 이무기처럼 날아드는 검은 사슬. 두려움을 버리고 본질을 보라.'

끝에 뾰족한 송곳이 달린 한 치가량의 사슬들의 묶음에 불과하다.

암림혈귀갑은 어떤 방식으로 주인에게 힘을 준다.

주인의 힘에 의해 움직이는 것이 아니라 주인에게 힘과 내공을 주는 귀천성의 병기.

사슬 하나하나가 사내의 피와 기운에 연결되어 있었다.

저것은 방패처럼 주인에게 향하는 공격을 막고, 주인의 의지에 따라 사슬 하나하나가 살아 있는 것처럼 따로 움직인다.

'단지 그것뿐이다.'

사내는 암살자일 뿐이었다.

정체를 들킨 암살자는 위협이 되지 못했다.

'저자는 남궁교명의 검에 휘청거릴 정도로 약하고, 암림혈귀갑의 사슬은 저자의 움직임에서 벗어날 수 없다.'

진화가 천천히 검을 들었다. 그리고 처음처럼, 망설임 없이 검은 사슬들을 향해 뛰어들었다.

섬전십삼검뢰 여여일식.

한 호흡이 끝나기 전에, 진화의 검이 춤을 추는 듯 화려하게 움직이며 검은 사슬 속에서 번개를 뿜었다.

단지 움직임만 화려한 것이 아니었다.

남궁세가의 모든 검술은 멋이 아니라 적을 죽이기 위해 만들어진 것이다.

파팟-! 팡-! 팡팡---!

사슬 하나하나가 사내의 기운과 연결되었다면, 사슬의 움직임 또한 사내의 호흡과 함께할 것이니.

진화는 저를 공격하는 사슬은 검면으로 막아 내고, 처음 자신의 검과 부딪히고 물러선 사슬들의 머리를 치듯 송곳을 끊어 냈다.

사내가 진화를 비웃듯 사슬들을 걷어 냈다. 그리고 빠르게 온전한 사슬을 움직여 진화의 급소를 노렸다.

사슬들이 약을 올리듯 진화의 번뜩이는 뇌전을 피했다.

피하지 못하는 것들은 송곳이 없는 사슬로 하여금 막아 냈다.

퍼—엉!

파지지지직---!

진화의 뇌전에 사슬들이 출렁거렸다.

하지만 진화는 사슬의 송곳을 잘라 내기를 멈추지 않았고,

지류를 거스르는 듯 사내의 움직임을 쫓았다.

"두려움을 모르는 건가? 강아지 새끼가 범 무서운 것을 모르는구나!"

사내가 붉은 눈을 번들거리며 사슬을 움직였다.

집요하게 진화의 다리를 노렸다.

좌라라라락———!

사슬 하나가 진화의 다리를 감았다.

그리고 그때다 싶었던 사내가 사슬을 잡아당겨 진화의 중심을 무너뜨리고, 다른 사슬의 송곳으로 진화의 심장을 꿰뚫을 듯 날아갔다.

채———앵!

중심이 무너지는 건 상관도 없다는 듯, 진화의 검이 저를 노리던 송곳을 날려 버렸다.

"무슨!"

놀란 사내가 뭐라 말을 하기도 전에, 진화의 검이 다리를 잡은 사슬을 끊어 내었다.

사내가 곧바로 사슬을 날렸지만.

채—앵!

그것마저도 진화의 검에 날아갔다.

진화의 눈에서 새파란 번개가 번뜩였다.

"암살자에게 수십, 수백 개의 비수가 쥐어진들, 암살자일 뿐이지. 쥐새끼처럼 빈틈을 노리는 습관은 버리지 못하는

법. 네 움직임은 이미 전부 읽혔다."

사슬 하나하나 자유롭게 움직일 수 있었지만, 결국 사내가 늘 움직이던 대로였다.

어떻게 움직일지 예측이 되는 건 아무리 빨라도 소용이 없었다. 게다가 벌써 수십 개의 사슬에서 송곳이 부러졌고, 송곳이 없는 사슬은 진화를 붙잡아 봤자 진화를 죽일 수 없었다.

사내의 손에서 수많은 기회가 사라진 것이다.

"너, 설마……!"

사내의 눈이 찢어질 듯 커지며 진화를 향했다.

진화는 무심한 눈으로 사내를 보았다.

"믿고 있던 것이 단지 그것뿐이라면, 넌 끝이다!"

파지지직─────!

진화의 온몸에서 뇌전이 뿜어져 나오기 나왔다.

쉐에에에에엑────!

놀란 사내가 거북이처럼 웅크리려 사슬들을 회수했지만, 진화의 뇌전이 그것보다 빨랐다.

천뢰제왕검법 무수전뢰─!

파지지지지직───!

퍼퍼퍼퍼펑──!

하늘에서 번개로 만든 강이 흐른다면 꼭 이러할까.

새파란 뇌전이 끊임없이 번뜩이며 허공에서 흐르는 듯 출렁거렸다.

암림혈귀갑의 사슬들이 불타는 것이었다.

"미친!"

어디선가 탄성이 터졌다.

창천화룡(蒼天花龍) 남궁진화.

진화의 별호에 뇌전(雷電)은 없었다.

새파랗게 빛나는 섬광은 지금도 사람들의 혼을 빼놓을 듯 환상적이었다. 하지만 그럼에도 불구하고 별호에 그것이 빠진 것은, 진화를 대표하는 것이 단지 뇌전이 아니기 때문이다.

어린 나이라곤 생각할 수 없을 정도로 냉철하고 정확하게 상대를 분석하고, 수백 번 전투를 치러 본 사람처럼 적 앞에 망설임이 없었다.

시간을 거슬러 두 번째 생을 살고 있기 때문이 아니었다.

진화는 이전 생에서도 지금보다 열악한 환경에서 스스로 경지를 넘어선 무인이었다.

본질을 분석하고 이해하는 능력.

그것은 진화가 무인으로서 본래 가지고 있던 재능이었다.

적호단주 팽치가 남궁진혜를 곁에 두고도 진화에게 천재라는 찬사를 늘어놓게 만든, 세월과 경험을 뛰어넘는 압도적인 무위는 이제 더 이상 숨길 것이 없다는 듯 거대한 파도처럼 사내를 덮쳤다.

파파파파파팟---!

"아아아아악---!"

뇌전이 검은 사슬을 움직이는 피를 따라 출렁이는 동안, 진화의 검이 사내의 심장을 꿰뚫었다.

고통에 찬 비명이 허공에 울렸다.

"소리마제보다 암살자답게 움직였지만, 소리마제보다 약하군."

파-앗!

진화가 검을 뽑아내자, 사내의 심장에서 폭포 같은 피가 터져 나왔다.

"너…… 쿨럭!"

사내의 몸이 허물어지며, 희망을 놓지 못하던 눈이 천천히 빛을 잃어 갔다.

"겨, 견……자…….."

사내가 뭔가 말을 하려 필사적으로 입을 열었다.

하지만 그때.

꽈득.

사내의 유언은 들을 생각도 없다는 듯, 진화가 그의 등에서 암림혈귀갑을 뜯어 냈다.

"커……헉."

마지막 숨을 토하고, 사내의 숨이 끊어졌다.

한동안 소리마제의 자리에 자신이 오를 것을 꿈꾸었던 견자현은, 그렇게 이름 없는 암살자로 죽임을 당했다.

깊은 협곡 안에 있는 공동.

빛 한 점 들지 않는 곳에서 유일하게, 백미백염을 늘어뜨린 정순한 노인의 몸이 은은하게 빛나고 있었다.

움찔.

검게 죽어 버린 단상.

잠들어 있던 노인의 눈꺼풀이 꿈틀거렸다.

"허허, 거참, 깊게도 자는군. 혼현이 자네 제물을 없애려 한다는데, 천 년 만에 얻은 기회 어쩌고 하던 그것을 그냥 잃어버릴 셈인가?"

노신선같이 정순한 풍모의 노인은 살가운 말투로 누워 있는 노인에게 말을 걸었다. 마치 약을 올리는 듯한 말투가 가까운 형제를 대하는 듯했다.

"눈을 뜨게. 천기가 변하기 시작했네. 이제 더 이상 대업을 미룰 수 없네."

번뜩.

신선과 같은 노인의 눈에서 빛이 쏟아졌다.

동시에 온몸에서 거대한 기운이 뿜어져 나왔다.

파아아아아————!

단상의 노인에게로 거대한 기운이 쏟아졌다.

그리고 누워 있던 노인의 눈꺼풀이 끊임없이 움직였다.

"광마제 구휜——!"

노인의 부름에 잠들어 있던 노인의 눈이 번쩍 뜨였다.

광마제가 눈을 뜬 것과 동시에, 겨우 버티고 있던 단상이 재가 되어 흩어졌다.

뿌연 먼지 속에서 붉은 눈이 희번덕거렸다.

"……내 제물을 어떻게 한다고?"

거친 쇳소리로 묻는 말에, 노인이 씨익 웃어 보였다.

"혼현이 오면 물어보겠나? 이제 새 하늘을 열어야 할 때야—!"

협곡을 뚫고 저 하늘 뒤로.

다시 한번 거대한 기운이 쏘아져 나갔다.

그리고 잠시 뒤.

협곡 안으로 몇몇 인영들이 뛰어내렸다.

"주군!"

감격에 찬 목소리가 협곡 가득 울렸다.

파—팟!

사내의 등에서 가차 없이 암림혈귀갑을 뜯어내며 진화의

얼굴에도 피가 튀었다.

잘 빚은 인형 같은 희고 고운 얼굴에 새빨간 핏방울이 대조되어, 시체를 바라보는 무심한 눈빛이 섬뜩하리만치 냉정하게 느껴졌다.

까드드득.

진화의 손에 잡힌 암림혈귀갑이 이상한 소리를 내며 꿈틀거렸다. 자세히 보니 작은 등껍질 같은 것의 아래로, 사내의 등을 파고들어 있던 가시들이 꿈틀거리면서 내는 소리였다.

그것들은 마치 지네의 발처럼 보이기도 했다.

'마치 살아 있는 것 같군.'

까드드득.

수십, 수백 개의 발들이 마지막 발악을 하듯, 발끝에 맺혀 있던 핏방울 하나까지 남김없이 빨아 마셨다. 그리고 새로운 등을 찾는 듯 한참 꿈틀거리다가, 이내 잠들듯 수그러졌다.

'지네가 아니라 거머리 같은 거였나.'

제 등에 이런 것을 박고 피까지 내주면서 명성을 얻고 싶었을까. 그제야 진화가 죽은 사내에게 눈길을 주었다.

진화는 분명 사내가 죽어 가며 뱉는 말을 들었다.

다만 관심을 두지 않았을 뿐.

죽어 가면서 얻고 싶은 것이 고작 이름 하나라니, 진화는 결코 사내를 이해하지 못할 것이었다.

남궁구가 진화의 곁으로 왔다.

"두 개가 있다는 건, 더 있을 수도 있다는 걸까?"

태연하게 말을 거는 남궁구의 물음에, 진화 또한 태연하게 답했다.

"아니, 그렇게 흔한 거라면 다른 놈들도 벌써 이걸 가지고 나타났겠지."

"귀천성의 귀물이자 소리마제의 독문 병기라 하였다. 이 자도 소리마제의 것을 회수하러 왔다고 했었고."

두 사람의 대화에 남궁교명까지 끼어들면서, 상황은 평소와 다름없이 흘러가는 듯했다.

퍽! 퍽!

"그건 제 몫입니다!"

퍼-억!

"지랄!"

"어허! 이들 또한 죽더라도 제 손에 죽는 것을 바랄 겁니다. 저는 이들 하나하나의 명복을 빌어 주고 있단 말입니다!"

"흥, 염병하고 있네!"

"염불입니다, 염불!"

적호단의 활약 속에서 살아 있는 적은 별로 남지 않았다.

그나마도 현오와 남궁진혜가 경쟁적으로 머리를 터뜨리거나 머리를 부숴서 죽이고 있었다.

누구 손에 걸리든 끔찍한 죽음을 맞이한다는 건 매한가지였으니. 지친 몸으로 죽임을 기다리는 암살자들이 안타까울 정도였다.

버려진 암살자들에게 어금니에 숨기는 독약 같은 것이 있을 리 없었기 때문이다.

"세 명 남겨서 챙겨! 데려갈 거니까!"

"아앗! 진작 말하시죠! 두 명 남았는데요!"

"뭐? 이, 지랄 염불 같은 새끼들! 그거라도 챙겨!"

적호단주 팽치가 그의 애물단지들을 향해 버럭 소리를 질렀다. 골치가 아프다는 듯 이마를 짚는 모습에, 적호단원들이 눈치껏 현장을 정리해 나갔다.

그사이, 적호단주 팽치의 시선이 그의 또 다른 애물단지를 향했다.

진화의 외모와 무력은 여전히 적호단이 전투 중에 넋을 잃을 정도로 경외감을 살 만한 것이었다. 하지만 이전과 달리 남궁세가 직계들의 방어막도, 적호단주의 입단속도 필요 없었다.

남궁세가의 양자에서 귀하디귀한 제국의 황자가 되자마자, 모두를 이해시킬 설득력이 생겨 버린 것이다.

'사람이란 게 참 간사하지. 저 애물단지는 이전과 그대로인데.'

적호단주 팽치가 씁쓸한 미소를 머금었다.

진화는 여전히 사람 같지 않은 외모에 경악스러운 무위를 가지고도, 남궁진혜의 부탁이라면 웃으면서 괴상한 꽃마차를 타는 것도 마다하지 않았다. 거기에 귀천성 인간들을 죽이기 위해서라면 멀쩡한 얼굴로 수단과 방법을 가리지 않는 것까지. 변한 것은 오직 진화의 출신을 바라보는 사람들이었다.

'곱게 미친 새끼.'

정작 적호단주 팽치 또한 입 밖으로 욕을 내뱉지 않고 돌아섰다.

휘이이이잉———!

천 길 낭떠러지.

협곡 사이를 부는 바람 소리가 칼날처럼 날카로웠다.

그 아래로는 바닥이 보이지 않는 깜깜한 어둠뿐이었다.

마치 온몸이 칼에 베이고 부서지는 듯한 고통과 끝이 보이지 않는 억겁의 어둠을 선사한다는 천간지옥처럼.

하지만 협곡까지 날아든 이들은 천간지옥에 떨어지기를 겁내는 자들이 아니었다.

누군가는 그들이 세상을 지옥으로 만들었다고 했고, 누군가는 그들이 지옥을 부수기 위해 일어섰다고 했으니.

그들은 스스로를 향해 본래의 하늘로 돌아가려는 귀천자 (歸天子)라 말했다.

획—! 획!

협곡에 도착한 그들은 망설임 없이 아래로 몸을 던졌다.

그들의 하늘이 마침내 그들을 불렀기 때문이다.

탓! 탓탓!

누군가는 협곡 양쪽의 절벽을 오가며 계단을 밟듯 내려갔다.

파팟! 휘이이익-!

누군가는 하얗게 빛나는 줄을 절벽에 박아 넣고 유유히 내려갔다.

그리고 누군가는.

파파파파팟----!

매서운 바람을 그대로 맞으며 곧장 아래로 내려갔다.

"주군!"

감격에 찬 목소리가 협곡 아래에서 울렸다.

협곡 아래는 깜깜한 어둠뿐이었다. 하지만 노인은 협곡 아래를 내려온 인영들 하나하나에 자연스럽게 시선을 두었다.

"허허허, 많이들 바뀌었구나."

"주군, 곧 돌아오실 거라 믿었습니다."

감격스러운 목소리에, 노인의 눈이 장난스럽게 커졌다.

"호오! 목소리까지?"

탁.

노인의 손이 움직이자, 주변의 돌에 불이 붙었다.

화르르르———!

붉은빛이 은은하게 퍼져 나가며, 노인의 앞에 선 인영들의 모습을 밝혔다.

"혼현, 아직도 그 모습이구나."

"송구합니다."

노인의 말에 혼현마제의 얼굴이 불빛보다 붉게 변했다.

혼현마제의 뒤에 있는 수오는 감히 고개를 들지 못했다.

노인의 시선이 옆으로 옮겨 가자, 붉은 머리를 산발한 것과 달리 검은 도포를 단정하게 여민 권마제 태금호가 고개를 숙였다.

"많이 올라섰구나."

노인의 말에 고개 숙인 아래로 태금호의 눈이 커졌다. 설마 한눈에 자신의 상태를 꿰뚫어 볼 줄은 몰랐던 듯했다.

"광마제는 본좌를 고생시키다가 이제 겨우 눈을 떴고."

"흐음."

노인이 빙그레 웃으며 광마제를 보자, 그가 헛기침을 하며 시선을 피했다.

검고 메마른 살갗에 여전히 광대가 불툭 튀어나올 정도로 마르고 볼품없는 모습.

아직 병석을 완전히 털어 내지 못한 기색이 역력했으나, 높디높은 자존심에 '고맙다.'는 말은 끝내 나오지 않았다.

확실히 다른 마제들과는 확연히 다른 관계.

광마제는 노인에게 은혜를 입고도 숙일 줄 몰랐고, 노인은 그런 광마제를 당연한 듯 받아들였다.

　　질투와 분노, 호기심이 섞인 시선들이 광마제에게 모여들었다. 특히 권마제 태금호의 눈빛이 광마제를 향해 이채를 발했다. 그리고 남은 한 사람은 처음부터 끝까지, 오로지 시선을 노인에게 두고 있었다.

　　"너는 여전하구나."

　　"……."

　　머리털 하나 흐트러짐 없는 모습으로, 사내가 노인을 향해 고개를 숙였다. 흐뭇한 미소를 지은 노인이 사내에서, 다시 권마제와 광마제, 혼현마제를 둘러보았다.

　　"여전한 것도 있고, 변한 것도 있구나. 특히……."

　　노인의 시선이 빈자리를 향했다.

　　그러자 혼현마제가 자연스럽게 앞으로 나왔다.

　　"환마제와 소리마제가 죽었습니다."

　　"이런."

　　"환마제의 최종 제물은 제가 확보했으나, 소리마제는…… 암림혈귀갑이 정의맹의 손에 넘어갔습니다."

　　"허어. 그토록 귀물에 의존하지 말라 일렀거늘."

　　노인이 안타깝다는 듯 탄성을 내었다.

　　그때, 광마제가 끼어들었다.

　　"놈도 늙은 게지."

모두의 시선이 광마제를 향했다.

"육신이 늙어 가니, 귀물에 의존하게 된 거라는 말이다. 시간을 거스를 수 있는 것은 아무것도 없으니까."

"……."

광마제의 말을 누구도 반박하지 못했다.

어둠 속에서 광마제의 눈이 희번덕거렸다.

"하루라도 빨리 제물을 찾아와야 한다. 우리의 천주도 늙어 가는 건 마찬가지일 테니까."

"광마제!"

광마제의 무례한 말에, 혼현마제가 날카로운 목소리로 그를 제지하려 했다. 그러나 광마제의 눈이 그를 향하자, 차마 다음 말을 잇지 못했다.

'왜지? 저 괴물이 왜 날 저런 눈으로 보는 거지?'

혼현마제가 광마제의 속을 읽으려는 듯 그의 눈을 마주하다가, 결국 먼저 고개를 돌리고 말았다.

'대체 뭘 알아낸 거지?'

찔리는 구석이야 많았다. 하지만 지금까지 죽은 듯 누워 있다 이제 겨우 깬 광마제가 그것을 알아낼 리 없었다.

혼현마제는 시치미를 떼고 광마제의 시선을 무시했다.

그러나 번들거리는 살기가 여전히 저를 향하고 있는 느낌에 숨통이 조여 오는 듯했다.

혼현마제는 잠시나마 광마제에게 두려움을 느낀 것이 몹

시 모욕적이었다.

'빌어먹을 늙은이. 힘도 없는 주제에⋯⋯!'

혼현마제가 속으로 이를 갈면서, 겉으로는 아무렇지 않게 다음 말을 이어 갔다.

"독마제는 황도에 일이 있어 갑자기 자리를 비울 수 없을 겁니다. 복귀를 명할 수도 있지만, 제가 알리지 않았습니다."

"허허허, 군사의 판단이 그러하다면, 그만큼 중요한 일이었겠지."

노인이 고개 숙인 혼현마제를 향해 괜찮다는 듯 웃어 보였다. 하지만 정작 혼현마제는 노인의 웃음소리에 간담이 서늘해졌다.

그의 귀에는 '반드시 대의에 맞는 판단이었어야 한다.'는 것으로 들렸기 때문이다. 실제로 이렇게 자비로운 노인처럼 웃고 있는 그의 주군은 언제라도 웃으며 자신들의 목을 날리고도 남을 만큼 냉철한 사람이었다.

"지난 대업에 제국이 끼어들어 방해가 되었습니다. 그들의 힘을 과소평가한 제 불찰이었습니다. 하여, 이번에는 아예 그들의 힘을 약화시킬 방도를 찾고 있습니다."

"그런가?"

"독마제와 함께 조정 곳곳에 우리 쪽 사람을 심어 두었으니, 제국이라 할지라도 이전과 같이 움직일 수 없을 것입니다."

혼현마제가 굳은 얼굴로 단언했다.

그가 얼마나 심기일전하여 준비했는지 표정과 말투에서 그 자신감이 전해졌다.

"허허허, 얼마나 단단히 준비를 했으면 우리 군사가 이렇게 단언을 할까. 그간 제 몸을 추스르기도 바쁜 시간 동안 많은 것을 준비한 모양이야."

노인의 손이 혼현마제를 향했다.

무형의 기운이 혼현마제의 어깨를 토닥여 주는 듯한 느낌에, 혼현마제가 놀라움을 감추지 못했다.

표정에서 드러나는 경악스러움에 광마제를 제외한 이들이 의아한 눈으로 그를 보았다.

그때.

"수고했어. 참으로 수고했어. 그러나…… 틀렸다!"

"쿳!"

노인의 자애로운 말투가 순식간에 얼음장처럼 식어 버리고, 동시에 혼현마제가 몸을 휘청거렸다.

어깨를 부술 듯이 옥죄는 느낌에 혼현마제가 저도 모르게 신음을 내었다.

"읏! 다, 당분간 은밀하게 우리의 세를 회복하고, 놈들의 내부를 약화시키는 것이…… 크읏."

"아—니야."

결국 혼현마제가 바닥에 무릎을 꿇었다.

노인이 천천히 혼현마제의 앞으로 다가갔다.

혼현마제의 온몸에서 식은땀이 비 오듯 쏟아졌다.

도무지 저항할 수 없는 거대한 기운에 갇혀 옴짝달싹도 하지 못하게 된 혼현마제는, 결국 저항을 포기하고 무력감을 향해 고개를 숙였다. 얼굴이 달아오를 정도로 수치스러웠지만, 동시에 경외심이 솟아올랐다.

혼현마제의 눈빛이 변하는 것을 모두 지켜본 노인이, 이번에는 진짜로 혼현마제의 어깨에 손을 올렸다.

"내 약점을 가리고 상대를 방해하는 건, 패자의 방식이다. 내 군사가 취할 방식이 아니다."

노인의 손에 이끌려 혼현마제가 고개를 들었다.

자애롭게 들리는 목소리와 달리, 어둠 속에서조차 검게 빛나고 있는 눈.

검은 불이 이글이글 타는 듯한 눈을 마주하고 있자니, 자신을 집어삼키고 순식간에 세상을 집어삼킬 듯 거대하게 변해 가는 착각마저 들었다.

"본좌가 깨어났으니, 성도 깨어나야지. 다시 하늘을 움직일 것이다! 모든 귀천성도들에게 본좌가 돌아왔음을 알려라! 천하에 귀천성이 돌아왔음을 알려라!"

"연천개로(聯天開路) 현천도래(玄天到來)-!"

노인의 선언에 모든 마제들이 부복하며 외쳤다.

천하를 요동치게 할 물결이 깊은 협곡에서 시작되었으니.

노인의 눈이 다시 혼현마제를 향했다.

"나의 군사여, 귀천성의 군사로서 다시 답하라! 어디로 본좌를 안내할 것인가!"

노인의 물음에 다시 혼현마제가 큰 소리로 답했다.

신중하던 눈빛은 경외와 광기로 가득했다.

"제국을 가지소서! 천하를 가지소서!"

혼현마제의 외침에, 그제야 노인이 시원하게 이를 드러내며 웃었다.

"그래, 그것이다! 그것이 나 역천제의 방식이다!"

힘을 가진 자가 위에 선다.

그것이 바로 인간이 하늘을 머리 위에 둔 이유이자, 역천제가 천하의 위에 군림해야 하는 이유였다.

"가자—! 새로운 성으로."

정사 연합과 관군의 반격에 무너진 귀천성. 하지만 수십 년 전에 무너진 돌덩어리는 큰 의미가 없었다.

혼현마제는 역천제를 이전 성보다 화려한 궁궐로 안내했다. 반란군의 거점, 역적의 제국.

신(新).

신 제국의 궁 문이 열렸다.

정의맹.

정의맹 본부 군사부로 끊임없이 전서구가 날아들고, 다급한 표정의 사람들이 들이닥쳤다.

"남해검문의 전서입니다. 혈로문 놈들이 다시 공격을 시작해 왔답니다!"

"박가장의 전서도 동일합니다!"

"진가현에서 전투가 벌어졌습니다. 놈들이 대대적인 공격을 해 와 속현까지 후퇴했다고 합니다."

"한중권문의 전서입니다. 신 제국 황성의 분위기가 이상하다고 합니다."

정신없이 날아드는 급보.

하나같이 전쟁의 시작을 알리는 터라, 천하의 제갈가주라 할지도 당장 중심을 잡기 힘들 정도였다.

그때, 남궁진휘가 창백하게 질린 얼굴로 들어왔다.

"장안에 있는 현무단주의 급보입니다. 귀천문 놈들의 깃발이, 귀천성의 것으로 바뀌었다고 합니다."

"그런……!"

남궁진휘의 말에 제갈가주마저 경악을 금치 못했다.

귀천성주의 깃발이 걸렸다는 건, 역천제가 돌아왔다는 의미였기 때문이다.

소란스럽던 군사부 내부로 정적이 흘렀다.

먹물 떨어지는 소리가 들릴 정도로 조용한 가운데, 가장 먼저 제갈가주가 한숨을 내쉬며 정적을 깨었다.

"이미 역천마제가 깨어난 정황이 전해졌을 때부터, 예견되었던 일일세. 군사들은 듣게! 상황부터 정리하지. 전투가 개시된 문파의 위치와 상황을 정리하게. 또한 현재 정의맹 무단이 어디에 있는지 다시 파악하고. 긴급 총연합회의를 열 테니 각 문파에 사람을 보내게."

"예!"

제갈가주는 혼란스러운 상황을 피하기 위해 군사들의 임무를 단순화해서 명했다.

제갈가주가 중심을 잡자 순식간에 질서가 잡혔다.

그리고 제갈가주의 명에 모두가 일사불란하게 움직이기 시작했다.

"총군사님, 적호단이 방금 복귀했습니다!"

"그래?"

한 군사의 말에 제갈가주가 반색했다.

지금의 상황에, 정의맹 본주를 지키는 적호단의 복귀는 무엇보다 반가운 일이었다.

군사부 안으로 적호단주가 들어섰다.

그리고.

"진화야!"

적호단주의 뒤로 진화가 나타나자, 남궁진휘가 반색했다.

"형님!"

진화가 남궁진휘를 향해 활짝 웃었다. 그리고 선물을 내려

놓듯 보자기를 풀고 안에 있던 것을 꺼내 놓았다.

쿵.

쿵.

"……진화야?"

"암림혈귀갑입니다. 하나는 소리마제의 것이고, 하나는 이번에 습격을 해 온 자의 것입니다."

피 얼룩이 가득한 암림혈귀갑이 군사들의 책상에 있는 귀중한 문서에 얼룩을 남겼지만, 누구도 그것을 불평하지 못했다.

귀천성이 부활을 알려 온 마당에 귀천성의 귀물이, 그것도 두 개나 보자기에 싸여 나타날 줄은 그 누구도 상상하지 못한 일이었다.

"……수고했네."

제갈가주가 겨우 평정심을 유지한 가운데, 남궁진휘가 복잡한 심경을 담은 눈빛으로 진화를 보았다.

새나 쥐, 무리를 이룬 원숭이부터 홀로 사는 범까지.

땅을 가진 어미의 밑에 난 새끼가 튼튼하게 자라고, 또 어미의 서열과 영역을 물려받아 순탄하게 살아간다.

한낱 짐승이 이러할진대 사람은 어떻겠는가.

사람은 부모에게 신체뿐 아니라, 부모의 신분과 부, 부모가 이룩한 사회를 물려받는다.

짐승은 싸워 쟁취할 수라도 있지만, 사람은 훨씬 복잡한 사회적 장치로 경쟁자를 배제해 놓았다.

눈앞의 황금 장식이 번쩍거리는 거대한 대궐 문.

누군가는 산속에서 허리도 펴지 못하고 나무를 해다 바쳤을 것이고. 누군가는 아비의 재주를 이어받아 번쩍이는 장식을 만졌을 것이다.

날 때부터 힘이 세고 몸이 재빠른 이는 창을 들고 궁문을 지키고 섰고. 날 때부터 좋은 부모를 가진 이는 이 대궐 문 안에서 편히 자고 있을 것이다.

만일 이 대궐 문에 '누가 제일 공이 없냐' 묻는다면, 단연코 이 궐 안에 몸을 뉘인 자라.

그저 태어난 것만으로 이 모든 것을 누리는 것이 어찌 하늘의 순리란 말인가!

본래 마땅한 순리대로 되돌릴 것이다.

끝내는 모든 운명을 완전하게 할 것이다.

황금 장식이 번쩍이는 대궐 문을 보는 역천마제의 눈빛이 차갑게 가라앉았다.

광마제는 대궐 문을 싸늘하게 비웃었고, 권마제는 얼굴을 와락 찌푸리며 불편한 기색을 드러냈다.

검마제는 역천마제의 뒤에 조용히 시립했으나 손끝이 검에 닿아 있었다.

"노여워 마십시오. 잠시 잘못된 주인의 손에 있는 것뿐입니다."

혼현마제가 여유롭게 웃으며 앞으로 나섰다.

"누구⋯⋯!"

역천마제의 앞으로 창을 거누려던 병사들의 목이 조용히 몸에서 굴러떨어졌다.

휙−! 휙!

검마제와 권마제가 단숨에 높은 성벽을 뛰어올랐다.

"누구냐!"

"어엇!"

문을 기준으로 왼쪽으로 선 검마제가 검을 뽑았다.

쉐에에엑−−−−!

훤한 대낮의 달빛처럼.

하얗고 희미한 흔적이 성벽 위에 있던 병사들 사이를 지났다. 그리고 순식간에 병사들을 쓰러뜨렸다.

반대편에선.

"저, 적이다!"

퍼−−−억!

호랑이의 발톱처럼 강인한 다섯 손가락이 병사들의 심장을 할퀴고 지나갔다.

붉은 기운이 화르르르− 병사들 사이를 지나고.

바닥에는 호환을 당한 듯 발톱 자국이 선명한 병사들의 시체만 가득했다.

덜컹.

검마제와 권마제가 궐문을 열고, 역천마제가 여유로운 얼굴로 걸음을 옮겼다.

"혼현의 말이 옳아. 모든 것이 올바른 주인에게 간다면 무엇이 문제겠는가. 허허허허!"

궐 안으로 당당하게 걸어 들어가는 역천마제의 등 뒤로, 검은 도포를 장식한 은빛 삼두룡의 머리 하나가 날카로운 눈빛을 번뜩이고 있었다.

"적이다! 침입자다ㅡ!"

"침입자를 막아라!"

궁궐 안의 금군들이 역천마제와 다른 마제들을 둘러쌌다.

족히 수백 넘어 보이는 금군들을 보며, 광마제의 눈빛이 붉게 달아올랐다.

"흐흐흐."

붉은 안광을 번뜩이며 나지막이 웃음을 터뜨린 광마제가 순식간에 신형을 움직였다.

휘이이익ㅡㅡㅡ!

"어어?"

붉은 그림자가 한 금군의 앞에 섰다.

금군의 병사는 자신이 붉은 용과 눈이 마주친 듯한 착각이 들었다.

그리고 그 순간, 눈앞으로 뜨끈한 피가 튀어 올랐다.

파—팟—!

"으악!"

"아아악———!"

짙은 혈향이 느껴지기 무섭게 비명이 울려 퍼졌다.

쉐에에엣——!

파팟—! 팟!

가슴이 뜯기고 사지가 떨어져 나가는데, 피가 분수처럼 터지는 것이 아니라 안개처럼 퍼져 나갔다.

금군들 사이를 움직이는 광마제의 신형을 따라 혈무가 피어오르는 모습이, 마치 광폭한 혈룡이 금군들을 집어삼키는 모습 같았으니.

"크하하하하—!"

비명이 난무하고 혈무가 짙어질수록 광마제는 점점 더 힘이 솟아나는 듯 웃음을 터뜨렸다.

아니, 실제로 금군들의 피와 생명을 갈취하며 병색이 완연하던 광마제의 얼굴에 혈색이 돌아왔다.

'저, 저것이 역천제께서 광마제를 곁에 두시는 이유인가!'

광마제의 살육을 지켜보는 혼현마제의 눈이 커졌다.

그는 광마제가 무얼 하고 있는 건지 단번에 알아보았다.

광마제는 사람을 죽여 생명력을 취하고 있는 것이다.

그 말은 곧 사람을 죽이는 전장에서 저자가 지치거나 죽을 일은 없다는 의미였다.

'역천대법이 아니었다면 십이좌회에 그렇게 당했을 리 없다고 단언을 하더니. 그른 말은 아니었구나. 그러고 보니…… 역천대법! 그것 또한 저자가 가지고 있었지.'

광마제를 살피는 혼현마제의 눈빛이 날카롭게 변했다.

한편.

밖에서 들리는 살벌한 비명에 신 제국의 조정은 난리가 났다.

"폐, 폐하, 피하십시오!"

"그렇습니다. 폭도들이 지금 대전으로 오고 있다 합니다. 금위장군이 저들을 물리칠 때까지, 잠시 몸을 피해 옥체를 살피소서!"

조정에 들어 있던 대소 신료들은 너 나 할 것 없이 황제에게 몸을 피할 것을 종용했다.

잔뜩 겁에 질린 얼굴들이, 충성심보다는 본인들이 두려워서 도망하고 싶은 마음이 훤히 보였다.

면류관을 쓰고 칼날처럼 날카로운 눈을 한 사내가 그들을 냉정하게 바라보았다.

신 제국의 황제는 신료들이 한심하기 짝이 없었다.

그러나 그것을 겉으로 드러내지 않았다.

여차하면 저자들이야말로 황제의 여벌 목숨이 될 자들이었기 때문이다.

"허어, 폭도들의 기세가 그토록 강맹하다니! 아직 어디에서 보낸 자들인지 알아내지 못했는가!"

"소, 송구하옵니다, 폐하!"

"허어."

하긴, 누가 대전 밖을 나가 봤어야 알아 오지.

신료들 모두 겁에 질려 벌벌 떨고만 있었지, 누구도 대전 밖을 나가지 못했다.

'어쩔 수 없이 황궁을 비워야 하나.'

신 제국 황제의 눈이 자연스럽게 자신이 몸을 피할 동안 희생양이 될 누군가를 찾았다.

그때, 밖에서 금위장군이 급히 뛰어들었다.

"폐, 폐하!"

"오, 금위장군, 밖은 정리가 끝났는가!"

재상이 반색하며 물었다. 하지만 금위장군은 그와 눈을 마주치지 못하고 우물쭈물하였다.

"그, 그것이, 아뢰옵기 황공하오나 폐하, 침입자들이…… 그들입니다!"

눈을 질끈 감고 말하는 금위장군.

그의 모습에 신 제국 황제의 눈썹이 꿈틀거렸다.

"그들이라 함은?"

"귀, 귀천성이라 합니다! 역천마제와 네 명의 마제들이 폐하를 뵙길 청합니다!"

금위장군의 말에, 신 제국 황제가 두 눈을 부릅뜨고 자세를 바로 했다.

"정말로 스스로를 역천마제라 하였는가?"

"그러하옵니다! 신이 소싯적 광마제를 본 적이 있습니다. 혈무를 일으키는 혈룡환신(血龍幻身)! 진짜 광마제가 틀림없었사옵니다."

"흐음……."

금위장군의 확신에 신 제국 황제의 얼굴이 신중해졌다.

"허어. 귀천성이라면 그자들이 아닌가."

"어찌합니까? 무림을 뒤엎은 악마들이 아닙니까!"

조당이 금세 시끄러워졌다.

대소 신료들의 얼굴이 또 다른 두려움을 가득 찼다.

"폐하, 그들은 질서를 어지럽히는 역당들입니다. 그런 위험한 자들을 어찌 조당에 들일 수 있단 말입니까."

"그렇습니다. 감히 궐을 침범하여 금군을 죽인 자들입니다! 만나시면 아니 됩니다!"

두려움 속에서 낸 결론은 결국 회피(回避)였다.

신료들이 하나같이 귀천성의 위험성을 논하며 만나지 말

것을 종용했다.

그런 신료들의 주장을 듣던 신 제국 황제가 결국 표정 관리를 포기하고 얼굴을 사납게 일그러뜨렸다.

타-앙!

"만나지 않겠다면 만나지지 않는 것인가! 그럼 그대들이 나가 짐의 거절을 알려 보라! 누가 가겠는가!"

"……."

신 제국 황제의 역성에 신료들이 머리를 조아렸다.

하지만 누구 하나 입을 열고 나서지 않았다.

그들은 고작 그런 자들이었다.

신 제국 황제가 신료들을 내려다보았다.

너무 한심하고 쓸모없어서 치가 떨릴 지경이었다.

'나를 만나겠다는 건, 원하는 것이 있다는 뜻이 아니겠는가. 귀천성과 거래라…….'

신 제국 황제가 부지런히 머리를 굴렸다.

자세한 사정은 모르나, 귀천성이 정사 무림의 반격이 있기 전까지 무림을 정복할 뻔했던 자들이라는 건 알았다.

'저 허수아비들보다는 뭔가 쓸모가 있겠지.'

"들라 하라!"

"폐, 폐하-!"

"두말 않는다. 더 이상 금군들을 희생시키지 말고, 그들을 들라 하라!"

"명을 받자옵니다, 폐하. 만세, 만세, 만만세!"

금군을 희생시키지 말라는 황제의 자애로운 명에, 금위장군이 감격한 얼굴로 부복했다. 그러나 황제는 손을 휘저어 금위장군이 걸음을 서두르게 했다.

잠시 후.

"귀천성주 역천제 파륜과 그 일당 이, 입시오-!"

역천마제의 입시를 알리던 내관의 목소리가 혼현마제의 엄한 눈빛에 몹시 떨렸다.

신하들 또한 긴장된 얼굴로 몸을 움츠렸다.

오로지 황제만이 긴장된 표정을 숨기고 날카로운 눈빛으로 정면을 오시했다.

천천히, 한 노인을 필두로 그 일행이 들어왔다.

그들의 모습은 천하의 악당, 살인마, 광인이라는 소문과 달랐다.

잿빛 머리는 검은 묵룡잠으로 흐트러짐 없이 고정되어 있고, 깊이를 알 수 없는 순후한 눈매와 오똑한 콧날, 석 자는 족히 넘는 단정한 잿빛 수염은 여느 제후 못지않은 위엄이 서려 있었다.

천하의 역당이나 동시에 천하제일의 무인이라 했던가.

위풍당당한 그 모습에 누구 하나 고개를 들지 못했다.

'뒤에 있는 인물들 또한 하나하나 평범한 인물이 없구나! 이런 자들이기에 거친 무림을 전반으로 찢어 놓은 거겠지.'

황제가 역천마제와 다른 마제들의 모습에 감탄했다.

그리고 조금 누그러진 목소리로 물었다.

"짐을 보겠다 했다고?"

황제다운 기품이 담긴 목소리와 당당한 태도.

겁에 질려 벌벌 떠는 토끼같이 가련한 신료들과 확연히 다른 모습에, 역천마제가 흡족한 미소를 지었다.

역천마제가 고개를 끄덕이자, 혼현마제가 앞으로 나섰다.

"이전부터 관과 무림은 함께 존재하나 전혀 다른 세상이지요. 하나 한 제국이 약속을 어기고 본 성을 공격하였으니. 본 성은 신 제국에 거국적인 협력을 제안하러 왔습니다. 본 성은 남은 무림 절반을, 신 제국은 유일한 제국을. 어떻습니까?"

혼현마제가 황제에게 귀천성의 용건을 알렸다.

요사스럽게 빛나는 눈과 그 입에서 나오는 달콤한 말은 마치 선인을 지옥으로 끌어당기는 악마와 같았으나, 황제는 그의 제안이 마음에 쏙 들었다.

"멀리서 귀인이 왔군."

황제가 역천마제를 긴밀하게 대화를 이어 갈 자리로 안내했다.

황제와 역천마제, 혼현마제가 잠시 시간을 가지고.

신 제국 조정에 혼현마제와 다른 마제들의 자리가 마련되었다.

"역천제에게 신록대부(新鹿大夫)의 위를 내린다. 앞으로 신 제국의 조력자이자 스승으로 짐의 곁에서 함께할 것이다."

"성은이 망극하옵니다. 황제 폐하, 만세, 만세, 만만세."

황제가 역천마제와 다른 마제들의 관직이 발표되는 자리에서 신료들은 그저 고개를 숙였다.

그들은 자신들의 자리가 줄어든 것이 아니라는 데에 만족하는 듯했다.

역천제와 마제들은 신 제국 황성의 황제궁 다음가는 궁 하나를 받았다.

퍼—억!

"큣!"

새로운 거처가 된 궁을 정리하고 나서는 길.

혼현마제는 놀란 눈으로 자신의 기감을 속이고 제 목을 틀어쥔 손을 보았다.

귓가에 잔뜩 성이 난 짐승의 으르렁거림이 들렸다.

"감히 내 제물에 손을 대려 했다고?"

어떻게 알았는지 광마제가 혼현마제를 향해 살기를 번들거렸다.

"윷! 그놈은 너무…… 위험해! 벌써 두 명이 그놈의 손에 당했다고!"

다 죽어 가던 늙은이 주제에 무슨 힘이……!

혼현마제가 필사적으로 광마제의 팔을 붙잡으며 말했다.

"흐흐, 뭘 모르는군. 그래서 그놈이 소중한 거야."

"크……윽!"

광마제가 이를 드러내며 웃었다.

그리고 혼현마제의 목을 더 세게 움켜쥐었다.

"경고다. 다시는 내 것에 손대지 마라."

"컥! 아, 알앗…… 허억!"

광마제는 혼현마제의 대답은 듣지 않고, 그의 눈빛이 수긍하자 그제야 손을 놓았다.

그리고 볼일을 마쳤다는 듯 미련 없이 등을 돌렸다.

"……미친 새끼!"

희희낙락 걸어가는 광마제의 뒷모습을 보며 혼현마제가 목을 쓰다듬으며 욕지거리를 뱉었다.

"그 살모사 같은 새끼한테 물려 봐야 정신을 차리지. 멍청한 놈!"

혼현마제가 저주를 뱉듯 광마제의 등을 향해 살기를 뿜었다.

광마제는 혼현마제의 살기를 느꼈지만 상관치 않았다.

파리가 윙윙대는 건 무시하면 그만이었다.

"흐흐흐, 그놈이 다른 마제 둘을 죽였다고? 벌써 그렇게 컸어?"

광마제는 집 나간 자식이 출세한 소식을 들은 양 대견해했다. 그리고 곧 눈빛이 변했다.

"위험해? 흐흐흐, 그래서 더 소중한 놈이지."

광마제의 눈이 붉게 빛났다.

"놈을 위협하는 건 아무 소용없다. 죽음을 두려워할 놈이 아니야. 눈앞에서 제 살을 가를 때도 날 노려보던 놈이었다. 흐흐, 공포로! 놈이 진짜 무서워하는 것으로, 내가 돌아왔다는 걸 알려야겠구나!"

광마제의 말에, 어느새 그의 뒤에 선 사내가 고개를 숙였다.

"남궁을 죽이고 비록을 가져와라. 무맥의 마룡삭과 마룡아를 주마."

광마제의 말에 검은 가면을 속 사내의 눈빛이 번뜩였다.

사내가 광마제가 던져 주는 무기를 받아 들었다.

살짝 떨리는 손끝이 그가 느끼는 격정을 말해 주는 듯했다.

"존명."

사내가 단숨에 고개를 숙이고 궁을 나갔다.

사내의 손에 쥐인 검은 창끝, 묵빛 삭과 사슬에 달린 송곳이 하얗게 빛을 발했다.

주인의 복수를 할 시간이었다.

삐이이이이————.

매가 긴 울음을 울었다.

약속된 신호를 준 것이었다. 그리고 매는 허공을 한 바퀴 돈 뒤, 그대로 내려갔다. 먹이를 낚아채듯 빠르게 내려와, 발톱으로 팔을 꽈악 잡았다.

"매응인가."

청회색 빛 깃털에 눈빛마저 청명한 매.

남궁세가에서 직계와 장로, 무단주 들만이 이용할 수 있도록 특수하게 키워진 전서응, 매응이었다.

푸른 무복을 입은 사내는 익숙하게 매응의 배에 있는 통에서 전서를 꺼냈다.

그리고 전서를 읽던 사내가 눈썹을 꿈틀거렸다.

'이런 전서를 보낸 자가 누구지?'

일 년에 한 번 변할까 말까 할 정도로 무뚝뚝한 표정이, 시시각각으로 달라지며 고민에 휩싸였다.

삐익!

매응이 먹이를 내놓으라며 울자, 그때서야 사내의 눈이 평정을 찾았다.

매응은 남궁세가에서 길들인 귀물로 남궁세가가 신뢰하지 않는 자는 따르지 않으니.

'누군지는 돌아가서 확인하면 될 일이다.'

사내가 굳은 얼굴로 돌아섰다.

동시다발적으로 시작된 귀천성의 공격.

하지만 정의맹도 손 놓고 당하고 있지만은 않았다.

이제까지 중구난방으로 이권 다툼을 했던 건, 마치 지금까지 적이 없어서였을 뿐이라는 듯.

귀천성의 깃발이 올라갔다는 소식이 있자마자 회의 참석자들의 눈빛부터가 달라졌다.

"가장 급한 건 역시 장안과 남해검문입니다."

"장안에는 현무단이 가 있지만, 종남과 당문에서 지원을 가도록 하고, 혹시 모르니 청성파에서 한중권문으로 가 주셨으면 합니다."

"알겠소."

"진가현은 우리 무당파 검수들이 출발했소."

"감사합니다. 그럼 남은 것은 박가장과 남해검문인데, 박가장은 백호단이 있어서 여유가 있습니다."

"남해검문에는 본 가에서 나서겠소. 이미 창궁무애단에서 출발했습니다."

"오오."

남궁조의 말에 제갈가주가 고개를 끄덕였다.

그리고 주작단주와 눈을 마주쳤다.

"남해검문에 남궁세가가 갔다면, 주작단은 곧바로 화산으로 출발하시게."

"그리하겠습니다."

남궁세가에서 나서지 않았다면 주작단이 갈 예정이었다.

하지만 다른 곳도 아닌 남궁세가의 무단이라면, 주작단주도 마음 놓고 다른 임무에 투입될 수 있었다.

한편, 회의에 참석한 다른 사람들은 설명을 바라는 눈으로 두 사람을 보았다.

귀천성의 공격이 시작된 마당에 정의맹의 주축 무단인 주작단을 다른 곳으로 보낸다니.

선뜻 이해할 수 없는 결정이었으나, 곧바로 반발하지 않은 것은 그만큼 제갈가주와 주작단주를 신뢰하기 때문이었다.

"화산파에서 역천비록을 보내오기로 했습니다."

"오!"

"역천비록의 비밀은 다 풀지 못했지만, 일단 안전한 곳에 모아 놓고 연구를 해 나간다면 곧 실마리가 풀릴 듯합니다. 특히 이번에 남궁세가와 적호단에서 확보한 암림혈귀갑을 파훼하면서, 의선께서도 뭔가 알아내신 듯합니다."

"오, 의선께서!"

"역시 의선이군!"

의선문에서 성과를 내고 있다는 소식에 곳곳에서 감탄이 나왔다.

'칠산가의 비약'이라는 혼현마제의 수작에도 기어이 해약을 만들어 낸 의선이었다.

사람들은 의선이 성과를 내었다는 제갈가주의 말을 한 치도 의심하지 않았다.

"역천비록의 비밀을 풀어낼 절호의 기회라 생각하고 박차를 가할 생각입니다."

제갈가주가 눈을 빛내며 말했다.

"의선과 총군사께서 나선다니, 믿고 있겠소."

"전투는 걱정 마시오. 그동안 우리도 놀고만 있었던 것은 아니니."

"그동안 놈들을 기다리며 준비해 온 정도 무림의 힘을 보여 줍시다!"

회의에 참석한 장문인들과 그 대리인들 저마다 포부를 전하며 기세를 끌어 올렸다.

전쟁은 두렵고, 귀천성과 역천마제가 남긴 공포도 여전했다.

하지만 그럼에도 불구하고 전대 제갈가주를 중심으로 이뤄 냈던 대반격의 승리가 정도 무림에 큰 자신감으로 남아 있었다.

게다가 최근 현무단과 적호단이 월하회와 함께 환마제를

죽이고 남궁세가에서 소리마제를 격살한 것도 정도 무림이 자신감을 갖게 된 이유 중 하나였다.

"작금의 사태를 예측하지 못하고 청룡단이 두 곳에 쪼개져서 움직이고 있습니다. 하여 돌아오고 있는 청룡단의 지원에는 적호단이 나서야 할 듯합니다."

모두가 적극적으로 참여하는 가운데, 회의는 물 흐르듯 순탄하게 진행되었다.

어쩌면 아직 역천마제와 다른 마제들이 본격적으로 등장하지 않은 까닭일 수도 있었지만…….

"어쨌든 지금의 순탄함이 나쁠 것은 없지."

회의를 마치고 나온 제갈가주가 슬쩍 옆을 보며 말했다.

그의 곁에는 당연한 듯 남궁진휘가 다가와 있었다.

"정보가 새어 나가지 않는다면 정말로 순탄한 것이고, 정보가 새어 나간다고 한들…… 집 안에 들어온 쥐 새끼가 아직 남았다는 걸 알게 된 셈이니, 그 또한 나쁠 것은 없지요."

남궁진휘가 웃으며 하는 말에, 제갈가주도 입꼬리를 끌어올렸다.

"역시 자네는 남궁이 아니라 제갈을 타고났어야 했어."

"하하, 안 그래도 요즘 내놓은 자식입니다."

칭찬인지 악담인지 모를 농담을 서로 주고받으며 제갈가주와 남궁진휘가 미소를 지어 보였다.

그러면서 매섭게 빛나는 눈이 회의를 마치고 나가는 장문인들과 그 대리인들을 향했다.

태항산맥은 중원의 남북을 가로지르는 곳으로, 이전부터 동북에서 낙양까지 단숨에 닿을 수 있는 경로로 상인들의 사랑을 받는 길이었다.

하지만 세상이 흉흉해지고 산도적들과 귀천성의 잔당이 태항산맥으로 숨어들면서 이야기가 달라졌다.

산맥을 넘는 상인이나 객을 상대로 장사를 하는 마을은 진즉 불에 타 없어지고, 그나마 남은 마을들도 인심이 좋지 못했다. 거기에 이전처럼 힘든 산행에 쉴 곳은 없고 산도적만 늘자, 그 많던 상인들과 객들도 발길을 끊었다.

이제는 결국 인적 하나 없는 도적들의 소굴이 되어 버린 것이다.

특히 섭현과 호관을 지나는 곳엔 군대를 배치할 정도로 치안이 좋지 못했다.

하지만 청룡단은 역천비록을 정의맹으로 가져가기 위해 반드시 그곳을 지나야만 했다.

푸른 무복에 청룡단을 상징하는 문양을 팔뚝에 새긴 무사들이 긴장된 얼굴로 산길을 지나고 있었다.

"이제 섭현 관문을 지나면 호관까지 완전히 무법지대입니다.”

“그래도 지나가야 할 길이다. 단원들에게 방심하지 말라 주의시키고, 이동 속도를 올리도록 하지.”

“예.”

섭현 관군들이 지키는 성문을 조금 지나자 곧 두 사람이 걸어가기도 벅찰 정도로 좁은 길이 나왔다.

가파른 산 중간에 난 길이라, 발을 잘못 디디면 중간의 계곡까지 쭉 미끄러져 내려갈 듯했다.

문제는 계곡에 있는 돌이 하나같이 부딪히면 베일 듯 날카롭고 거친 것뿐이랄까.

하지만 지금은 모난 돌, 둥근 돌을 가릴 때가 아니었다.

“다들 많이 지쳤을 때입니다. 목 좀 축이고 가지요.”

“흐음.”

청룡단 삼 조 조장 백수용검 당보검의 말에, 잠시 고민을 하던 청룡단주 낙추외검 남궁현인 고개를 끄덕였다.

위험한 곳에서 발을 멈추는 것은 달갑지 않았지만, 당보검의 말처럼 잔뜩 긴장한 상태로 험한 산을 넘어오느라 다들 많이 지친 상태였다.

“다들, 여기서 목 좀 축이고 가자!”

“와아아아─!”

“아, 이제 살았네!”

당보검의 말에 청룡단원들이 언제 조심스럽게 걸음을 옮

겼냐는 듯 아래로 뛰어 내려갔다.

"저, 저!"

미끄러지듯 아래로 내려가는 청룡단원들을 보며, 청룡단주가 미간을 찌푸렸다.

뭐라 한마디 하고 싶지만, 단원들은 이미 다 내려가 버린 후였다.

"하하, 뭐 어쩌겠습니까."

인상을 쓰고 있는 청룡단주에게 당보검이 어쩔 수 없다는 듯 웃어 보인 후, 자신도 얼른 뛰어 내려가 버렸다.

"허!"

청룡단주가 당보검의 뒷모습을 보며 어처구니가 없다는 듯 헛웃음을 지었다.

하지만 험준한 산길을 지나며 이렇게 바로 마실 수 있는 맑은 물이 있다는 게 참 다행이지 않은가.

계곡이 아니었더라면 물 때문에 곤란을 겪었으리라 생각하며, 청룡단주도 계곡을 향해 내려갔다.

"으아! 이제 좀 살겠다!"

"으헤헤, 차가워! 으하하하!"

청룡단주가 계곡에 내려오자, 벌써 몇몇 단원들은 계곡에 몸까지 담그고 있었다.

물놀이를 하면서 즐거워하는 이들을 보며, 청룡단주가 다시 미간을 구겼다.

그때, 청룡단주의 미간에 차디찬 충격이 닿았다.

"웃!"

당보검이 청룡단주에게 계곡물을 튕긴 것이었다.

"인상 좀 푸십시오, 단주님!"

"……죽을래?"

"시, 시정하겠습니다!"

정색하는 청룡단주의 모습에 장난을 걸었던 당보검이 뻣뻣하게 굳었다.

몸을 돌리고 얼굴을 닦던 청룡단주의 입꼬리가 슬쩍 올라가 있었다.

"음?"

얼굴에 튄 물을 닦던 청룡단주가 멈칫했다.

그리고 순식간에 악귀처럼 얼굴을 구겼다.

"독이다! 전부 물에서 나와! 물을 마신 놈들은 해신단을 삼켜라! 어서!"

청룡단주의 외침에 놀란 청룡단원들이 순식간에 물에서 뛰어나왔다.

그때, 물에서 나오던 몇몇이 휘청거렸다.

"어, 어……!"

"만경!"

놀란 청룡단원들이 해신단을 삼키고, 쓰러지는 동료들의 입에도 해신단을 밀어 넣었다.

해신단은 의선문에서 만든 해독제로 독에 당했을 때에 시간을 벌어 주는 역할을 했다.

그 말인즉, 완전한 해독제는 아니라는 것이다.

청룡단원들의 안색이 급격하게 창백해졌다.

"내공이……!"

청룡단주가 당보검을 보자, 당보검도 창백한 얼굴로 고개를 저었다.

"산공독인가 봅니다. 내공이 움직이지 않습니다."

"으음…….."

당보검의 말에 청룡단주가 신음을 삼켰다.

당장 두 사람을 빼고 모두가 검을 들고 있었지만 제대로 싸울 수 있는 사람은 청룡단주 혼자뿐이었다.

'당했군.'

청룡단주가 입술을 깨물었다.

그때, 한 인영이 천천히 청룡단주의 앞으로 걸어왔다.

원숭이 귀면을 얼굴에 반쯤 걸친, 젊은 사내였다.

"과연 청룡단이로군. 아직 쓰러지지 않고 있다니 말이야."

사내가 조롱하듯 말했다.

그리고 청룡단주를 향해 씨익 웃어 보이며, 원숭이 귀면을 완전히 내렸다.

그와 동시에 청룡단이 있던 계곡으로 천천히, 검은 무복에 귀면을 쓴 인영들이 모습을 드러냈다.

"광릉귀면대!"

청룡단주가 그들을 향해 눈을 부릅떴다.

"그쪽은 한 팔이 없는 걸 보니, 낙추외검 남궁현, 남궁세가의 외팔이, 맞나?"

원숭이 귀면을 쓴 사내가 청룡단주의 비어 있는 왼쪽 소매를 향해 손가락을 까딱거리며 말했다.

"이런 시건방진 새끼를 봤나!"

청룡단주의 미간이 구겨졌다.

방금의 말은 그가 한 것이 아니었다.

그 순간.

퍼억! 푹! 푹!

협곡 왼쪽에 있던 광릉귀면대원들이 순식간에 쓰러졌다.

그리고 광릉귀면대원들의 시체를 발로 굴려 떨어뜨리며, 적호단주 팽치와 적호단이 모습을 드러냈다.

"이 개-쌍놈 호로 자슥 새끼가 우리 당숙한테 뭐라 지껄였냐? 아가리를 공손하게 찢어 줄까?"

적호단주의 옆으로 남궁진혜가 어깨에 검을 걸치고 껄렁껄렁한 자세로 말했다.

남궁진혜를 보는 남궁현의 미간이 구겨졌다.

그때.

"우아아아아악---! 안 멈춰---!"

"아오, 이런 미친 땡중! 그래서 살 **빼**라고 했잖아!"

"아미타부우우우울---!"

"누님, 중 굴러갑니다! 개 좀 잡아요! 누님-!"

요란한 목소리와 함께, 산에서 굴러떨어지듯 내려오던 젊은 중 하나가 남궁진혜의 검에 대롱대롱 걸렸다.

"이런, 정말 멋대가리 없군."

"이렇게 쪽팔린 건 오랜만이군."

손으로 붉어지려는 얼굴을 가린 남궁구와 남궁교명, 그 뒤로 팽가 형제와 나하연이 불평을 하며 계곡으로 내려왔다.

"쪽은 저쪽이 팔려야지. 뭐 이런 허접한 산공독에 당했대요. 받아요! 일단 급한 사람들한테 먹여요."

마지막으로 당혜군이 산공독에 대한 해약 몇 알을 던져 주며 등장했다.

"칫!"

원귀 가면을 쓴 사내가 적호단을 보며 혀를 찼다.

동시에 청룡단주의 눈이 커졌다.

청룡단주의 앞에 있던 원귀 가면의 사내의 등 뒤로 새파란 검기가 날아들었기 때문이다.

쉐에에에엑---!

파팟-!

원귀 가면을 쓴 사내가 몸을 날리며, 청룡단주의 발 앞에 땅이 움푹 파였다.

겨우 한 치 차이였다.

"……."

청룡단주가 뭐라 말을 꺼내기 전에, 적호단과 광룡귀면대
가 서로를 향해 달려들었다.

⚓

챙–! 챙–!

"쓰불! 죽어라, 이 개자식들아!"

남궁진혜를 시작으로 적호단이 맹렬하게 광룡귀면대를 몰
아붙였다.

적호단이나 청룡단 모두 정의맹 소속 무단이었지만, 싸우
는 방식이 극명하게 달랐다.

서로 맡은 역할이 달라서라기보다, 각 무단을 이끄는 단주
의 성향이 무단의 전력에 영향을 미치기 때문이었다.

"청룡단은 뒤로 빠져!"

"젠장, 부탁한다!"

"흐흐흐, 나중에 술로 갚으라고!"

뒤로 빠지는 당보검에게 씨익 웃으며 농은 한 사람은 적호
단 일 조장 서장원이었다.

그는 황당하다는 눈으로 저를 보는 당보검을 두고, 앞으로
달려 나가고 없었다.

"저 친구가 저렇게 웃었나?"

임무가 다르다 보니 못 만난 지 어언 삼 년이 넘었다.

그러는 동안, 정의무학관 시절 함께 수학했던 친우는 당보검의 기억과 참 많이 달라져 있었다.

하지만 곧, 당보검은 처음 보는 친우의 웃음이 어디서 왔는지 알 수 있었다.

"흐흐흐흐! 꼴이 말이 아니네?"

"닥쳐라."

당보검의 시선이 닿은 곳엔, 적호단주 팽치가 능글능글하게 웃으면서 청룡단주 남궁현의 약을 올리고 있었다.

적호단은 광룡귀면대와 용맹하게 맞붙고, 청룡단은 뒤로 빠져서 쓰러진 이들을 확실하게 처리했다.

천하의 청룡단 꼴이 말이 아니었지만, 이렇게라도 적호단을 돕는 데에 망설이는 단원은 없었다.

게다가 아까 적호단에 있던 웬 소녀가 던져 준 해약이 효과가 있었는지, 쓰러져 있던 세 명도 곧 정신을 차렸다.

오랜만에 식은땀 나던 위기에서 벗어난 것 같자, 당보검이 자연스럽게 이 일의 원흉을 찾았다.

'설마 흐르는 물에 독을 타서 내려보낼 줄이야. 그 영악한 놈은 어디 있지?'

당보검이 이를 갈며 원귀 가면을 쓴 사내를 찾았다.

'아까 검기를 피해 산 쪽으로 몸을 날렸는데……'

산 쪽으로 눈을 돌린 당보검은 어렵지 않게 원귀 가면을 쓴 사내를 찾을 수 있었다.

주변의 온 나무가 쓰러지고 땅이 움푹움푹 패는데, 못 찾는 것이 이상하지 않은가.

챙-! 채-앵!

순식간에 누군가 원귀 가면을 쓴 사내의 쌍검을 날려 버리고 그의 목에 검을 대었다.

'누구지? 적호단에 저런 자가 있었나?'

변화가 많고 예리한 쌍검의 움직임을 단번에 파헤치고 막아 내는 검술과 힘.

눈 깜짝할 사이에 빠르게 적의 급소를 노리는 예리함.

원귀 가면을 쓴 사내의 목을 겨눈 검에 파지직- 뇌전이 번뜩이는 것을 보며, 당보검의 눈이 찢어질 듯 커졌다.

'뇌전! 단주님 외에 천뢰제왕검법을 저 경지까지 익힌 자가 있었나?'

머리를 굴리던 당보검의 뇌리에 언뜻 들었던 이름이 스쳐 갔다.

"창천화룡 남궁진화."

남궁세가의 양자로, 사실은 황자였네 어쩌네 요즘 황당한 소문이 많은 인물.

그중 가장 황당했던 소문은 약관도 넘지 않은 나이에 천뢰제왕검법으로 경지를 넘었을 수 있다는 것이었다.

청룡단주를 보면서 천뢰제왕검법이 얼마나 수련하기 힘든

것인지 알았기에, 헛소문으로 치부하고 넘겼었는데…….

"그게 다 사실이었다고?"

당보검이 단번에 원귀 가면을 쓴 사내의 목을 날리는 진화를 보며 경악을 금치 못했다.

어렴풋이긴 하지만, 분명 새파랗게 빛나는 검강을 보았다.

숲에 숨어 있는 원귀면을 쓴 놈을 발견한 진화가 나무 사이를 피해 검기를 날렸다.

천뢰제왕검법 낙엽-.

펑! 펑! 퍼-엉!

번뜩이는 뇌전이 화살처럼 쏘아져 나가 원귀면의 주변에 있던 나무들을 쓰러뜨렸다.

결국 모습을 드러낸 원귀면이 진화의 품을 파고들었다.

돌개바람처럼 몸을 회전하는 그의 양팔에는, 한 자 조금 넘는 검이 매섭게 진화를 노리고 있었다.

챙--! 챙챙---!

진화의 눈에 푸른 번개가 내리쳤다.

그리고 순식간에, 원귀면의 모든 움직임이 진화의 눈동자에 담겼다.

경지를 넘어서고 난 뒤 완전히 달라진 감각의 세계는 요즘 들어서 날카롭게 물이 올랐다. 더불어 진화의 신체도, 이제는 진화가 원하는 대로 힘을 실을 만큼 성장했다.

진화 스스로도, 이전 생에 뇌왕이라 불렸던 그때와 전혀 다를 바 없는 힘과 감각을 실감하는 중이었다.

회전하고 있는 원귀면의 정수리와 어깨, 짧게 검을 쥔 손가락의 움직임은 물론, 원귀면의 모든 것을 훤히 알 것 같았기 때문이다.

채—앵! 퍼억-!

진화는 검 끝으로 정확하게 원귀면의 검 끝을 쳐 내고, 압도적인 힘으로 남은 검과 함께 원귀면의 몸을 날려 버렸다.

그리고 여유 있게 한 걸음 더 나아가는 것으로, 원귀면의 뒤를 잡았다.

스윽-!

목까지 닿은 시퍼런 칼날.

파지직.

진화가 뇌전이 번뜩이며 원귀면을 멈춰 세웠다.

그리고 항복을 하려는 듯 양손을 든 원귀면의 귓가에 조용히 물었다.

"광마, 그 늙은이가 남궁을 죽여서 인사를 하라든가?"

"……!"

원귀면의 눈이 찢어질 듯 커졌다.

그리고 그 순간.

쉐에엑—!

진화가 순식간에 원귀면의 목을 베어 버렸다.

원귀면의 눈에서 광마제가 완전히 깨어났음을 읽었다.

하지만 상관없었다.

"이전과 달라. 역사는 이미 달라졌다."

진화가 쓰러진 원귀면을 보다가 천천히 시선을 옮겼다.

낙추외검 남궁현.

광마제의 손에 제일 먼저 죽었던 남궁세가의 무인.

청룡단 단주가 경악한 눈으로 진화를 보고 있었다.

다음 권으로 이어집니다

만렙닥터 리턴즈

13월생 현대 판타지 장편소설

인생 2회 차 경력직 신입
칼솜씨도, 인성도 '만렙'인 의사가 돌아왔다!

만성 인력난에 시달리는 흉부외과에 들어온 인턴
메스도 잡아 본 적 없는 주제에
죽을 생명을 여럿 살려 내기 시작한다?

"이 새끼, 꼴통 맞네."
"죄송합니다."
"잘했어!"
"네?"

출세만을 좇으며 살았던 전생
이렇게 된 이상 인생도 재수술 한번 가자!

무대뽀(?) 정신으로 무장한 회귀 의사
이제부터 모든 상황은 내가 집도한다!

南魔宮帝 남궁마제

문운도 신무협 장편소설

회귀한 뇌왕, 가족을 지키기 위해
정파의 중심에서 제대로 흑화하다!

세상을 뒤집으려는 귀천성에 맞서 싸우다
가족을 모두 잃고 제물로 바쳐진 뇌왕 남궁진화
마지막 순간 원수의 뒤통수를 치고 죽으려 했으나
제물을 바치는 진법이 뒤틀리며 과거로 회귀하다!?

남궁세가의 양자가 된 어린 시절로 돌아온 후
귀천성이 노리는 자신의 체질을 연구하다 기연을 얻고
회귀 전과 다른 엄청난 미모와 함께
뇌전의 비밀마저 알아내 경지를 뛰어넘는데……

가족들에게는 꽃처럼 사랑스러운 막내지만
적이라면 일단 패고 보는 패악질의 끝판왕!
귀천성 때려잡기에 나서다!